吉良忠臣蔵 上

森村誠一

角川文庫
19079

吉良忠臣蔵　上　目次

犬治《けんち》時代

一

五、六歳の少女が数匹の野犬に取り囲まれて立ちすくんでいた。近頃この界隈《かいわい》に増えてきた野犬である。

少女は恐怖のあまり声も出ない。頬のぷっくり脹《ふく》らんだ色白の少女である。生憎《あいにく》通りかかる者もない。無抵抗の少女に調子づいた野犬の群は、獲物を嬲《なぶ》るように面白がっている。

一匹が少女が手に抱いていた鞠《まり》を叩《たた》き落とした。べつの一匹が牙《きば》に少女の着物の袖《そで》を咥《くわ》えてべりっと引き裂いた。じりっと包囲の環《わ》が縮まった。少女は怯《おび》えきっている。遊びに出た途中、仲間からはぐれたところを野犬の群に捕まったらしい。

あわやという矢先に人が駆けつけて来る気配がした。

「こら」

駆けながらどなったのは十五、六歳の少年である。野犬はいったんたじろいだが、新《あら》手《て》を少年一人と見ると、たちまち牙を剝き出して向き直《む》った。

「こら、あっちへ行け」

少年は手にした木刀を振りまわしていた。だが野犬は少しも恐れず、新たな敵を戦意を剝き出しにして取り巻いた。

少年は少女を背後に庇《かば》うと、木刀を構えた。数匹の凶暴な野犬を相手に一歩も退《ひ》かない構えである。

野犬の群も少女を嬲っていたときとはちがって本気である。一際獰猛《どうもう》な面をしたのが襲いかかって来たのをきっかけに、一斉に躍りかかって来た。

少年の身体が野犬に寄ってたかって八つ裂きにされたかに見えたとき、少年の木刀が水車のように動いて野犬は悉《ことごと》く叩き伏せられていた。二、三頭は首の骨を叩き折られて死んでいる。辛うじて生き残った数頭は尾を巻いて逃げた。

少年は背後で震えていた少女に、

「早く家に帰れ。これからは一人で遊んではいけないよ」

と優しく諭すように言うと、地に倒れていた野犬をかつぎ上げた。少年は野犬の死骸《しがい》を山林の中へ運び込むと手早く埋めた。

その一部始終をたまたま通り合わせた数名の主従が距離をおいた所から見つめていた。少年が危うければすぐにも救《たす》けに入ろうと構えていたがまったく出る幕はなかった。

赤い馬にまたがった一行の主《あるじ》らしい武士が、「あの若者の仕方まことに見事、名を聞いてまいれ」と命じた。

だれ一人見ている者はないとおもっていたところが、すべてを見届けられていたと悟った少年は青くなった。

折から生類憐《しょうるいあわれ》みの令が全国津々浦々にまで行きわたっている時代である。時折しも犬公方《いぬくぼう》こと五代将軍綱吉《つなよし》の治世下であり、人間より動物を上位におく生類憐みの令の全盛時代である。猫が井戸に落ちたのを知らなかった飼い主が遠島《おんとう》、鯉の生き血が胸の病いによいと聞いて結核の娘にそれを飲ませた親が闕所《けっしょ》（土地・財産没収）死罪に処せられる時代である。人間は動物の下にひたすら息をつめるようにして暮らしていた。なにしろ犬は、戌年《いぬどし》生まれの当代将軍の最も愛する動物であり、生類憐みの令の保護法益の主座に坐《すわ》っている。大名、幕府の高官といえども世界最悪の悪法の下に膝《ひざ》を屈している。一般庶民がお犬様に歯向かうなど、まさに狂気の沙汰《さた》というべきであった。

そのお犬様を数頭打ち殺し、その現場を身分の高そうな武士に目撃されてしまったのである。

赤い馬に跨《また》がっていたのは少年の住む村の領主吉良上野介《きらこうずけのすけ》であった。時の大法を犯したと知って少年の両親は、死を覚悟した。お犬様数頭を殺害して埋めその現場を領主に見られたとあっては命がいくつあっても足りない。

だが吉良上野介は莞爾《かんじ》として笑って、

「だれがお犬様を殺したと申したか。余がまいったときは、お犬様はすでに死んでおった。それを丁重に葬った者は、賞すればとて咎《とが》むべき筋合はない」と言った。

少年はその場から、上野介の小姓《こしよう》に召し出された。少年は吉良領邑《りようゆう》宮迫《みやさこ》村の清水藤《しみずとう》作《さく》、後の一学《いちがく》である。

藤作はそのとき、この君のために命を捧《ささ》げるべき機会がきたらば、必ず捧げようと心に誓った。

二

はっとしたときは数十名の農民に囲まれていた。血相変えた農民たちがてんでに鎌、鋤《すき》、鍬《くわ》などを振りかざしている。

「殺《や》っちまえ」

「ひとおもいにぶっ殺せ」

農民たちは口々にわめきながら迫って来た。生憎こちらは二名の侍臣を従えたのみである。

「ええい退《ひ》け」

「ここにあらせられるは吉良上野介様なるぞ」

「控えい」

侍臣は懸命に牽制《けんせい》しているが、血迷った農民はますます逆上して来るばかりである。

「この吉良の領主に用があるだ」

「ここで出会ったが百年目だ。堤防は造らせねえぞ」

鎌、鋤、鍬が一斉に打ちかかってきた。あわや袋叩きとおもわれた瞬間一人のたくましい若者が天秤棒《てんびんぼう》をもって立ちはだかった。

「きさまら我らの殿様に指一本触れさせぬぞ」

若者は天秤棒を水車の如く振りまわしてたちまち農民どもを追いはらった。武芸の素養があるらしく農民の得物を悉くはね返して、かすり傷一つ負った様子もない。

「天晴《あっぱ》れなる若者よ。名を聞こう」

危ないところを救われた上野介は馬上から問うた。若者は晴れがましげに頰《ほお》を紅潮させて、

「人見《ひとみ》村の須藤《すどう》与一右衛門《よいちえもん》と申します。この度の築堤工事に不穏な気配ありと父より殿の蔭供《かげとも》を申しつかっておりました」

と答えた。

「人見村の須藤と申せば定重《さだしげ》の子息か」

「御意《ぎょい》」

「定重に武芸に勝《すぐ》れた息子がいると聞いておったが其方《そなた》のことか。頼もしげなる若者よな」

上野介は上機嫌の体《てい》であった。須藤定重は吉良の飛び領国上州碓氷郡《じょうしゅううすい》人見村大王寺《だいおうじ》出身の吉良家譜代の臣であり、その子与一右衛門はまだ部屋住みであった。

領内巡視中の吉良上野介を領境近くで突然襲って来たのは、北隣の土井《どい》領の農民たちであった。彼らは上野介がそこを立ちまわるのを予想して待ち伏せしていたらしい。

隣領の農民どもが待ち伏せしたのについては次のような理由がある。

吉良上野介の本領三河国幡豆郡《みかわのくにはず》東北部の岡山《おかやま》地方は、東北から西南にかけて傾斜をなし、一帯に肥沃《ひよく》な土地柄であるが、矢作《やはぎ》川が雨期によく氾濫《はんらん》し、下流地帯が大被害を受けていた。

そこで、上野介は領地岡山の背撫《せなで》山の東から瀬戸《せと》の黄山《きやま》の西端に連なる谷間に堤防を築くことを計画した。岡山の領民は、諸手《もろて》を挙げて上野介の築堤計画を歓迎したが、その北方に隣接する土井《どい》利長《としなが》の領地西尾《にしお》の農民が反対した。そんな所に堤防を築かれたら洪水の際に堰止《せきと》められた矢作川やその下流の安藤《あんどう》川、須美《すみ》川、広田《ひろた》川の水が逆流して川上が被害を蒙《こうむ》るということで土井領の農民がこぞって反対したのである。

上野介を襲ったのも土井領の反対農民であった。

一時は険悪な雲行きとなったが、上野介は、

「堤防工事は一昼夜だけに限る。また一昼夜造りの堤防が決潰《けっかい》したとしても修復工事は行なわない」

と説得してようやく隣藩の了解を得た。土井藩では、

「一昼夜造りの堤防でろくな工事ができるはずはない。一度増水すれば元の木阿弥《もくあみ》だ」

とたかをくくっていた。だが上野介は、堤防の恩恵を受ける全領民に檄《げき》を飛ばした。

「この堤防の成否におまえたちの将来がかかっておる。吉良領民が生きるも死ぬもこの堤防にあるとおもえ」

そして上野介自身が赤い馬に跨って工事現場を徹夜で督励した。領民は発奮した。全領民、老若男女総出で工事に協力し、一夜の中《うち》に全長百間《けん》三尺（約百八十三メートル）、高さ十三尺（三・九メートル）、幅二間（三・六メートル）の堤防を完成した。

これの完成によって吉良領岡山ほか六か村が例年の水害から免れ、下流の八千石《ごく》の水田の収穫を確保したのである。これが今日「黄金堤《こがねづつみ》」としてわずかに昔日のおもかげを留《とど》めている。

この一昼夜工事の成果は、水田の収穫だけではなかった。後に上野介の側近となって赤穂《あこう》浪士の討入り時に上野介を守って討死に、あるいは重傷を負った吉良家の忠臣を一昼夜工事において見出《みいだ》したのである。

三

それは一陣の颶風《ぐふう》のように襲って来た。群をなして店の中へ乱入すると、落花狼藉《らっかろうぜき》の限りを尽くしてさっと引いて行く。後の店内は、商品は散乱し、戸障子の類《たぐい》は倒され、蹴破《けやぶ》られ、家具、什器《じゅうき》は転倒し、足の踏み場もない。襲われた店は数日間商売にならない。

それでも、これだけの被害ですんだ者は、ましな方である。下手に阻もうとしたり、抵抗したりした者は、全身ボロボロにされて重傷を負った。傷が悪化して後で死んだ者もいる。

だがこれだけの乱暴狼藉を働かれても市民はどこへも文句を言って行けない。上の救済を求めることはもとより、自警団の組織も自衛すらできない。

彼らが暴れまわっている間、せめて怪我をしないように奥にじっと身をすくめて嵐が通りすぎるのを待っているだけである。

それは野犬の群であった。一匹の巨大な犬体をもった土佐犬《とさいぬ》をボスにした数十匹の野犬が、江戸《えど》の街のこれと目をつけた店に乱入して商品を手当たり、いや口当たり次第に貪《むさぼ》るのである。

狙われる店は必ずしも食物を扱う店とは限らない。高級呉服商や持遊細物屋《こまものや》や薬種屋や瀬戸物屋などに暴れ込んで、商品をさんざんに切り裂き、踏み荒らし、破壊し、玩《もてあそ》ぶ。

これが人間相手ならば用心棒を雇って自衛することもできるが、いまを時めくお犬様とあっては手出しができない。

この人間の弱腰をよいことに土佐犬のボスに率いられた野犬の群は、傍若無人したい放題に暴れまわっていた。

腹に据《す》えかねた骨のある武士が成敗《せいばい》を企《たくら》んだがボス犬は闘犬上がりらしく、凄《すさ》まじい闘技と電光石火のかけひきを身につけており、悉《ことごと》く返り討ちにあった。

ボスに急所に牙《きば》を突き立てられて戦闘力を失ったところへ、多数が群がり、ボロ雑巾《ぞうきん》のように嚙《か》み裂いてしまう。

犬に嚙み殺された者は、たいてい病死として届け出た。運よく生き残った者も、真相が現われると処罰されるのでひたすら隠し通す。そのため被害の実数がつかめない。

公儀もこの〝犬害〟を重視して、なんとか野犬グループを〝保護〟しようとして犬役人を督励しているが、ボスが利口で、いつも裏をかかれている。

最近は増長して店ばかりではなく、白昼堂々盛り場や大通りに姿を現わして通行人を襲うようになった。それも美しい町娘や老幼を選んで襲う。

これに町の無頼の者が便乗して若い女に乱暴をしかけるようになった。犬が襲った女性を手当するような風をして、乱暴を加えたり、金品を奪ったりする。まさに悪法の悪乗りであり、動物の便乗であった。

「火事場泥棒よりタチの悪い、畜生並みのやつらだ」

と市民は切歯したが、悪法を悪用しているだけにどうにもならない。

元禄《げんろく》十三年九月下旬のある日、事件は両国広小路《りょうごくひろこうじ》で起きた。ここは上野《うえの》、浅草《あさくさ》と並ぶ江戸最大の盛り場の一つであり、橋をはさんで東西の袂《たもと》が防火用広場となっている。ここに芝居や寄席などが小屋掛けをして次第に盛り場として人を集めてきた。

人波が崩れて悲鳴が湧いた。つづいて犬の吠《ほ》え声がけたたましく迫って来る。

「お犬様だ」

「お犬様が子供を襲ったぞ」

弥次馬《やじうま》が口々にわめいている。恐いもの見たさの人の輪の中央で、数十四の犬の群が若い女と子守り女を取り囲んでいる。子守り女の背には生まれて間もない嬰児《えいじ》が火のつくように泣いており、そのかたわらに母親か姉らしい若い様子の美《い》い町家《ちょうか》の女が途方にくれて立ちすくんでいる。

犬は勝ち誇って包囲の環《わ》を縮めている。一際大きな犬体のボス犬が、見物の人間たちを馬鹿にしたように睨《ね》めまわしている。

「どなたか、どなたかおたすけくださいまし」

女は必死に周囲の弥次馬に訴えているが、いまを時めくお犬様の群に進んで身を挺《てい》して女と嬰児を救出しようとする者はいなかった。

ましてこの犬の群は江戸市中に悪名鳴り響いている凶暴な野犬グループであった。ボス犬の子牛ほどもある巨体、がっしりとした胸、獰猛《どうもう》な顔、ピンと立った耳（当時の土佐犬の耳は立っていた）、強靭《きょうじん》な四肢、どれ一つを取っても強大な戦力を秘めた兵器のように鋭く無駄がない。彼に一にらみされるだけで生類憐みの令の後ろ楯《だて》がなくとも人間はすくみ上がってしまう。

子分にも凶暴な犬が揃っている。サブリーダー格の秋田犬が子守り女の背に両前足をかけて赤ん坊を引きずり下ろそうとした。

若い女が悲鳴をあげて制止しようとしたが、犬の群が牙を剝《む》き出し、子守り女のそばから若い女を引き離してしまった。

「おいおい、赤ん坊が犬に喰《く》われちまうぜ」

「おい、これだけ江戸っ子が見守っている中で赤ん坊がみすみす犬に喰われるのを放《ほう》っておくのか」

「だったらおめえたすけてやんなよ」

「おれは犬も喰わねえからな」

「おきやがれ、しゃれてる場合かよ」

見物人はてんでんに勝手なことを言い合っているが、進んでたすけようとする者はいない。群衆の中には武士もいたが、見て見ぬ振り、聞こえていて聞こえぬ振りをしている。

調子づいた犬の群は、子守り女の背中に顔をのばして、嬰児の顔を舐《な》めまわしている。ますます泣きたてる嬰児を嬲《なぶ》っているのである。

ボス犬が低くうなった。それがいつまでも遊んでいるなという合図だったようである。サブリーダーの秋田犬が子守り女を引き倒そうとした。その一瞬を狙って空気を切る音がした。

あわや、子守り女を引き倒して嬰児を獲物にしようとした直前、空を切って飛来した礫《つぶて》が、秋田犬の頭に小気味よく命中した。秋田犬が悲鳴をあげて飛び退《の》いた。

これまでそんな妨害を受けたことのなかった犬の群はびっくりした。

「畜生の分際での狼藉《ろうぜき》、許さぬ」

弥次馬の群の中からずいと進み出た一人の武士があった。天秤棒《てんびんぼう》を手にしている。おもわぬ邪魔者の介入に犬の群はいきり立って侍の方へ立ち向かって来た。けんか馴《な》れている犬どもは人間など少しも恐れていない。巧妙な連係を取りながら一斉に躍りかかって来た。息継ぐ間もあたえず、同時に、あるいは次から次に牙をひらめかして、攻めかかって来る。

だが武士の手練は犬を上まわり、天秤棒を水車の如く操って襲いかかる犬を悉く叩《たた》き伏せた。戦いの推移を子分の後方でじっと見守っていた土佐犬がのっそりと出て来た。一見さりげない風を装っているが、恐るべき攻撃力がその精悍《せいかん》な肢体に籠《こ》められている。武士も土佐犬と対《むか》い合ったとき、天秤棒を捨てた。天秤棒で禦《ぎょ》し得る相手ではないのを悟ったのである。

一人対一匹は暫時《ざんじ》にらみ合った。取り巻く群衆も固唾《かたず》を呑《の》んで見守っている。他の犬も地上にうずくまって対決の行方を見守っている。土佐犬が地上を這《は》いながらじりじりと近寄った。耳がたれ、四肢は攻撃に備えて折り畳まれている。武士の手は柄頭《つかがしら》にかけられたままである。

戦機が充実した瞬間、土佐犬が地上から跳躍した。武士の腰間《ようかん》から一刀が鞘走《さやばし》り、人と犬は互いに位置を入れ替えている。ドサッと重い音を発して犬体が着地したときは、すでに生きていなかった。

武士の一刀は深々と土佐犬の脾腹《ひばら》を切り裂いていた。

「一匹斬るも全部斬るも同じこと。畜生め一匹たりとも許さぬ」

武士は斬った土佐犬の返り血に染められた横顔に凄惨《せいさん》な笑いを刻んだ。残った犬の群が怯《おび》えたように後ずさりした。そこへボス犬の血を吸った刃《やいば》が殺到して来た。悲鳴をあげて逃げまどう犬の群を、これまで蓄えられていた怒りが一気に爆発したように斬りまくる。

群衆の中へ逃げ込もうとした犬を、群衆が追い返した。群衆たちは人間を代表して犬に報復を加えている武士を応援していた。そのとき、騒ぎの中に取り残された形になっていた女の手をつかんだ者がある。

「こうお出《い》でなせえ」

いなせな苦味走った男が耳許《みみもと》にささやいた。

「でも赤ちゃんが」

女が子守り女に背負われた嬰児を気にした。

「気の毒だがお犬棒を斬ったあのお侍は打ち首だ。こんな所にぐずぐずしてるとおまえさんもそば杖《づえ》ですぜ。赤ちゃんはあっしの仲間が連れて来やす。関わり合いにならねえうちに、さ、早く」

と引き立てた。群衆に阻まれて子守り女の方がよく見えない。横丁の方へ引きずり込まれかけたところで、

「待て。そうはさせぬぞ」

と声がかかった。声の方角を見ると、勤番者《きんばんもの》らしい若い武士が立っている。

「なんで、なんでえ、てめえは」

若い男が口を尖《とが》らせたのに、

「察するところ犬に便乗して婦女子に乱暴を働いておる不逞《ふてい》の輩《やから》であろう」

「しゃらくせえや。要らざる邪魔立てしやがると、五体満足で田舎《くに》へ帰れねえぞ」

若い男は武士など少しも恐れていないようである。

「半《はん》の字どうしたい」

仲間らしい目つきの鋭い男たちが数人寄って来た。

「この浅黄裏《あさぎうら》（田舎侍）がよ、お犬様のお裾分《すそわ》けに与《あずか》りてえそうだよ」

「そいつは豪気だ。お犬様の上前《うわまえ》をはねるおれたちのもう一つ上前をはねようってえからにはそれなりの挨拶《あいさつ》をしてもらわにゃなるめえ」

地まわりは牙を隠そうともせず、武士を取り巻いた。それぞれの身体から凶悪な気配が吹きつけるように迫《や》って来る。

「構うこたあねえ。殺っちまえ」

〝半の字〟の声と共に、手に手に匕首《あいくち》をひらめかして地まわりが突っかけて来た。これもけんか馴れた身のこなしである。天下太平時代、武士よりもたっぷりと修羅場を踏んだ連中が殺意を漲《みなぎ》らせてしかけて来た。

だが勝負は一瞬の間に終った。武士の刀がひらめき地まわりたちは利き腕を押えて地上にうずくまった。

「きさまら生かしておけば世間に仇《あだ》なす輩、一人残らず斬り捨てるところだが、特別の情けをもって、生命《いのち》だけは許してつかわす」

　地まわりはいずれも手首と利き腕を峰打ちで打ちすえられていた。峰打ちであるが、手練の太刀なので骨が砕けたり、ひびが入ったりしている。当分は使い物にならないはずである。

　武士が無頼漢を叩き伏せたとき、群衆の包囲を破った野犬の群が逃げて来た。一方の武士の刀から必死に逃れ出して来た犬どもである。

　ボス犬を倒され命からがら逃げ出し、ようやく安全圏に達してホッとした体《てい》の犬の群の前に、破落戸《ごろつき》を叩き伏せた武士が立ち塞《ふさ》がった。

「きさまら、今日こそ逃がさぬ。人間の恐しさをよく憶《おぼ》えておくがよい」

　勤番体の武士は、決意を新たにして刀の峰を返した。ここで一方の武士の刀から逃れて来た犬どもは止どめを刺された。そこへ追いついて来た一方の武士が加わった。

　犬は二人の武士によって悉《ことごと》く斬り捨てられた。夥《おびただ》しい犬の返り血を浴びて二人共に凄《すさ》まじい姿になっている。

「ご助勢忝《かたじけの》うござる」

「なんの。それがしも日頃より増長せし犬どもを斬りたくてうずうずしておったのでござる。されど勇気がござらなんだ。それをご貴殿によってきっかけをつかんでござる。

久々に胸が晴れ申した。礼を申すべきは拙者にござる」

勤番体の武士が清々《すがすが》しく笑った。ようやく役人が駆けつけて来る気配がした。

「かような折でござればこれにてごめん仕《つかまつ》る」

「拙者も。また機会があればお目にかかりとうござる」

「拙者も同様にござる。さらばこれにて」

二人は名乗り合うこともなく別れた。そこへタイミングを図ったように犬役人が駆けつけて来た。犬役人もなるべくなら犬斬り犯人などを捕えたくないので、犯人が逃げた頃合を測って出張って来る。

群衆も野犬グループを退治した二人の武士の味方である。役人の形式的な聞込みに対してだれもはっきりと証言しない。犬に便乗して悪事を働いていた破落戸《ごろつき》たちも下手に証言すると自分たちがしょっぴかれるので口を閉ざしている。

結局数十四のお犬様は斬られ損になった。

四

新貝弥七郎《しんがいやしちろう》は、屋敷に帰り着くと、いつ追手《おって》が来るかと身を縮めるようにしていた。このお犬様の天下に数十四の犬を斬り殺して無事にすむとはおもえない。

日頃の犬の傍若無人の振舞いに対する積もり積もったうっぷんが遂《つい》に爆発したのであるが、後で落ち着いてから振り返るととんでもないことをしでかしたと悔やまれる。衆人環視の中で行なったことであるから、自分を知っている者がいたかもしれない。たとえ知人がいなかったとしても、多数の目撃者に聞込みを重ねてここまで追手が来るかもしれない。そのときは潔く腹を切って主君に迷惑をかけないつもりである。

彼が、追手が来る前に主君を巻き込まないために屋敷から逐電（逃亡）しないのは、自分を頼りにしている若い主君一人を残して行くに忍びなかったからである。

弥七郎は一応、吉良上野介の家臣である。「一応」というのは、上野介の実子米沢《よねざわ》藩主上杉《うえすぎ》家五代の当主、綱憲《つなのり》の次男義周《よしちか》を元禄三年四月十六日上野介の養子《じょうし》としたとき、扈従《こじゅう》して義周付きとして吉良家に勤仕した。このとき扈従して来た上士は弥七郎一名である。他に下士の村山甚五左衛門《むらやまじんござえもん》と蓼沼平内《たでぬまへいない》がいたが、蓼沼は元禄四年に没して村山だけになっている。蓼沼の代りに元禄五年九月に山吉新八郎《やまよししんぱちろう》が吉良家へ来た。

この他に万治《まんじ》元年（一六五八）四月上杉三姫《さんのひめ》が上野介に嫁いで来たとき小林平八郎《こばやしへいはちろう》他が従《つ》いて来たが、彼らは吉良の家臣になりきっている。

いま義周付きの家来は弥七郎、山吉、村山の三名しかいなかった。その中で義周は、最古参で上士の弥七郎を最も頼みにしている。

当然のことながら吉良家の中では子飼いの直系の臣、清水一学、大須賀次郎左衛門《おおすがじろざえもん》、須藤与一右衛門などが幅をきかせている。いずれは義周が吉良家当主となる身分であるが、上野介はまだ矍鑠《かくしゃく》としており、当分隠居しそうもない。部屋住みの若い主君付きの家来など吐く息にすら気を遣うような毎日の暮らしであった。

義周はそんな弥七郎に「貧乏くじを抽《ひ》いたな」とよく苦笑した。上杉家にいればばれっきとした上士である。藩祖謙信《けんしん》公以来武門の誉れ高い名門であり、百二十万石の大藩より十五万石に削られてしまったが、もとは徳川《とくがわ》家と同様、いやそれ以上の大大名である。

その上士から、吉良家へ養子となった主君に従《つ》いて来たのは、一部上場の大会社の幹部から子会社のそのまた一部門付きを命ぜられたようなものである。

だが弥七郎はこの若い主君が好きであった。自由闊達《かったつ》な気風で、しかも家臣おもいである。視野が広く、洞察力と実行力に富み、目くばりが細やかである。むしろ義周こそ、上杉家の後継者にふさわしい名君の資質を備えていたが、長子世襲制の世に次男と生まれきた宿命はいかんともなし難い。そのような意味では、義周が最も貧乏くじを抽いたことになる。尤《もっと》も、高家《こうけ》筆頭の養子になれたのは、幸運と感謝しなければなるまい。どこにも引き取り手がなければ、一生兄の部屋住みで終らなければならない。

野犬の群に嬰児《えいじ》を衆人環視の中で殺されかけて、だれ一人手出しできないのに弥七郎が爆発してしまったのも、日頃の抑制が内向していたせいかもしれない。

このような際、武士の自制の最大の重しとなる主家でも、弥七郎の場合、それほど重くなかった。彼にとって吉良家は主家であって主家ではない。彼の意識では主家は依然として上杉家であった。

吉良家ならば類を及ぼしてもかまわぬという意識が潜在的にある。上野介にとって義周は血のつながっている孫であるので可愛がっているが、吉良の家臣は明らかに義周を見下している。

それも弥七郎にとって面白くなかった。上杉家と〝三重の縁〟に結ばれた吉良家はなに一つするにしても上杉家の意向を抜いてはできないくせに、それが吉良家の直臣《じきしん》には面白くないらしく、事毎に義周を蔑《ないがし》ろにする。そうすることによって上杉家の下風《かふう》に立つうっぷんを晴らしているように見える。

ともかく追手が来てから腹を切っても遅くはないと開き直って、居坐《いすわ》っていたが、追手は来なかった。あのとき自分に助勢してくれた武士も捕まったという噂を聞かない。

天下太平の代《よ》に武士も柔弱となり、能楽や遊芸にうつつを抜かすようになっている昨今、珍しく武弁の気骨を留《とど》めた武士であった。

どこかの家中の在番の士らしいが、江戸風のにおいや色に染まっていない。染まるのを拒否しているのかもしれない。江戸は広いが、最近はあれだけの武士らしい武士にはなかなか遇《あ》えなくなっている。

犬斬り事件後、半月ほど何事もなく過ぎたので新貝弥七郎はようやく構えを緩めた。

背後の獲物

一

このごろ吉良上野介《こうずけのすけ》は機嫌が悪い。吉良の領邑《りょうゆう》三河国内吉田《よしだ》から幡豆《はず》にかけて六十三町歩の塩田を有し、年間一千万斤《きん》の饗庭《あえば》塩を生産して吉良家の重要な財源の一つとなっていた。

一方播州《ばんしゅう》浅野《あさの》家の領邑では五か所の浜から五千石を越える赤穂《あこう》塩を産出し、質量において、饗庭塩とは比較にならなかった。色からして赤穂塩は純白であるのに対して饗庭塩は赤黒い。

両家の塩田の環境にさしたるちがいはない。さすれば、製塩技術の差が、産出量と質のちがいとなって現われるにちがいない。上野介には狭い限られた塩田を改良してできるだけ質のよい塩を生産し、財政向上に役立てたいという意識があった。そこで上野介は使いを送り、辞を低くして製塩法の伝授を乞《こ》うた。

ところが浅野家から「当家の製塩術は門外不出の秘伝にて他家への伝授は固く禁ぜられており申す」とけんもほろろに断わられてしまった。

上野介としては、塩田の広さも規模も異なるので、製法をおしえてもらったところで赤穂塩と競合することはないと考えたのであるが、浅野家はそうはとらなかった。

上野介としても一藩の経済を支える商品の生産ノウハウをライバルに教えてくれと気軽に頼んだのであるから、甘い誹《そし》りを免れないが、それほど赤穂塩との生産規模に差があったのである。

吉良家がどう頑張ったところで赤穂藩の製塩規模に追いつけない。言わば小石が岩に教えを乞うようなものである。教えてくれてもよいではないかという意識があった。

実は上野介は赤穂藩主浅野内匠頭《たくみのかみ》とすでに面識がある。天和《てんな》三年（一六八三）禁裏《きんり》（皇居）から下向して来る勅使饗応役《きょうおうやく》を内匠頭が拝命されたとき、なにかと指導してやったのが上野介であった。

そのとき恩を売っておいたから、きっと製塩法を教えてくれるだろうと期待していた。その期待が見事に裏切られたのである。

「浅野の恩知らずめ」

と上野介は腹を立てた。

吉良家の財政は豊かではない。吉良家の領邑は、三河国幡豆郡内七か村三千二百石および上野国《こうずけのくに》緑野《みどの》、碓氷《うすい》両郡内三か村千石、計四千二百石である。

この石高で高家《こうけ》筆頭として大名並みの生活を維持しなければならない。

吉良家は遠祖に清和《せいわ》源氏《げんじ》を戴《いただ》き上杉家との三重の縁に加えて、上野介の母は三代―四代将軍の大老酒井《さかい》忠勝《ただかつ》の弟忠吉《ただよし》の娘であり、長女鶴子《つるこ》は薩摩《さつま》藩主島津《しまづ》綱貴《つなたか》に嫁し、次女のあぐりは津軽政兕《つがるまさたけ》の妻となり、実子上杉綱憲《つなのり》は紀州《きしゅう》徳川綱教《つなのり》の姉を内室に迎えご三家の閨閥《けいばつ》にも連なっている。禄高《ろくだか》こそ四千二百石であるが、従四位上、左近衛権《さこんえのごんの》少将《しょうしょう》の名門、権門に連なる赫々《かっかく》たる家柄である。それなりの威厳と体面を維持しなければならない。

この財政の不足を補ったのが、高家筆頭として幕府の儀式典礼の指南料であった。これがなかったらとうてい吉良家の体面どころか、その生活すら維持できなかったであろう。

財源不足を補うために領主が最も安直に行なうものが増税である。安易な増税は、領民を疲弊《ひへい》させ、離反させ、国土を荒廃させる。

上野介は増税に頼らず、内に新しい産業と技術の開発を常に試み、外においては領邑の特産物の販売、典礼指南の口を増やすべく努めた。領民にとってはまことに名君であった。

二

柳沢吉保《やなぎさわよしやす》(元禄十四年十一月まで保明《やすあき》であるが、便宜上吉保で統一する)は居間で思案を凝《じ》っとみつめていた。夜はかなり更けているが、まったく眠けはこない。心機が昂《たか》ぶっている。

彼は今日の昼間訪れて来た紀国屋《きのくにや》文左衛門《ぶんざえもん》の言葉を反芻《はんすう》していた。紀文《きぶん》は少なくとも月に二回は莫大《ばくだい》な進物を携えて柳沢邸に吉保のご機嫌うかがいにやって来る。吉保の知遇を得て一代の商権（圏）を伸ばした文左衛門としては、吉保の歓心をつないでおくことが、その富勢を維持拡大し、必須《ひっす》の保身策でもあった。

また吉保にしても幕府最高の権勢を維持するために、富商からの政治献金を確保しなければならない。両者は持ちつ持たれつの関係であった。

だが両者はそれだけの関係ではない。野心を楔《くさび》にして結びついた仲ではあるが、吉保は文左衛門の豪快な気性が好きであった。

「吉原《よしわら》をまるで買ったは文左衛門」と川柳に歌われる豪気な遊びをし、「本八町堀《ほんはっちょうぼり》三丁目すべて一町紀文が居宅なり」といわれるほど天下の財貨を独り占めするような富貴であるが、「私の金がお殿様のお役に立てば、これ以上の使い途《みち》はございませぬ」と気前よく差し出す献金は群を抜いている。献金には必ず見返りがつきものであるが、要求は一切出さず、物欲しげな様子は気配も見せない。その気前よさは柳沢の権勢を伸ばすための資金調達係のように見える。

また文左衛門も吉保の緻密《ちみつ》で合理性に富んだ細やかな性格に、自分にないものを見出《みいだ》して尊敬している。

商人がどんなに富を集めたところで行き着く所には限界がある。商権は権勢のカサの下に限られる。それならば柳沢吉保という稀代《きだい》の権臣におのれの夢を託して行ける所まで行ってみようではないか。つまり、吉保は文左衛門の夢そのものとなっていたのである。

二人は世間一般が見ているような政治家と政商の癒着というより、二人でワンセットとなった野心と呼ぶほうが正確であった。

「近ごろ浅野様と吉良様が塩をめぐっていささか険悪な雲行きでございますな」

文左衛門は吉保を昼間訪れて来たとき、さりげない口調で漏らした。

「それはどういうことかな」

吉保の目が薄く光った。文左衛門のもたらす情報は示唆に富み、常に時代を先取りする。これまで彼の咥《くわ》え込んで来た情報によって吉保はどんなに扶《たす》けられたかわからない。地位が上がるということはより高度で広範な情報が集まるということである。地位に情報の質量が伴わなくなったときは、速やかに失脚する。

吉保はこの時代に情報の価値を知り、それを十分に利用した政治家であった。

「吉良様が浅野様に赤穂塩の製法秘伝の伝授を乞うたところニべもなく断わられたそうにございます」

文左衛門はそのいきさつを吉保に語った。

「なるほどのう。味、色、形、におい、肌理《きめ》、どれ一つをとっても饗庭《あえば》塩は赤穂塩に敵《かな》わぬ。上野介が赤穂塩の秘伝を知りたがるのも無理はなかろう」

吉保はうなずいた。いわば企業秘密のノウハウの教えを乞うほうが無理であるが、同情の秤《はかり》は吉良に傾いている。

文治派の吉保は武張った内匠頭《たくみのかみ》よりも、諸事優雅で都会派の上野介のほうが好きである。性格的にも似た所がある。

「たかが塩のつくり方にございますが、吉良様には上杉様、浅野様には芸州《げいしゅう》浅野のご宗家が控えておられますので、後に禍根を残さねばよろしいがと、町人づれが懸念しております」

文左衛門は口元をすぼめるようにして笑った。そのときはそれだけの会話で終った。

だが時を経るほどに文左衛門の言葉が心に引っかかり、容積を増してくる。

彼の言葉は意味深長であった。彼はなにげなく言ったのかもしれないが、吉保は文左衛門から重大な謎をかけられているような気がした。

「吉良の後ろには上杉、浅野の背後には芸州広島か……」

吉保の目が深沈たる光を帯びてきている。米沢藩は十五万石であるが、藩祖を上杉謙信に仰ぐ東北きっての名藩である。関ケ原《せきがはら》戦で徳川家に敵対した廉《かど》で会津《あいづ》百二十万石から米沢十五万石へと減封されたが、大藩の誇りと意識は強い。

一方芸州広島藩は、藩祖に秀吉《ひでよし》五奉行《ごぶぎょう》筆頭の浅野長政《ながまさ》を戴《いただ》く三十七万六千五百石の大藩である。浅野長治《ながはる》に分与した五万石と合わせれば四十二万六千五百石になる。両家ともに徳川家と本来同格であり、豊臣《とよとみ》家に濃縁の家柄である。

「これはもしかすると、願ってもない機会かもしれぬな」

吉保は一人つぶやいた。徳川家も代を重ねて五代、ようやく政権定まり、その天下は不動となった。天下は太平、内に叛《そむ》く者なく、外にうかがう敵はない。

だがここまでに徳川の大屋台の礎を据えるのに夥《おびただ》しい犠牲が支払われた。徳川幕府がその覇権を日本国中津々浦々に及ぼすために徹底して採った政策は、国の閉鎖と、大小名の改易《かいえき》（取りつぶし）であった。因《ちな》みに改易された藩家は、家康《いえやす》時代外様《とざま》二十四家、一門および譜代十四家、二代秀忠《ひでただ》時代が外様二十一家、一門譜代十四家、三代家光《いえみつ》時代が外様二十六家、一門譜代十一家に上る。四代家綱《いえつな》時代には外様十三家、一門譜代十三家が取りつぶされた。この中に当時上杉三十万石に嗣子なく危うく処分されかけたのを保科正之《ほしなまさゆき》らの不識庵《ふしきあん》謙信以来の名家を絶やすのはあまりにも惜しいという嘆願があって、唯一の血筋である吉良上野介の長子を養子にし、改易を免れたという一件が含まれている。

当代綱吉の治世に入ってからの改易は外様十六家、一門譜代二十九家に達している。この酷薄無惨な改易政策は六代以降も徳川家の変らざる方針としてつづいている。

改易の憂き目にあったのは外様だけでなく、その鉾先《ほこさき》は一門譜代にまで容赦なく及んでいる。

これを見てもいかに幕府が大小名の力の弱化に力を注いだかがわかる。

徳川の代を万古不易《ばんこふえき》にするためには、少しでも不穏の萌《きざ》し、異心反意の気配でも見せた者は取り除くに如《し》かずである。

現在恭順の意を表している者でも過去敵対した者は信用しないというのが徳川家の基

本姿勢である。

その意味で、上杉家などは最も処分したい対象である。前回、無後嗣という絶好の機会に恵まれたが、有力者の口添えもあり、獲物を取り逃がしてしまった。その際三十万石から十五万石へと半知処分に付したが、息の根を止めることはできなかった。

だがこの十五万石、ただの十五万石ではない。一度は徳川と中原《ちゅうげん》に覇を争ったライバル謙信以来の連綿たる名家であり、関ヶ原では徳川家に弓を引いた成れの果ての十五万石である。

徳川に少しでも衰えの萌しでもあれば、先頭切って、反旗を翻すかもしれない。かえすがえすもあのとき止どめを刺さなかったのが悔やまれてならない。綱吉にも悔やしがっている様子が見える。

上杉家の当代は綱吉の一字をもらい「綱憲《つなのり》」と名乗って安全保障を取りつけたようにおもっているらしいが、吉保にしてみれば、不遜《ふそん》だとおもう。いずれはそのことも言いがかりにするつもりで黙止していたが、今日の紀文の言葉は逃がした獲物が再び網の方へ近づいて来た気配を示唆しているのかもしれない。

しかも芸州広島三十七万六千五百石という〝景品《おまけ》〟まで付いている。浅野と吉良の間に生じたわずかな不調に楔《くさび》を打ち込み、ひびから亀裂《きれつ》を広げる。それを理由にまず浅野吉良を取りつぶし、背後の大物浅野宗家と上杉を引っ張り出せないか。

これを日頃自分を引き立て、天下第一の権勢にまで押し上げてくれた上様（綱吉）に供える獲物としたらどんなに喜ぶことか。

吉保には綱吉の喜ぶ顔が目に浮かぶようである。徳川歴代の将軍の中で綱吉ほど毀誉《きよ》褒貶《ほうへん》相半ばする将軍はいないが、吉保にとっては、自分の権勢を引き伸ばしてくれた偉大なカサである。天下の権勢を誇っても結局綱吉のカサの下である。

綱吉は四代まで残っていた戦国の気風を完全に断ち切り、武断政治からよくも悪くも文治政治に切り換えた張本人である。生類憐《しょうるいあわれ》みの令によって悪名を残したが、綱吉以外のだれが登場してもこれだけ見事に文治政治には切り変らなかったであろう。

生類憐みの令も生来の平和主義者の綱吉の側面が歪《ゆが》んで強調されたものである。したがって綱吉は戦国大名の名残りを引く者が大嫌いであった。

吉良家は高家筆頭として、営中（殿中）の作法や公式の典礼を司《つかさど》る家柄であるので綱吉の意に叶《かな》っている。だが浅野家は戦国大名の後裔《こうえい》であり、赤穂浅野家の如きは、この平和時に軍事立国主義をもって藩是《はんぜ》としている。「治にいて乱を忘れず」といかにも武士たる者の心構えを踏まえているようなので表立って咎《とが》め立てられないが、その「乱」が徳川に仇《あだ》なすものではないという保証はない。

赤穂浅野家五万三千石を取り除くだけでも結構御意に叶うはずである。そのためにはどんな仕掛けを施せばよいか。

吉保のおもわくは脹《ふく》らんだ。吉保自身気がつかないが、それは戦国の代の城攻めの軍略と同じであった。ちがうのは、兵を動かさず、血も流さないことである。

広大な邸内は森閑と寝静まり、秋の清涼な夜気の中で吉保のはなはだ血腥《ちなまぐさ》いおもわくが脹れ上がっていた。

三

翌朝になるのを待ちかねて吉保は家老の平岡《ひらおか》宇右衛門《うえもん》を呼び寄せた。宇右衛門は吉保の智恵袋であると同時に懐ろ刀でもある。吉保を今日の位置に押し上げた陰の功労者であった。

吉保は自分のおもわくを打ち明け、なにかよい智恵はないかと宇右衛門の意見を問うた。

「吉良と浅野でございますか。なかなか面白うございますな」

宇右衛門が目を細めた。もともと細い目が閉じられたように細まり凶器の光のような鋭い眼光が漏れる。

「なんとかこの両者を噛《か》み合わせて、上杉と浅野宗家まで引っ張り出す手だてはないものかな」

其方《そのほう》ならばなにかいい手があるであろうと吉保の目が期待している。

「噛み合わせるためには、両者をもっと近づけなければなりませんな」

「いまのところ両者が近づく機もなさそうじゃ。三河と赤穂とそれぞれの領地も離れておる」

「近づける手だてはございます」

「なに、手だてがあるとな」

吉保が上体を乗り出した。

「殿のお力ならばございます」

宇右衛門の目がギラと底光りを発した。

「どんな手じゃ。申してみよ」

「来年、禁裏、仙洞《せんとう》（上皇）より御下向される勅・院使ご饗応役《きょうおうやく》の人選はすでに決定されてございましょうや」

「いやまだじゃが」

「たしか浅野内匠頭は前回天和《てんな》三年に勤めたと聞き及んでおりますが、そろそろ御役再度、仕《つかまつ》ってもよいころとおもいますが」

宇右衛門は細い目を半眼に開いてニヤリと笑った。

「そうか、さような手があったか」

吉保は宇右衛門の示唆を了解した。毎年正月将軍から皇居に対して朝賀使を送り、朝廷から答礼の使者が二月下旬から三月上旬に江戸へ差し遣わされる。

この朝廷からの使者を接待する役を一万石から七万石の大名の中から選ぶことになっている。接待費はすべて饗応役の全負担となり、うまくできて当たり前、いささかの遺漏があってもならない。

しかも饗応役はこういう典範や礼式に不馴《ふな》れな武門の大名であるので、できればみな避けて通りたい役目であった。

この際の指南役にあたるのが高家《こうけ》である。饗応役はおおむね一生に一度まわってくる。運がよい者は、一度も来ないが、運が悪かったり、幕閣ににらまれたりすると二度以上拝命することがある。

浅野内匠頭は天和三年にすでに拝命しているから、来年は十八年目になる。そろそろ二度目の人選に入ってもよいころである。それを宇右衛門は吉保が推薦《すいせん》しろと言っているのである。吉保が幕閣において強く推薦すればだれも反対する者はいない。

内匠頭が饗応役に任ぜられれば、当然上野介が指南役になる。塩をめぐっての軋轢《あつれき》の素地はできているが、役儀とあれば上野介も教えざるを得ない。まして内匠頭が大切な役目とあって上野介に取り入るために大枚の指南料を払えば、上野介とてもいつまでも「塩」を根にもっていられまい。

浅野家は表高は五万三千石であるが、実収入は六万石を越えるといわれる内福の聞こえが高い。まして吉良との間には塩の製法をめぐっての気まずいいきさつがある。あのことを根にもって意地悪をされないようにとの配慮から大枚の指南料を弾むにちがいない。

それをされたらせっかくの吉保の大魚を引き出すための仕掛けも水の泡となる。

「浅野の江戸家老は心ききたる者か」

吉保は問うた。

「浅野の江戸藩邸には安井《やすい》と藤井《ふじい》という両家老がおりまして拙者両名に面識がございますが、どちらも小心で保身に汲々《きゅうきゅう》としておる人物。国許《くにもと》に大石内蔵助《おおいしくらのすけ》なる筆頭家老《がろう》が控えおり、この者は五万三千石の小藩には過ぎたる傑物《けつぶつ》と聞いておりますが、江戸表にまで口出しはできますまい」

宇右衛門は吉保の意を察したように答えた。

「其方《そのほう》、浅野の家老にそれとは察知されぬように饗応役就任に当たり、一切の賄賂《まいない》は無用と申し聞かせよ」

「は、委細承知仕《つかまつ》りましてございます」

主従は多くを語らずたがいに了解し合った。ここに浅野吉良両家の足許《あしもと》に深い陥穽《かんせい》が仕掛けられたのである。

上げ底のない進物

一

例年幕府の朝賀使が帰府してから饗応役の人選が行なわれる。だがそれは形式で、前年十二月幕閣で来年の朝賀使の人選を行なうとき、同時に饗応役も内定するのが恒例である。

朝賀使の人選にあたって柳沢吉保は吉良上野介《こうずけのすけ》を推した。高家《こうけ》筆頭であり、公式典範の権威において彼の右に出る者はない上野介の指名にだれからも異議は出なかった。

つづいて饗応役の人選に入った。

「浅野内匠頭《たくみのかみ》は家柄、禄高《ろくだか》、人柄申し分なしとおもうが」

吉保がさりげなく指名すると、閣老一同うなずいた。

「それでは内匠頭に」決定いたすと言いかけたとき、閣老の一人土屋《つちや》相模守《さがみのかみ》が、

「浅野殿はたしか天和《てんな》三年に一度饗応役を仰せつけられておりますが」

と控えめに申し出た。暗に再度の拝命は気の毒ではないかと言っている。

「いや、すでに天和のころより十八年経っており申す。内匠頭は当時十七歳、饗応役とは申せなにもわからなかったことでござろう。二度三度お役仕る者もあること故、大事

ござるまい」

　吉保が強く言い切ったので相模守も黙した。彼とて口角泡を飛ばしてまで反対する理由はない。

　朝賀使と饗応役が決まると、吉保は密《ひそ》かに吉良上野介を自邸へ呼んだ。高家は営中の公式行事を司《つかさど》るので、閣老との打ち合わせが多い。

「上野殿、ようござった」

　肚《はら》に一物《いちもつ》かかえている吉保は、上野介を客間に通してねぎらった。

「お召しをいただき、参じましてございます」

　上野介は鞠躬如《きっきゅうじょ》としてかしこまった。

「ま、さよう固くならず寛《くつろ》がれよ」

　吉保は上機嫌で声をかけた。かたわらに最も寵愛《ちょうあい》深いお染《そめ》の方がひかえている。お染の方が客間に侍《はべ》るときは最重要の賓客をもてなすときに限られる。それだけに上野介は恐懼《きょうく》した。

「此度《こたび》は都へのご使者、ご苦労に存ずる」

　吉保はねぎらった。

「ご推挽《すいばん》を賜わり、不肖上野介朝賀のお使者を仰せつけられ、名誉の極み、大切なるお役目つつがなく全うせらるるようひたすらに心がけております」

「なんのそこもとならば、なんのご懸念もござるまい。今宵《こよい》は朝賀のお役目を寿《ことほ》ぎ一献さし上げたくお呼び申した。ゆるゆると過ごされるがよい」

「これはますますもって。それがし如き者にご厚志忝《かたじけの》う存じ奉ります」

上野介はますます恐縮した。酒肴《しゅこう》が供され、座がいささか寛いだときを測って、

「ところで上野介殿、ついでにお耳に入れておくが、饗応役には浅野内匠頭と伊達《だて》左京《さきょう》亮《のすけ》と決まり申しました」

とさりげない口調で言った。

「浅野と伊達……」

上野介の表情が少し改まった。

「ま、さようなことはござるまいとおもうが、浅野は聞こえた武辺の大名、とかく営中の形式因襲を疎《うと》んじがちでござる。朝使をお迎えしていささかの遺漏があってもならぬ。その点お含みおきの上、よろしくお引きまわし願いたい」

「さようのことでござれば万事上野介にお任せあれ。それがしもてる能力を傾けてご指南仕りまする」

それでは困るのだとあからさまに言えなかった。上野介としては来年の皇使参向には将軍生母桂昌院《けいしょういん》に武家最高の官位「従一位」に叙する内示が下されるかもしれないので、吉保が万に一つの粗漏もないように注意を喚起したとおもった。

「ま、武張った田舎大名にはそこもとのご指南が通じぬ場合もあるやもしれぬ。そのようなときは拙者も控えおる故、遠慮は要らぬ。十分に躾《しつ》けられるがよい」

上野介は、吉保のもってまわった言い方が気になった。もしかすると彼は吉良浅野の塩をめぐる確執を知っているのかもしれぬ。だが上野介としてはそれを勅使接待の場までもち越そうという意図はない。

よく考えてみれば門外不出の秘伝を教えろと言うほうが無理なのである。だが吉保のなにかを含んだ言葉は、上野介の心にねっとりとからみついた。

よくわからぬながらも、なにかあったときは吉保が味方だと言っていることはわかる。天下の権勢を握っている吉保が味方だと言ってくれることは、平穏無事な時期でも心強い。

上野介は満足した気持で柳沢邸を辞去した。

二

年が代わり、元禄《げんろく》十四年一月十一日吉良上野介は江戸を出立《しゅったつ》、幕府の朝賀使として禁裏《きんり》、仙洞《せんとう》、女院《にょういん》の御許《おもと》に参内《さんだい》し、献上品を進献した。朝廷のみけしきうるわしく、二月二十九日大役を果たして江戸へ帰って来た。

これに先立つ二月四日、浅野内匠頭および予州吉田《よしゅうよしだ》三万石城主伊達左京亮の両名に饗《きょう》応役《おうやく》任命を正式に執達した。

饗応役拝命と同時に浅野江戸藩邸では、指南役に対する謝礼の贈献が問題になった。指南料の贈献は当然の礼儀と主張するのは片岡源五右衛門《かたおかげんごえもん》を中心とする近侍である。

それに対して家老安井彦右衛門《やすいひこえもん》と藤井又左衛門《ふじいまたざえもん》は、

「饗応役ご指南は公けのお役儀である。これに賄賂など遣えばかえって無礼と、不興を蒙《こうむ》るやもしれぬ。まして吉良殿は礼儀作法に厳しいお方じゃ。礼を知らざる田舎者と、殿にまでご迷惑をかけることになっては一大事じゃ。ここはごくささやかな挨拶《あいさつ》しておくが無難と心得る」

「ご指南役に進物を贈るは、賄賂ではござらぬ。ごく当たり前の謝礼にござる。考えてもごろうじよ。弟子が師匠に束脩《そくしゅう》（謝礼）を贈るは当然の礼でござる。これを怠ることは師を蔑《ないがし》ろにするも同然でござる」

「控えよ。殿は吉良殿の弟子ではない。あくまでもご朝使参向中のお役儀である」

両人は家老の権威にかけて片岡らの意見をねじ伏せようとした。だが片岡らも必死であった。

「進物をもらって怒る者はござらぬ。吉良殿がもしご不興とあらば進物を返却すればすむこと。進物を贈らずして礼を失した場合は取り返しがつき申さぬ。もしそのことにより殿のお役目に支障をきたさばご家老いかように申し開くご所存か」

と詰め寄られて小心な両家老は急に不安になってきた。

「されば殿のご判断を仰ぎ申そう」

と安井が言いだした。

「あいや。かようなことまで一々殿のご判断を煩わし奉りては我らなんのためにおそばに侍り控えおりまするか。殿のご気性からして、かようなことをお耳に入れなば、進物は無用と仰せ出だされるは必定。ここは我らの量見にて進物を遣いもって殿がご大役をつつがなく果たせられますよう万全の根まわし仕《つかまつ》ることこそ、臣下の手配りと申せましょう」

と食い下がった。両家老も片岡らの意見に負けて進物献進ということで意見が統一された。だがちょうどその時期、柳沢家家老平岡宇右衛門がひょっこり訪ねて来た。各藩の江戸家老や留守居役は、藩を代表する江戸駐在大使のような役目柄から、横のつながりがある。彼らは江戸に常詰《じょうづ》めし、幕府の情報を蒐集《しゅうしゅう》し、諸藩との連絡や渉外を担当した。

また諸藩江戸留守居家老の間には組合をつくり、意志の疎通を図っていた。

柳沢家の江戸家老は、諸家留守居役が柳沢に誼《よし》みを通じる際の窓口であり、ほとんど面識がある。その柳沢の窓口のほうからわざわざ出向いて来たものだから安井、藤井は恐縮した。

「いやどうぞお構いなく。用事があって参ったわけではござらぬ。たまたま近くに所用があって当御邸の前を通りかかったもので、つい足が門内へ入ってしまい申した。ご無礼平《ひら》に許されよ」

宇右衛門は磊落《らいらく》な口調で言った。

「わざわざお立ち寄り下さり、光栄に存じます。突然のことで大したおもてなしもできませぬがどうかゆるりとお寛ぎ下さい」

両家老は鞠躬如として平岡をもてなした。柳沢の江戸家老とあっては下へもおけぬ。平岡がへそを曲げれば柳沢の窓は閉じるだけでなく、どんな報復を食うかわからない。平岡宇右衛門は洒脱《しゃだつ》磊落に振舞いながら、「鬼岡《おにおか》」とかげで呼ばれる辣腕《らつわん》である。彼の心証を害したために柳沢から閉め出された者は少なくない。

両家老は平岡をもてなしながら、内心戦々兢々《せんせんきょうきょう》としていた。雑談が一段落したところで平岡がさりげなく言いだした。

「この度はご饗応役拝命、ご苦労に存じます」

「当家の名誉、遺漏なくお役目果たせられますよう家中一同心を引きしめております る」

まずは無難な返答である。

「それは重畳《ちょうじょう》。されどご饗応役は気骨の要ることでござる。まして浅野殿は二度目のご拝命とあってその苦労はさぞやとお察し申し上げます。諸費用物入りも大変でござろうのう」

天和三年の拝命時に饗応費は四百両（現在の米価で約四千万円）かかった。それから十八年経過し、三倍以上にはね上がっている。

三

平岡はいかにも同情した表情で言った。うまくいって当たり前の〝名誉役〟などできればみな避けて通りたいところである。それを柳沢の家老が言ってくれたので、身構えていた安井、藤井はおもわずホッと構えを緩めた。

そこを狙っていたように平岡は、

「ところでご指南役へのご進物などはいかがなさるご所存か」

と少し声を低めて問うた。

「さればしかるべく相応のご進物を贈献することに藩議決してございます」

たかが進物に藩議とは大袈裟《おおげさ》だが、安井らの意識では少しも大袈裟ではない。

「さようか」

平岡の口許《くちもと》が少し笑ったように見えた。それが両家老には冷笑されたように映った。

「進物の儀がなにか……」

「すでに藩議にて決したことにござれば、手前がいまさらとやこう言うことはござらぬ」

平岡が両家老の気をそそるような言い方をした。

「いや、討議の末、一応ご進物は贈進仕るべくと決しましてございますが、いまなお心は揺れております。なまじのご進物が礼を失し、吉良様のご不興を買いはせぬかと」

「さようでござれば、老婆心までにご助言申そう。吉良殿へのご進物はご無用かと存ずる」

「平岡殿もさようにお考え遊ばされるか」

もともと無用派の安井、藤井は我が意を得たりという顔をした。

「いかにも。ご饗応役もご指南役も公けの役儀にござる。公けの事にて進物を受け取れば賄賂になり申す。まして吉良殿は作法礼式の大家、作法を踏みはずした賄賂など受け取るはずもござらぬ。その場で突き返されるのがオチでござる。さような仕儀にでも成り申さば浅野殿のお役目にも支障をきたすやもしれませぬ。

どうしてもというのでござれば、ここはまず通常の挨拶に留《とど》めてお役あい勤め終えたる後格段のお礼仕るのが作法に叶《かな》うと存ずる」

「平岡殿のご助言を承り、心が定まってござる。まことに危ないところでござった。本日平岡殿がお立ち寄り下されたのも、まさに神助でござる。さもなくば取り返しのつかない失態を犯すところでございました」

両家老は平岡の罠《わな》にかかったとも知らず、しきりに冷汗を拭《ふ》いた。

せっかく進物贈進で統一された意見が、ここに覆されたのである。

だが肝腎《かんじん》の吉良上野介がなかなか帰府して来ない。指南役の帰府予定日が二月二十九日であり、朝使の着府予定日が三月十一日であるから、その間十日ぐらいしかない。

饗応役に任じられて準備をしたくとも、指南役がいないのではどうにもならない。浅野、伊達《だて》両家の焦燥は高じていた。

こちらから早馬を仕立てて指南を仰ぎたいところをじっと怺《こら》えていると、ようやく二十九日に上野介が帰って来た。だが上野介は帰府後の報告やら事務やらに忙殺されて、なかなか面会約束が取りつけられない。癇癖《かんぺき》の浅野内匠頭はこの間に苛立《いらだ》ちが募ってきている。

ようやく面会の約束が取れたのは、上野介帰府後三日目の三月三日である。まず伊達家の使者を引見し、次いで浅野家の使者に会った。このことも浅野内匠頭には面白くなかった。伊達家は三万石、当方は五万三千石、禄高《ろくだか》からいっても当然自分の方が上格とおもっている。

吉良家にしてみれば、そんな差別をしたわけではなかった。三万石と五万三千石では当然後者のほうが進物も多いと予想した。多いほうが先に来てしまうと、家禄《かろく》相応とはいいながら伊達家が気まずいおもいをするかもしれぬという配慮からの順序である。双方それぞれに進物の多寡は知らせないが、饗応役《きょうおうやく》同士が内々に連絡を取り合った場合を考えたのである。

ともあれ三日約束の刻限に伊達家の使者が先着して、丁重な挨拶と共に三万石の家禄相応の進物をおいていった。一説には加賀絹《かがきぬ》数巻、黄金百枚、狩野探幽《かのうたんゆう》画の竜虎《りゅうこ》の対幅と伝えられる。

これが内福の聞こえ高い浅野家ならば、伊達家の二倍の進物は期待できる。指南料の進物は吉良家財政を支える重要な財源である。

だが上野介が浅野家の使者を待っていたのは進物のためばかりではない。先日の柳沢吉保の含んだような言葉が気になっていたからである。吉保が言った「指南が通じぬ場合もあるやもしれぬ」とはどういう意味であろうか。

まさか浅野が彼の指南を拒むということではあるまい。柳沢邸を辞去してからずっと思案してきたが、どうもよくわからない。ただわかるのは吉保が浅野に対してよい感情をもっていないことである。

上野介としては、浅野家から塩の製法の伝授を断わられて、鼻白んだものの、それほど含んでいるわけではない。

むしろ今度の指南役の位置を利用して浅野に恩を売り、再度秘伝の伝授を乞《こ》おうという下心がある。そのために今回の指南役と饗応役拝命は両家にとって和解のよいチャンスであった。そんな期待に上野介は家老の松原多仲《まつばらたちゅう》から浅野の使者が来たと告げられたものだから待ちかねていたように客間で引見した。

浅野家の使者は安井彦右衛門と藤井又左衛門である。

「よう参られた。拙者が吉良上野介じゃ。見知りおかれよ」

上野介は上機嫌で挨拶した。さすが内福の聞こえ高い浅野家の使者だけに、服装、物腰共に都会的に洗練されている。

「此度《こたび》は主君内匠頭ご饗応役拝命仕り、万事吉良様のお指図を仰ぐことに相成り主人に代わってご挨拶《あいさつ》にまかり越しました。本来ならば主人直接まかり出《い》でるべきところながら、かえって失礼があってはとおもんぱかって拙者ども代理に参じました。なにぶん主人は営中の典礼諸式に不馴《ふな》れでござります故、なにとぞよろしくご指導賜わりますよう、この機を借りましてお願い申し上げます」

両名は床に伏して型通りの挨拶をした。

「それはそれはご丁重なるご挨拶痛み入る。なに営中の諸式典礼などと申してもさしたることはござらぬ。浅野殿とは知らぬ仲でもなし。すでに一度ご経験ずみの御役でもござる。それがしがすべて心得ておるほどにご案じ召さるなと浅野殿にお伝え下され」

上野介も愛想よく挨拶を返した。両家老は上野介の上機嫌の体にホッとした様子で紫の袱紗《ふくさ》に包んだ折を差し出した。

「なにぶんよしなにお願い申し上げます。つきましてはこれは赤穂の浜辺にてとれた特産品にございます。ほんのご挨拶までに持参いたしました。ご笑納いただければ幸甚《こうじん》に存じます」

恭《うやうや》しく差し出されたご大層な包みに上野介はチラと横目を走らせてから、

「お心遣いをいただき忝《かたじけの》う存ずる。浅野殿になにとぞよしなにお伝え下されよ」

と相好《そうごう》をくずした。上野介にしてみれば指南料は重要な財源である。その多寡が吉良家財政を左右する。袱紗の包みの中身が浅野家の内福の聞こえと連なって大いに期待を弾ませる。「赤穂の浜の特産品」と言ったのが、いかにも意味深長であった。

上野介は帰る二人を玄関まで送って出た。

二人が辞去すると上野介は早速松原多仲に向かって、

「なにを持参して来たか検《あらた》めてみよ」

と命じた。心がわくわくするのを抑えられない。今様ならばボーナス袋を開くようなものである。袱紗包みがいかにもおいしい中身を暗示するようにずしりとして仰々しい。練達の取次ぎならば、包みや折箱を手にしただけで中身を予測できるそうである。

包みを開くと水引きをかけた桐《きり》の箱が出て来た。水引きを解き、蓋《ふた》を開く。なにやら香ばしい香りが鼻腔《びこう》をくすぐる。

「なんじゃな」

上野介は待ち切れずに箱の中を覗《のぞ》いた。

「鰹節《かつおぶし》にございます」

「鰹節？」

上野介はあんぐりと口を開いた。山吹色の結構な菓子でも出てくるかと大いに期待を弾ませていたのである。

「底を検めてみい」

きっと下敷きに黄金の菓子が潜ませてあるのだろう。多仲が中身と詰め物を取り除いて底を探った。

「全部《すべて》鰹節にございます」

「そんなはずはない。二重底になっておるのではないか」

上野介は焦った。自分のために焦ったのではない。仮にも五万三千石裕福の聞こえ高い名藩浅野家ともあろうものが、このような無礼を働くはずがないとおもった。

「いいえ、二重底ではございませぬ」

多仲の声も途方に暮れている。進物はもらい馴れているが、このような文字通りの〝手土産《てみやげ》〟は初めてである。

「そうじゃ」

上野介ははたと膝《ひざ》を打った。

「さすがは浅野じゃ。やることが手が混んでおるわい。鰹節を削ってみよ」

台所の者が呼ばれて、鰹節が削られた。鰹節の中に黄金の菓子が仕込まれているにちがいないとおもったのである。だがいくら削っても待望の〝菓子〟は出て来なかった。

結局すべての鰹節がけずり節と化しても小粒一粒出てこなかった。けずり節の散乱する中央に立ちすくんだ上野介の腹の底から怒りが込み上げてきた。

饗応役の指南料は高家《こうけ》の正当な報酬である。それを支払わないということは、上野介の指南を拒否したことであり、高家の権威を侮辱したことになる。

「ご指南無用」高家などは無用の長物」と浅野の鰹節が言っているようであった。そのときになって、上野介は初めて柳沢吉保の言葉の含みを理解した。「指南が通じぬ場合もあるやもしれぬ」と彼が言ったのは、このことを意味していたのだ。吉保はさらに

「遠慮は要らぬ、十分に躾《しつ》けよ」と言った。

よし、浅野がその心づもりであれば、当方とて遠慮せぬぞ。上野介は心に期するところがあった。

四

いったん決した衆議を覆して、吉良に鰹節を〝挨拶〟に贈ったと聞いて片岡源五右衛門や磯貝十郎左衛門《いそがいじゅうろうざえもん》は唖然《あぜん》とした。

「なんたる無礼なることを。仮にもご指南役に鰹節だけを贈るとは、何事。さような品ならば贈らぬほうがましでござる。いまからでも遅くはない。しかるべき進物を用意して追献すべきでござる」

茫然自失《ぼうぜんじしつ》から立ち直った君側《くんそく》の近侍たちは激しく両家老を突き上げた。

「控えよ。このことは柳沢殿のご家老平岡宇右衛門殿より、進物の儀は無用と特に口添えがあってのことじゃ。公務のお役儀に賄賂《まいない》などもってのほか。吉良殿の心証を害されるは必定《ひつじょう》。お役目大事とおもうならば、無用にされよとわざわざ立ち寄っての忠告である。もはや其方《そのほう》らがつべこべ口をはさむことではないわ」

と安井は頭ごなしに押さえつけて、まったく聞く耳をもたない。

「柳沢家の平岡殿がわざわざ立ち寄られてさような忠告をされたと仰せられるはまことでござるか」

片岡は驚いた。もし事実だとすれば、信じられないことである。柳沢は当今の賄賂政治の中心人物ではないか。その家老がわざわざ賄賂無用と進言しに来たという事実が素直に信じられない。

人の善いだけが取得の両家老は「賄賂の権威者」から賄賂無用と言われたので、すっかり信じ込んでしまったらしい。それをお墨付きのように振りまわして家中の言葉に一切耳を傾けない。

「いかがいたしたものでござろう」

片岡は思慮分別に富んだ原惣右衛門《はらそうえもん》に相談した。原は江戸常詰《じょうづ》めではないが、このとき主君に従って出府していた。

彼の家系は数奇な因縁がある。彼の父七郎左衛門《しちろうざえもん》は吉良上野介の妻の兄上杉綱勝《つなかつ》に仕えた。この綱勝の養子に上野介の実子綱憲《つなのり》が入ったのである。言わば浅野吉良双方の縁につながっている家系である。

温厚で思慮に富み家中の人望が篤《あつ》い。

「まこと平岡殿がさようなことを仰《い》せ出だされたとすれば信じられぬことでござるな」

さすがの原も首を傾げた。だが平岡が訪問して来たのは事実であった。

「我らが一存をもって進物を贈ることもかなわずほとほと困却仕《つかまつ》ってござる」

片岡は溜息《ためいき》を吐《つ》いた。両家老の許可がなければ藩金を出せない。

「勅使下向までまだ日はござる。国表《くにおもて》の大石殿の指示を仰いではいかがでござろう」

原が案を出した。江戸家老とちがって融通無碍《むげ》の大石内蔵助ならば、早速国表から指示を下して進物を手配させるだろう。もはや江戸家老を跳躍して事を運ぶには大石を動かす以外にない。

勅使江戸到着予定日は三月十一日となっている。普通便だと江戸—赤穂間は七日かかる。「時附《ときづ》け」と呼ぶ至急便で運ばせれば、この半分で行く。まだ間に合う。

片岡は原の発案を入れて、早速事の経緯を書いた手紙を大石に送った。

判例なき挨拶《あいさつ》

一

大石内蔵助《くらのすけ》はいつもの場所に釣糸を垂れながらうとうとしていた。魚を釣るのが目的ではないので、引いていてもあまり意に介さない。夢とうつつの間で竿《さお》の先端の鈴の音を何度も聞いたようにおもい、慌てて合わせてもいつも一拍遅れて逃げられてしまう。

このあたりはコイ、フナ、ソウギョなどがよく釣れるが、内蔵助にとってはむしろ昼寝の場所《ポイント》である。数本置き竿《ざお》してうつらうつらしていると、あちこちの竿が時々交互にあるいは同時にチリリと鳴り、それが眠けをますますうながすのである。

初めのうちは鈴の音に合わせていたが、次第に面倒になって鳴るのにまかせておく。鯉は川魚の王者らしく、悠揚迫らず泳いでいる。下手に合わせても釣糸を切られてしまう。野ゴイのあたりは穂先にグイッグイッとくる。三度目のあたりで合わせるのがコツだが、居眠り半分ではとうてい合わせられない。

魚のほうも内蔵助をすっかり馬鹿にしているようである。

「父上」

遠方で呼ぶ声がしたようである。長男の主税《ちから》の声のようであったが、返事をするのが億劫《おっくう》である。返事をすればこの半醒半眠《はんせいはんみん》の快いバランスが崩れる。内蔵助はそれが惜しかった。

主君はいま江戸に参覲《さんきん》している。主君の留守中の国表はどうも弛緩《しかん》してしまう。そのための筆頭家老の内蔵助であるが、彼から率先してこの為体《ていたらく》であるから、城内、城下とも至極のんびりしたものである。だいたい日本国中が戦乱の代から遠く、太平の御代《みよ》でのんびりムードであった。

「父上、ここにおられましたか」

ようやく主税が探し当てたらしい。

「うむ」

内蔵助は生返事をしてだるそうに首を息子の声の方角へ向けた。なにか用事が起きて呼びに来たのであろうが、どうせ大したことではあるまいと半睡の意識でぼんやりおもっている。

「父上、江戸表から時附《ときづ》けが参りました」

「時附けとな？　だれからじゃ」

内蔵助の意識がようやく覚醒《かくせい》の方へ向かった。

「片岡源五右衛門殿からでございます」

「源五から？　これへもってまいれ」

源五右衛門からの時附けとなるとよほど急ぎの用件であろう。内蔵助の意識がはっきり醒《さ》めた。

主税が差し出した書状を内蔵助はその場で開封して目を通した。その顔がみるみる引き締まった。

「主税、帰るぞ。竿をもってまいれ」

一読した内蔵助は置き竿をそのままにして立ち上がった。竿や釣り道具の後始末は主税に任せて内蔵助は家に急いだ。

内蔵助は家路を急ぎながらしきりに胸騒ぎがしていた。主君内匠頭《たくみのかみ》が饗応役《きょうおうやく》を拝命したことは逸速《いちはや》く国表にも伝わっていた。やれやれ厄介な役目を仰せつけられたとおもったものの、二度目のことでもあるし、さして心配はしていなかった。前回饗応役拝命時には藩祖長直《ながなお》以来三代に仕えた名家老大石良重《よししげ》が補佐したのでなんの不都合も起きなかった。

指南役に対する進物もわざわざ国許《くにもと》から口を出さずとも江戸でうまく手配りするだろうとおもった。安井、藤井の両家老は頼りないところがあるが、片岡、磯貝、原、富森《とみのもり》など心ききたる君側の者が控えているので安んじていた。

それが柳沢家の家老の助言とやらで、指南役吉良上野介《こうずけのすけ》に鰹節《かつおぶし》だけ持参して行ったという。なんという失礼をしたことか。正気の沙汰《さた》とはおもえない。

ましてや吉良家とは先年塩の製法をめぐってのいざこざがあった。あのときも内蔵助が所用があって留守中に武骨一遍の近藤源八《こんどうげんぱち》が杓子定規《しゃくしじょうぎ》の応対をしたものだから気まずいものになってしまった。

吉良上野介は民に篤く、経済に明るく、合理的な人物と聞いている。まさかあのことを根にもっとはおもわないが、今度の饗応役拝命を機に指南料をおもいきって弾み、関係を修復しようとおもっていたくらいである。

それを鰹節の手土産とは相手を愚弄《ぐろう》するも甚だしい。内蔵助には上野介の怒色が目に見えるようであった。それが江戸の両家老には見えないのか。

国許と江戸表では同一の藩でありながら雰囲気や気質が異なる。連絡は密であり、参観交代で家臣も交流しているが、江戸詰め定府《じょうふ》の家士は諸事江戸風に染まり、国許の家士とは明らかに異なる人種派閥を成している。そして江戸表は国許から干渉できない一種の〝独立国〟を形成している。

こんな事情があったので内蔵助にしても気にはかけながらも、指南役に対する進物の一件に干渉できなかったのである。

だが、片岡からの飛脚が来ると、黙止できない。彼が時附けで、手紙をよこしたところをみると、江戸君側の者たちでは家老の意志を阻めなくなったからだ。

「それにしても柳沢の家老がわざわざ口出しをしてきたのが解《げ》せぬ」

内蔵助はつぶやいた。柳沢家とはさして親しい間柄ではない。いやむしろ、将軍側役《そばやく》として文治政治の推進をしている柳沢と武辺の浅野家とは生理的にも合わない。江戸家《が》老《ろう》同士の間には交流があるのかもしれないが、仮にも天下の大老格の家の家老が、名藩たりとはいえ片隅の支藩の藩邸にまで足を運んで、進物無用の助言をしたということに、なにか底意があるように感じられてならない。柳沢の平岡といえば「鬼岡」の別名がある辣腕《らつわん》である。内蔵助にはその底意が無気味におもえた。

内蔵助は自ら江戸へ行きたい衝動に駆られた。赤穂から江戸まで百六十里、早駕籠《はやかご》を飛ばせば、勅使到着までに間に合う。だが国家老が主君の許しも得ずに勝手に下向したら大事になる。江戸も硬化して通るものも通らなくなるだろう。

ともかく至急便に託して江戸家老に重ねて指南役への進物をうながす手紙を送る以外にない。

内蔵助はしきりに不吉な胸騒ぎをおぼえたが、さすがの彼もこの時点では柳沢が仕掛けた遠大な罠《わな》を見破れなかった。

二

一方、同じころ上杉家の江戸家老色部又四郎《いろべまたしろう》も、浅野家から吉良家に対して指南役の挨拶に鰹節一折が届けられたという情報を聞き込んでいた。

上杉、吉良両家は、上野介の内室富子《とみこ》が上杉定勝《さだかつ》の娘、上野介の実子が上杉家当主、その子義周《よしちか》が上野介の養子という実に三重の濃縁に結ばれている上に、吉良家にかなり財政的援助をしている。

したがって、吉良家の台所の内情まで色部の耳に入ってくる。この進物のニュースは色部を驚かせた。

「鰹節の挨拶とは解せぬな」

又四郎は、用人《ようにん》の野本忠左衛門《のもとちゅうざえもん》に言った。

「いかにも。ご同役拝命仕《つかまつ》った伊達《だて》家よりは相当の進物が献ぜられた由にございます」

「それが当然の礼儀じゃ。上野介殿、さぞ怒ったであろうのう」

又四郎には上野介の表情が目に浮かぶようである。営中典礼の第一人者をもって任ずる上野介の誇りが踏みつぶされたのである。

「いずれ後より、しかるべく進物が来るのであろうが、それにしてもまずいやり方よの」

又四郎は眉《まゆ》をひそめた。どうせ進物を贈るなら最初に張り込むほうが効果的であり、礼に叶《かな》う。最初に贈った進物が少なすぎて慌てて追加するという例はよくあるが、ぶざまであり、第一印象のダメージを償えない。

「赤穂には大石内蔵助がいたはずだが」

又四郎は、五万三千石の小藩には過ぎたる家老という内蔵助の名声をおもいだした。内蔵助の名が上がったのは、元禄《げんろく》六年十月備中松山《びっちゅうまつやま》城主水谷出羽守《みずたにでわのかみ》が卒去し、その後嗣問題がうまくいかず城地没収となり、浅野内匠頭が収城使を命ぜられた際である。このとき内蔵助は藩兵を率いて松山へ向かい、松山藩士は城に立て籠《こも》って一時不穏な形勢となったが、大石一人が城中に乗り込み水谷家の家老を説得して無事無血開城させた。そのときに発揮した才幹はいまだに語り種《ぐさ》となっている。

その大石が控えていながらなぜ？　という疑問があった。おそらく江戸のことに国許から口出しできなかったのであろうが、それにしても鰹節一折とは、礼を失するも甚だしい。浅野家江戸藩邸には人はいないのか。

吉良と浅野との間には塩をめぐっての確執があった。そんな素地があるだけに、今回のお役拝命に際しては、常より進物を弾んでもらいたかった。これが関係修復の願ってもない好機ではないか。

自分なら必ずそうした。又四郎は他家のことながら歯がゆかった。これが後々の禍根にならなければよいがと又四郎は不吉な予感がしきりにしていた。

三

内蔵助から手紙を受け取った安井、藤井両家老は激怒した。穏やかな文言で諄々《じゅんじゅん》と説いていたが、要するに吉良上野介に対する進物を十分に贈るようにと国許からうながしてきている。

「昼行灯《あんどん》がなにをたわけたことを言ってきおるか。江戸の事情もわからず、差し出口も甚だしいわい」

「いったん挨拶《あいさつ》をした後、改めて進物の追加などできるものではござらぬ。進物無用は、柳沢家の平岡殿より特にご忠言あってのこと、赤穂の隅より要らざる雑音はかまびすしいと申すもの」

大石の心を砕いた手紙も、かえって両家老の態度を硬化させ「要らざる雑音」とされてしまった。同一家中でありながら、国許と江戸表では、どこの藩でも対立意識が強い。国許が藩の要《かなめ》として江戸を〝出先〟と見るのに対して江戸は中央意識が強い。国家老、江戸家老の対立も強く、往々にして国許の指示を逸脱して江戸が独走することが多い。また役付き大名は江戸詰め定府《じょうふ》となるので、国許と江戸の位置が逆転し、お家騒動のもとになったりする。

ともかく江戸と国許の分立は参覲《さんきん》交代の副産物であった。

内蔵助の手紙は勅使到着前に江戸へ着いたが、両家老はそれを握りつぶした。片岡、原ら君側《くんそく》の者がやきもきしている間に勅・院使一行は江戸に刻々と近づいていた。

上野介は待っていた。いくら浅野が田舎大名でも鰹節一折の挨拶ということはあるまい。同役の伊達家に問い合わせてもわかることではないか。

十八年前なので記憶が定かでないが、天和三年に浅野内匠頭が同役拝命したときも、同家から応分の進物があったようにおもう。そのときに照応しても後から進物の使者が来るはずである。

上野介は首を長くして待っていた。まず挨拶の〝露払い〟の両家老が来て、次にご大層な進物の使者が来る。田舎大名なりにそのほうが効果が大きいと計算しているのかもしれぬ。

赤穂には大石という名物家老がいると聞く。あるいは彼本人が進物の使者に立つのかもしれぬ。

だがいっこうに浅野家からの使者は来なかった。まさか御用すみたる後、改めての挨拶ということはあるまい。上野介の長い高家《こうけ》勤めで、「後払いの賄賂《まいない》」というのは、聞いたことがない。だいいちそれでは賄賂の目的を果たせない。

上野介にとってはこれは賄賂ではない。指南役としての当然の報酬であり、その多寡と有無に高家の面目がかかっている。公事のお役儀とはいえ、指南料を支払わない者に指南するわけにはいかないのだ。そんなことをしたら他の高家の収入や、今後にも影響する。

だがまさか、こちらから催促するわけにはいかない。上野介がいらいらしている間にも、朝使一行は江戸に旅程を進めている。

そのころ浅野家江戸藩邸では、大石の手紙を両家老に握りつぶされた君側《くんそく》派が最後の手段として内匠頭に直訴した。主君への直訴に対して原惣右衛門が、

「殿のご気性からして事前の賄賂は無用と仰せ出されるは明白じゃ。むしろ我らの一存にて進物を調え、改めて届けてはどうか」

と異見を出した。

「それはまずうござる。仮にもご指南役への進物をご家老を飛び越えて我らの量見にて届けたとあっては、ご家老の立場が失われ申す。進物は浅野家名代をもって届けるもの。万一これが殿のお怒りに触れなば、我らが腹を切ればすむことでござるが、下手をするとご家老方に詰め腹切らせることになるやもしれぬ」

と片岡源五右衛門に言われて、原も黙った。近侍の独断による進物によって饗応役《きょうおうやく》滞りなく果たし終えて主君から褒められても、両家老を追いつめることになる。難しいところであった。

ともかくいまは主君に直接訴えてその判断を仰ぐ以外にない。内匠頭は清廉潔白、賄賂などは最も忌み嫌う真っ直な性格である。まともに訴えたのでは、惣右衛門の案じたように一蹴《いっしゅう》されるのは目に見える。

片岡源五右衛門が言葉を慎重に選びながら、

「此度《こたび》のご饗応役に際して殿には御大役ご無事に全うせられますよう、ご指南役吉良上野介様に対し、しかるべくご進物を贈進仕るべく手配りいたしたく、かような儀にて殿を煩わし奉り恐縮に存じますが、なにとぞこの儀お許し願いとう存じます」

と切り出した。言上の中に賄賂という言葉は一語も使っていない。内匠頭は苦笑して、

「其方《そのほう》共も苦労しておるのう。されど吉良殿への進物の儀は無用にいたせ」

と明快に言った。

「恐れながら殿、ご指南役への進物は当然の謝礼にて慣《なら》わしとなっております。伊達家にも問い合わせたところ応分の進物を献進した由にございます」

源五右衛門は必死に言葉を返した。ここで内匠頭に拒否されたらもはや〝上訴〟していく先はない。

「よいよい。伊達殿は伊達殿、当家には当家の姿勢があってよい。事前に賄賂《まいない》を使い、お役目の無事を図るは武士たる者の為《な》すべきことではない」

内匠頭は取り合わない。

「お言葉ながらご指南役への進物は賄賂ではございませぬ。ご指南に対する謝礼。これを欠くはご指南役に対して礼を失すると愚考仕ります」

「源五、そちの申すことわからんではない。されど謝礼とあれば御用終りたる後、礼を尽くせばよいのじゃ。事前の謝礼はかえって失礼と申すもの。其方《そのほう》らの心遣い嬉《うれ》しくおもうが、この度の御役初めてでもない。さほど懸念するには及ばぬ」

内匠頭から言われて、片岡はそれ以上押せなくなった。まさに原が案じていた通りになったのである。

浅野家中の心ききたる者共の懸念をよそに三月十一日、主上からの勅使 柳原前大納言《やなぎはらさきのだいなごん》、資廉卿《すけかどきょう》、同高野《たかの》前中納言保春《やすはる》卿、上皇からの院使清閑寺《せいかんじ》大納言熙定《ひろさだ》卿一行が江戸に到着、竜口《たつのくち》の伝奏邸に入った。

その前夜から饗応役、指南役は伝奏邸に詰める。この夜から饗応役一同は勅・院使が滞在中ずっと伝奏邸に詰め切りにして勅・院使一行を接待する。

四

「とうとう来なかったの」

吉良上野介はむしろ当惑した表情であった。これから伝奏邸に詰めるに当たって浅野内匠頭にどのように対応すべきか迷ったからである。先方が礼を欠いているのであるから、こちらが礼を踏む必要はない。さりとて公務上のお役儀であるので、まったく冷たくもあしらえない。伊達家との関係もある。

「いやまことに浅野と顔を合わせるのは、気が重いことじゃ」

上野介が溜息《ためいき》を吐《つ》いた。言わば師匠の面目を踏みつぶした弟子と、これから数日毎日顔を合わせていなければならないうっとうしさをおもったのである。

「殿、ご指南の間に相手に礼を欠きたるを気づかせるように仕向けられたならばいかがでございましょう」

松原多仲が智恵を出した。

「浅野に気づかせるとな」

「おそらく浅野家においても他意あっての欠礼とはおもえませぬ。ただ気のきかぬ家来共が揃いおるため気がつかぬだけと存じます。されば浅野様ご接待役ご指南に当たり、できないような難題を吹きかけ、また伊達様との間に明らかな差別を設けられてはいかがでございましょう。さすればいかなボンクラ揃いの浅野家中といえども進物を欠いたるに気づきましょう」

「なるほど」

上野介はうなずいた。悪くない考えだとおもった。

饗応役は殿中の細かな礼式、作法から、服装、家具調度、料理の内容、行事の時刻、使用間取り、人数、それらの変更調整から一挙手一投足に至るまで指南役から指導と連絡を受けなければならない。

もし指南役がソッポを向いたら、饗応役は立ち往生してしまう。

大局のところを自分でしめておいて、少し内匠頭を困らせてやるか。そのことによって生ずる多少の不都合は自分が補えばよい。殿中の典礼は自分の土俵である。知らぬことはない。前例にないことでも、上野介の行なうことが〝判例〟となって制度化されていく。最高権威とはまさにそのようなものであった。

「その手で行ってみることにしようか」

上野介はにやりと笑った。

あざなえざる縄

一

勅・院使江戸滞在中の主な行事は、聖旨、院宣《いんぜん》の伝達であり、将軍との対面後、一行の饗応としての能楽供覧、将軍より天皇への勅答の儀である。

幕府は勅・院使一行の到着に際し老中《ろうじゅう》土屋相模守《さがみのかみ》および高家《こうけ》畠山民部《はたけやまみんぶ》を差し遣わして丁重に出迎えた。

この間、浅野、伊達《だて》両饗応役は前夜から伝奏邸に待機して万に一つの遺漏もないように備えている。

十二日は第一行事である勅・院使と将軍の対顔日である。これが主たる行事《メーンイベント》で、このとき聖旨院宣が将軍に伝えられ、太刀と黄金の恩賜の品が下げ渡される。

式次第は滞りなく進行し、将軍は下賜品を拝受し、随行諸官まで引見の後、三使滞りなく退出した。

この後将軍は高家大友近江守《おおともおうみのかみ》を伺候させ、本日の使者の役の答礼を述べ樽酒《たるざけ》を献進した。

第一行事が終り、殿中にはホッとした雰囲気が漂う。だがこれからが饗応役の出番である。これまでのところ饗応役と指南役の間に不協和音はない。

前夜、伝奏邸で顔合わせをしたときも、

「此度《こたび》、御大役を仰せつけられたるは末代までの家の名誉にございます。この上は御役つつがなく果たせられますよう、万事に心を遣い勤めますればなにとぞよろしくご教導賜わりとうござる」

と浅野、伊達両名より挨拶《あいさつ》があり、これを受けて吉良が、

「ご丁重なるご挨拶痛み入る。ご一緒に御大役仰せつけられたるもなにかのご縁でござる。それがしの知るかぎりのことはお教え申そうほどに遠慮のう尋ねられよ。我ら一同力を合わせてこの御大役を滞りなく果たしましょうぞ」

と挨拶を返して、まずは和気藹々《あいあい》たる滑り出しとなった。

内匠頭初め、安井、藤井、その他家中一同前々からのいきさつもあるので固唾《かたず》をのむようにしていたが、上野介の隔意のない態度にホッと胸を撫《な》で下ろした。

だが上野介にしてみれば、その前夜の顔合わせ時に浅野が気づくように望みをつないでいたのである。いまからでも遅くはないぞ、尽くすべき礼は、いまのうちに尽くせと上野介は暗に仄《ほの》めかしていたつもりである。

だが上野介のこの態度が安井、藤井の進物無用派を正当化してしまった。

「見ろ。やはり我らの判断が正しかったではないか。下手に事前の賄賂《まいない》を遣い吉良殿の心証を害したならばどうなっておったかわからん。危ないところであった」

と胸を反らせた。

吉良上野介はかけた謎にいっこうに気づいた気配のない浅野に業を煮やした。

「なんと鈍いやつめ。されば……」

上野介は松原多仲《たちゆう》の勧めた作戦を採用することにした。

二

十二日午後、上野介は朝使一行に供進すべき料理を点検すべく伝奏邸の台所へ入った。そこでは三使および随行を含めて数十人分の料理がほぼ調理、盛り付けを終り、配膳《はいぜん》されるばかりになっていた。

上野介は料理の内容を見て顔色を変え、声を荒らげた。

「この料理は何事か」

膳所《ぜんしょ》台所頭の磯貝《いそがい》十郎左衛門が飛んで来た。

「なにか不都合な点でもございましたか」

磯貝は上野介の顔色をうかがいながら戦々兢々《せんせんきょうきょう》とした。

「不都合があるどころか、本日をなんと心得る。畏《おそ》れ多くも主上のご使者におかせられては本日精進日《しょうじんび》にあらせられる。かかる日生ぐさ物を調理するとは何事。上様お膳附お台所においてすらも生類《しょうるい》を憐《あわ》みたまう上様のお心を体して魚鳥類は一切調進しておらぬ。直ちに膳部《ぜんぶ》を精進料理に替えなさい」

上野介は高飛車に言った。十郎左衛門は仰天した。替えろと言われても、夕食までもういくらも時間がない。

問題にされた献立は、初鰹《はつがつお》を主体とした料理であり、すり流し、鰹の焼霜（土佐造り）、銀皮造り、鰹砧巻《きぬたま》き、なまりのきゅうり加減酢《かげんず》、これに車海老《くるまえび》の手網焼《てあみやき》、春子椎茸《しいたけ》、胡桃《くるみ》豆腐と煮梅、白魚の雲丹焼《うにやき》、花百合根《ゆりね》、蕗《ふき》八方煮、菜の花からし和《あ》えなどをあしらった。

江戸っ子にとって初鰹を食うのは、「女房を質に入れても初鰹」の川柳に見られるように見栄を食うようなものであり、季節に先がけてこの魚を味わうのが一種の誇りになっている。尾をピンと張りつめた鋭角的な魚型は「勝つ魚」に掛けて江戸っ子の心意気にも通じて珍重されたのである。

初鰹が江戸の街に姿を現わすのは旧暦四月初めの青葉時である。鎌倉《かまくら》沖で揚げられ馬で江戸に運ばれた初鰹の走りは、金を食うようなものである。富裕な好事家は、沖合まで船を仕立てて漁船から漁《と》れ立てを買う。

このように頑張っても最も早い入手が三月の末である。これを江戸の粋《いき》を朝使に味わわせたいと内匠頭が漁師に伝《つて》をまわして三月十二日に手に入れた。

その心尽くしの料理を上野介は頭ごなしに取り替えろと命じた。たしかに殿中の厨房《ちゆうぼう》では貞享《じようきよう》年間から、鳥、貝、海老の調理は禁止されていたが、公卿《くげ》の接待は例外とされていた。つまり、将軍の定めた生類憐みの令は、朝廷に及ばない理《ことわり》である。そんなことは百も承知で上野介は難題を吹きかけたのである。

磯貝がそのことを反駁《はんばく》しようとしたとき、原惣右衛門《そうえもん》が割って入った。

「不行届きの段々重々お詫《わ》び申し上げます。拙者ご饗応方《きようおうかた》総支配をつとめます原惣右衛門と申す者、すべてはそれがしの至らざるところから発しましたことにございます。早速手配仕《つかまつ》りますればなにとぞご容赦くださいませ」

「其方《そのほう》まことにこれより献立を替えると申すか」

上野介は自分が言いだしたことでありながら口をあんぐりと開いた。まさか取り替えられるはずがないとおもったから言いだしたのである。

「御意《ぎよい》」

原は自信ありげに答えた。

「原殿」

磯貝がはらはらしている。その場は原の言うがままに任せて上野介は引き取った。おそらくすぐ後から、急遽《きゆうきよ》進物を仕立てて詫《わび》を入れてくるにちがいないとおもっていた。

そのとき、上野介は、

「まあしてしまったことは止むを得ぬ。主上の御使者じゃ。公儀の忌みの日にこだわることもござるまい。今後のこともござる故、どんな些細《ささい》なことでも結構でござる。遠慮せずに一々問い合わせられよ」

と言ってやるつもりであった。だが使者は来ず、驚いたことに浅野家では夕食までの限られた時間に三使と側近の料理をすべて精進に取り替えてしまったのである。上野介は妖術《ようじゅつ》でも見せられたような気がした。原惣右衛門の采配《さいはい》で使える料理はそのまま残し、本膳の鰹と大皿の車海老を取り替えたのである。それにしても見事な手際であった。

三

だが吉良上野介にしてみれば、せっかく和解の手をさしのべてやっているのに、ぴしりと払いのけられたような気がした。

「そうか。浅野の肚《はら》は見えた。塩の一件を根にもち、あくまでも指南役無用を押し通す所存だな」

上野介は一本取られた形で意地になった。このときむしろ浅野家が精進料理に取り替えられずヘマをしたほうがよかったのである。原の機転が裏目に出て、両家の間に生じたほんの小さなひびを次第に大きな亀裂《きれつ》に押し広げ、悲劇的なカタストロフへと押し進めて行った。

この料理騒動があって間もなく上野介は殿中で柳沢吉保に出遇《であ》った。上野介はむしゃくしゃした気分の中に吉保に出遇ったものだから心強い味方に会ったような気がした。

「これは吉良殿、なにかとご苦労に存ずる」

吉保は優しい笑みを見せて上野介をねぎらった。

「いえいえ、かようなときのご奉公のためにこそ老職はございまする。拙者にとってはいまこそ君のご馬前の働きにございますれば、老骨に笞打《むちう》っております」

「天晴《あっぱ》れなるお心掛けよな」

吉保は感じ入ったようにうなずき、

「身どもになにかできることでもあれば、遠慮なく申されよ」

と心得顔に言った。上野介はそのとき吉保がすべて承知しているような気がした。

「過日柳沢様が仰せられた拙者の指南が通じぬ場合もあるやもしれぬというお言葉、改めておもい知らされましてございます」

上野介はついに漏らしてしまった。

「ほう、上野殿の指南が通じぬと申されるところをみると、相当に手古《てこ》ずっておられるようじゃな」

吉保の顔がほくそ笑んだように上野介の目には見えた。

「いかにも。これほどの難物とはおもいませなんだ」

吉保の優しげな態度に上野介はつい愚痴をこぼしたいような気持になった。

「よい機会ではござらぬか。昨今ものを知らぬ大名が増えておる。十分に躾《しつ》けておやりなされ」

吉保は先日と同じ言葉を繰り返した。その表情がうんといじめてやれとそそのかしている。

「まだご朝使は到着されたばかり。この調子では先がおもいやられます」

たったいま君の馬前の働き所と大見得を切ったのを忘れたように上野介は溜息《ためいき》を吐《つ》いた。

「上野殿。拙者が控えております。お好きなようにおやりなされよ」

吉保が視線を重ねた。意味深長な視線である。上野介は百万の味方を背後に得たようにおもった。

翌十三日は三使の饗応としての能楽が興行される。巳《み》の刻（午前十時）から申《さる》の刻（午後四時）に至るまで四座の能役者による御能五番狂言二番が興行される。能に興味のない者にとってはそれこそ長い〝苦役〟である。

この間殿中で使者一行と陪観の諸官に食事が供される。白書院《しろしょいん》、雁《かり》の間、芙蓉《ふよう》の間、柳の間、帝鑑《ていかん》の間、御連歌の間べつにそれぞれ食事の内容が少しずつ異なっているが、内容は魚介類だらけである。

これを見て浅野内匠頭は前日の吉良上野介の食事に対するものいいがかりであったことを悟った。内匠頭の面白くない気持は、敏感に上野介に反映した。上野介にしてみれば和解の手をはねのけられただけでなく、それを根にもって内匠頭が逆怨《さかうら》みしているように見えた。

十三日午後第二の事件が起きた。伝奏邸を上野介が再見分したとき、玄関上がり口に前日にはなかった狩野法眼《ほうげん》の画《えが》く竜虎《りゅうこ》の屏風《びょうぶ》が立てられていた。上野介はそれにじろり

と目を向けて、かたわらに控えていた内匠頭に、

「浅野殿、せっかくながらこの屛風は即刻下げられるがよい」と言った。内匠頭はいささか顔色を改めて、

「それはまたいかなる子細あってでござるか」

と問うた。

「いかにも名筆でござるが、畏《かしこ》くも御勅院使のいらせられるお座敷に墨絵の屛風とは礼を欠く。即刻取り替えられよ」

上野介は典礼の権威の自分が取り替えろと言っているのに理由を聞かれてカチンときた。

「ご尤《もっと》もなる仰せながら、諸事華美に流れざるようにと特に御老中よりのお言葉もござったこと故、せっかく用意せし金屛風を引き下げ、この墨絵の屛風に取り替えたところにござる。ご老中のお言葉でもござるが、ここはご指南役のご助言に従い、早速先の金屛風に直しましょう」

と老中を連発しながら上野介の目の前でこれ見よがしに金屛風に取り替えた。上野介が口を出すのを見越して用意しておいたかのような手際のよさである。

ここで上野介がまた凹《へこ》まされた形になった。上野介には浅野内匠頭の言葉の一語一語が素直でないように聞こえた。

（おのれ、こちらが下手《したて》に出ておればつけ上がりおって。よし、そちらがその気ならこ

ちらにも覚悟があるぞ)

上野介は次第に含んできた。「拙者が控えておる故、お好きなようにおやりなされ」と言ってくれた柳沢吉保の言葉が耳許《みみもと》によみがえった。吉保が従《つ》いているということは、天下が味方に付いていることである。吉保の応援が上野介を強気にしていた。

四

その後上野介と内匠頭との間は意思の疎通を欠いてさまざまな不都合が生じた。上野介からの連絡や情報がこない。連絡がきても、まちがっている。浅野家ではその都度伊達家に問い合わせてなんとか事なきを得た。

また殿中の諸式慣例を問うても聞こえない振りをしたり、話中、背を向けたりして十分に教示しない。

上野介の態度は浅野家士の間で問題になった。主君の苛《いら》だちと苦悩は家臣として見るに見かねる。

「やはりこれは進物を贈らなかったのを根にもっているのではないか」

「いまからでも遅くはない。進物を贈進して吉良殿の心証を柔らげるべきではないか」

と片岡、磯貝、原、中村清右衛門《なかむらせいえもん》、糟谷勘左衛門《かすやかんざえもん》などの間で討議された。安井、藤井の両家老も上野介の仕方にようやく進物に原因がありそうだとおもい直してきた。衆議が再進物贈進と決しかかったとき、かねて内匠頭と昵懇《じっこん》の戸沢下野守《とざわしもつけのかみ》が訪ねて来た。折から小笠原長門守《おがさわらながとのかみ》も来合わせた。両名は内匠頭と吉良上野介との間がぎくしゃくしている気配に内匠頭を鼓舞するために陣中見舞に来てくれたのである。

内匠頭は大いに喜び、三人の間で話が弾んだ。頃合を測って戸沢下野守が、

「此度《こたび》ご貴殿には朝使ご饗応役《きょうおうやく》仰せつけられ、かねて噂のある吉良上野介指南役と日々向かい合いて、そのご心労さぞやとお察し申す。さりながら上野介御仁に関してはまことに倨傲《きょごう》にして狷介《けんかい》なる性格と我が父上総介《かずさのすけ》よりも承ってござる。前年父が上野介殿と共に日光御廟参詣《にっこうごびょうさんけい》のご用仰せつけられたる際もさまざまの無理難題をもちかけられ、忍び難き場面も度々あったなれど、大事の御役と自らを戒めただひたすらに耐えて、ようやく大役つつがなく勤め了《おお》せたと語り聞かせられたことがござる。

ご貴殿も上野介殿とただいまご同勤でござれば、さだめしご堪忍袋の緒も切れかねさせられる場面もおわそうかと存ずれど、ここはがまんのしどころ、ご身家《しんか》の御大事、一時の御腹立ちによってご身家を危うくせらるることのなきようご分別あらせられるよう。なに、あと数日のご辛抱でござる。上野介如き者を相手に腹を立てては彼《か》の御仁と自らを同列に立たしめることに成り申そう」

と真情を面に現わして忠告をしてくれた。その直後に両家老が、自分らの一存で再進物の儀を図ればよいものを、内匠頭に申し出たものだから、

「其方《そのほう》どもの心遣い嬉《うれ》しくおもうが、余ががまんすればすむことじゃ。いまさらの進物など見苦しいと申すもの。さような追従の陰に公用を勤むべきではない」

と斥《しりぞ》けられてしまった。

戸沢下野守が親切でした忠言が、この場合仇《あだ》となった。

内匠頭の忍耐が上野介との間の内圧を高め、上野介の癇《かん》にますます障ることになる。

一種の悪循環であった。最初は簡単に修復できそうなわずかなひびが、善意や悪意やすれちがいによって埋め難い溝をつくり亀裂《きれつ》となって割けていく。

「禍福はあざなえる縄のようだ」という諺言《げんげん》があるが、吉良浅野の場合、禍の上に禍が重なり、安全転化《フェイル・セーフ》がまったく働かず、悪化の斜面を転がり落ちて行ったのである。

運命の鯉口

一

柳沢吉保は吉良上野介《こうずけのすけ》と別れた後ほくそ笑んだ。仕掛けた罠《わな》が着実に効きかけている気配である。大きな獲物が一歩一歩近づいている。だがまだ罠の中央に完全に捕えるまでに至っていない。あと一歩の所で取り逃がす恐れもある。

「もう一押ししなければならぬな」

吉保はうなずいた。彼はその日の内に老中連名の奉書を認《したた》めた。奉書は殿中の伝達事項を文書に書いたもので、現在の回覧文書に相当する。内容は口頭ですむ些細《ささい》な申し送りである。

吉保はこの中に大きな罠を仕掛けた。宛名《あてな》は吉良上野介、品川豊前守《しながわぶぜんのかみ》、大友近江守《おうみのかみ》の三人の高家《こうけ》、および饗応役伊達《だて》左京亮《さきょうのすけ》とした。当然この中に浅野内匠頭《たくみのかみ》が含まれるべきところを故意に省いたのである。

翌三月十四日は朝使在府中の最大行事たる勅答の儀が執《と》り行なわれる。この日は将軍が主体となって勅旨に奉答（御礼言上《ごんじょう》）する。将軍は実質的に日本の覇者であり、天皇の上位に坐《すわ》る。したがって勅旨の拝受よりもこのほうを重く見ている。奉答の儀を終えて行事の最大のヤマ場を越えることになる。

この日諸大名、諸官は衣冠束帯《いかんそくたい》に威儀を正して登城した。当日は朝から陰鬱《いんうつ》な曇天であった。こういう日には内匠頭持病の痞《つかえ》(鬱病の類《たぐい》)が起きる。戸沢下野守らに慰められたものの、夜床に就くと改めて昼間の上野介の無礼な仕打ちがおもいだされて眠れなくなる。

悶々《もんもん》とした一夜が明けた。何事も今日一日の辛抱と言い聞かせて登城した。登城すると早速不都合が起きた。前日上野介に問い合わせたところ、本日の衣装は長上下《ながかみしも》という指示を受けていたにもかかわらず諸侯烏帽子《えぼし》、大紋《だいもん》を着用していたのである。

家臣が気をきかして両用の衣装を用意していたので危ういところを救われたが、内匠頭の忿懣《ふんまん》は鎮まらない。

だがこのとき上野介としては、衣装のまちがいは時々発生するので、高家側で数着予備を用意しておいたのである。内匠頭が困惑しているところにタイミングよく差し出して恩を売るつもりでいた。それを家来の機転でサッと躱《かわ》されたものだから、「おのれ、どこまで楯突《たてつ》く気か」とますます怒りを蓄えた。そこへ時機を測っていたように老中連名の奉書が届いた。

上野介は内匠頭の名前がないことにすぐ気づいた。内容は勅答の儀の後の諸官退出路に関することですでに伝達ずみ事項の再確認である。当然あるべきはずの内匠頭の名前が欠けているのは、手違いであることが明らかであった。上野介レベルの判断で補える些細《ささい》な手違いであったが、これまでのいきさつもあり上野介はこの手違いをそのままに押し通した。

彼もそれが手違いではなく、柳沢が仕掛けた罠であることに気づかなかったのである。

上野介は内匠頭が一座の中にいるところで、

「ただいま老中より奉書が下達せられてござる。方々披見されたい」

と宛名のある四名に回覧した。内匠頭も見ようとした矢先にさっと上野介が取り上げたので、

「身共《みども》も拝見したい」

と申し出た。

「貴殿は見る必要はござらぬ」

上野介はニベもなく言った。

「これは異なことを承る。拙者も不肖饗応役の一人、身共のみ何故《なにゆえ》披見する必要はないと仰せらるるか」

と色をなして詰め寄った。返答次第によっては容赦せぬという構えである。上野介は少し気味悪くなったが、後へ退《ひ》けない。

「貴殿の名前はこの奉書の中に見当たらぬ。のう方々」

上野介に同意を求められて三名は仕方なさそうにうなずいた。彼らもなにかの手違いで内匠頭の名前のみ脱落したのであろうとおもったが、ないことは事実である。

「さようなはずはない。拙者も不肖饗応役の一人にござる。他の方々の名前がおわすに何故身共の名前のみ脱《ぬ》け落ちてござるのか」

と詰め寄った。

「さようなこと拙者の知ったことではござらぬ。察するにお手前のような身分軽き御仁は省かれたのでござろう」

「なに、拙者を身分軽き者と言わるるか」

内匠頭の顔面が蒼白《そうはく》になり、きりきりと歯ぎしりをした。武士の格式には官位、禄高《ろくだか》、家柄、職格の四つの要素がある。この中《うち》官位が最も権威がある。将軍が天下の覇権を握っていながらその生母桂昌院《けいしょういん》の従一位叙位にこだわっているのも、その辺の事情を物語る。

上野介は禄高四千二百石の旗本であるが、従四位上少将、内匠頭は五万三千石の従五位下で官位は上野介が上ということになる。

だが内匠頭を「身分軽き者」とは過言である。それならば同列の伊達左京亮も身分軽き者ということになってしまう。

内匠頭の異常な様子に伊達左京亮が近寄り、

「奉書の内容は拙者がお教え申そうほどに、ここはひとまずお引き取りくだされ」

と耳許《みみもと》にささやいた。その間に品川豊前守と大友近江守が上野介を別室へ引っ張って行ったので、爆発直前で事なきを得た。

「吉良殿も少々依怙地《いこじ》になっておりますが、本来性悪《しょうわる》の方ではござらぬ。今日一日のご辛抱にござります。足らざる所は拙者が補い申そうほどになにとぞ忍ばれますよう」

伊達左京亮が親切に言ってくれたので、

「いや見苦しい体をお目にかけお恥ずかしゅうござる。拙者にも非はござった。なにとぞ貴殿よりも吉良殿によしなにおとりなし願いたい」

と落ち着いた声音《こわね》で言ったので、左京亮もホッと胸を撫《な》で下ろした。

二

一触即発の危機を居合わせた者の機転でなんとか躱したものの、運命のカタストロフは刻々と近づいていた。

すでに三使到着して殿上《でんじょう》の間で式が始まるまで暫時《ざんじ》休息を取っている。御三家諸大名、諸官も登城して将軍と朝使の入場を固唾《かたず》をのむようにして待っていた。

勅答の儀は白書院《しろしょいん》で執り行なわれ、諸侯、臣僚は帝鑑の間から式を拝観することになっている。白書院へ来るためには中庭をめぐって奥へ連なる長い廊下を渡る。これが松の廊下である。廊下という語から板敷きを連想するが、二間半×十八間の畳を敷きつめた細長い座敷である。襖《ふすま》に画かれた松から付けられた名称であり、廊下沿いに御三家の上のお部屋、下のお部屋がある。

いまや城中には諸侯、諸士悉《ことごと》く詰めかけてさしも広大な江戸城が人で溢《あふ》れているはずなのに、無人のように静まり返っている。朝使参向の最大行事の開幕直前とあって城中には異常な緊張が張りつめていた。

ちょうどこのとき浅野内匠頭は朝使出迎え作法の細目に関して確かめたいことがあって松の廊下で見かけた上野介を追って来た。玄関寄りの大広間へ向かって大廊下が直角に曲がり白書院の方へ六、七間進んだあたりで上野介に追いついた。背後から何度か呼びかけたが聞こえぬ振りをしている。ようやく追いついて、

「吉良殿、しばらく。少々お尋ねしたき儀がござる」

と袂《たもと》を引くようにして呼びとめると、

「はて、騒々しい御仁じゃな。この期《ご》に及んでなにを尋ねると言わるるか」

面倒臭そうに振り向いた。

「されば、殿上の間より白書院までの御三使ご案内の際、茶坊主の先導に任せて我ら背後よりつき従うべきか、それとも我らが先立ちでご案内申し上ぐべきかご教示願いとう存じます」

と辞を低くして教えを乞《こ》うた。朝使の登城はすでに三日目であるので先例に従えばよいのであるが、内匠頭は初日、第二日とも伝奏邸に詰めており、朝使の案内をしていない。

上野介は冷笑して、

「お手前さようなことをこの差し迫ってのただいままでご存じなかったのか。はてさて饗応役《きょうおうやく》ともあるべき身がなんとも不用意なことでござるのう。ご饗応役どころか、驚き呆《あき》れ果てたる〝驚騒〟役でござるのう。前からなと後からなと好きになされよ」

上野介は憎々しげに嘲笑《あざわら》って行き過ぎようとした。朝使参向今日ですでに第三日目であり、朝使も心得ている。実際の誘導は城内の勝手を最もよく知っている同朋《どうぼう》（坊主頭）が行なうので、饗応役は前後どちらでもかまわない。上野介にしてみれば本当のことを教えたつもりであったが、内匠頭はそうは取らない。

「はや時刻も迫っておりまする。なにとぞご教示下されい」

内匠頭は必死に頼んだ。

「はて。お手前、耳は聞こえてござるのか。前でも後でもよいと申しておるではないか」

「それではお答えになりませぬ」

「拙者の申すことが信じられぬとあれば、勝手にいたされるがよい」

上野介は袖《そで》を打ちはらって行こうとした。

折柄、御台所《みだいどころ》（将軍夫人）の御留守居番梶川与惣兵衛《かじかわよそうべえ》が通りかかり、内匠頭に対して、

「上様御勅答の儀おすませられたならば、拙者までその旨お知らせ願いとう存じます」

と話しかけた。これは三卿《さんきょう》より桂昌院および御台所に対しても恩賜があったことに対して大奥より梶川を御礼の内使として伝奏邸へ派することになったので、その時刻の打

ち合わせに来たのである。

「承知仕《つかまつ》りました」

内匠頭が答えると、

「梶川殿」

上野介が二人の間に割って入って来た。梶川が上野介の方へ姿勢を向けると、

「御用の趣きでござれば一切拙者に申し聞けられたい。かような御仁になにほどのことがわかり申そう。赤穂の浜辺で昼寝しているほうが似つかわしゅうござる」

と嘲《あざけ》りをこめて言った。梶川が当惑して立ちすくむと、

「吉良殿。待たれい」

内匠頭が顔色を変えて行きかけた上野介を呼びとめた。

「まだなにか用かな」

上野介が顔だけ内匠頭の方へ振り向けた。

「ただいまのお言葉、武士として聞き過ごせませぬ。お取り消し願いたい」

「はて、なにか気に障ることでも申しましたかな」

上野介はとぼけた表情を造った。

「武士に対して辱《はずかし》めが過ぎましょうぞ。お取り消しいただかねば拙者の武士の面目が立ちませぬ」

内匠頭としても、上野介と二人だけであったなら怺《こら》えたはずである。だが梶川始め諸

役の面前での辱めなので引き退《さ》がれない。上野介としても、いまさら取り消したとあっては指南役および高家筆頭としての立場がなくなる。どちらも引き退がれなくなっていた。心ききたる者の仲裁が入れば悲劇は防がれたのであるが、生憎《あいにく》臨機の才覚のない者ばかりが居合わせた。はらはらしているだけで手を出せない。

「武士武士とうるさいことでござるのう。武士は武士でも赤穂の浜の鰹節《かつおぶし》ではござらぬか」

上野介は挨拶《あいさつ》の鰹節に引っかけたつもりである。それとなく成行きを見守っていた何人かが忍び笑いを漏らした。

それまでであった。怺えに怺えていた堪忍の糸がプツリと切れた。内匠頭はその音を心裡《しんり》にはっきりと聞いた。

もはやこれまでと腰の小刀《しょうとう》の鯉口を切ったとき、束《つか》の間妻の阿久里《あぐり》や大石内蔵助《くらのすけ》や家臣のおもかげと懐しい赤穂の城下の光景が幾重にも重なって瞼《まぶた》をよぎった。

（さらばじゃ）

内匠頭は愛《いと》しい者や郷里の地に訣別《けつべつ》すると小刀を抜き放った。これ以上取り合っているとややこしい事態になりそうな雰囲気だったので、上野介は背を向けたところであった。

「上野介、待て」

――立ち去りかけて、なにやら険悪な気配に振り向いた上野介は仰天した。備前長船《びぜんおさふね》一尺七寸の業物《わざもの》を抜き放った内匠頭が、血相変えて追いかけて来る。殿中であり得べからざる光景である。

一瞬上野介は魅入られたように立ちすくんだ。その間に内匠頭が迫った。

「この間の遺恨おもい知れ」

積もりに積もった怨《うら》みをこの一撃にかけて備前長船が振り下ろされた。瞬間上野介の視野に赤い閃光《せんこう》が迸《ほとばし》って視野が赤く塗りつぶされた。そのときになって死の恐怖が目覚めた。殺されるとおもった。

第一撃は内匠頭の踏み込みが不足したのと、額の烏帽子《えぼし》の鉄環に阻まれて軽傷に終った。だが上野介には致命傷のように感じられた。

ひいっと老人らしからぬ派手な悲鳴をあげて上野介は長い廊下をこけつまろびつ逃げ出した。なりふり構っていられなかった。内匠頭はその背に追いすがって二の太刀を振り下ろした。

だが、上野介の逃げ足が早く切先が背中の衣類をかすっただけである。

「おのれ、逃がさぬ」

歯がみしつつ三の太刀を加えようとしたとき、梶川与惣兵衛が内匠頭の背後からがっちりと組みとめた。

「殿中でござりまするぞ」

梶川も突然の変事に動転していた。先刻からの成行きに心中密《ひそ》かに内匠頭に同情していた彼は、騒動をこれ以上広げず内匠頭のお咎《とが》めを最小限に抑えるべく庇《かば》ったつもりである。

　鯉口三寸切っても切腹といわれる殿中で刀身を抜き放ち、相手を傷つけてしまったからには、もはやお咎めを蒙《こうむ》るのを防げない。内匠頭が五万三千石を棒に振って刃傷に及んだ胸の中までおもいやる余裕は、梶川にはなかった。ともかく内匠頭に上野介を殺させてはならないとおもった。上野介が生きてさえあれば、内匠頭にも救《たす》かるチャンスがあるだろうとおもった。

「武士の情け、なにとぞいま一太刀、なにとぞ」

　内匠頭は血を吐くような声で叫びながら、旗本衆中一の大力をもって聞こえる梶川をずるずると引きずりながら上野介を追いかけた。

　だが梶川も必死である。引きずられながらも、羽交いじめにした手を放さない。その間に人がわらわらと駆けつけて来た。内匠頭と上野介の間に幾重にも人垣ができて上野介の姿は見えなくなった。

　内匠頭は機会を失ったのを悟った。

「我が事去れり。もはやお手向かいは仕らぬ。衣服の乱れなど直しとうござれば、お手をお放しくだされ」

　内匠頭は全身の力を抜いて言った。梶川もようやく手を放して、血にまみれた長船を内匠頭から受け取った。

火中の栗

一

浅野内匠頭《たくみのかみ》、吉良上野介《こうずけのすけ》に刃傷の報は、青天の霹靂《へきれき》のような衝撃波となって江戸城を駆け抜けた。城中は、勅答の儀の前の最も緊張しているときを狙って起きた大事件にパニック状態に陥った。少し離れた場所や城外に控えていた諸官や家士たちは刃傷があったというだけで加害者も被害者もわからない。

とりあえず騒動の張本人浅野内匠頭を蘇鉄《そてつ》の間に控えさせ、被害者吉良上野介は医師の間において典医栗崎道有《くりさきどうゆう》、坂本養慶《さかもとようけい》（貞）が手当を施した。

事件は逸速《いちはや》く柳沢吉保の耳に入った。

「やったか」

おもわずニンマリしそうになったのを吉保は慌てて抑えた。遂《つい》に獲物が罠《わな》にかかったのだ。吉良浅野両家の確執、上野介、内匠頭両人の性格を計算して周到に仕掛けた罠である。これで五万三千石は確実に網に入った。しかも、一方当事者の吉良が無事とは願ってもないことであった。

だがまだ最初の獲物がかかっただけである。狙う本命の大獲物は背後に潜んでいる。

それを罠におびき寄せるまでは吉保の狙いは達したことにならない。

「上様への言上《ごんじょう》はそれがしが仕るによって、他の老中どもにはそのまま控えおるように申し伝えよ」と命じて、吉保はさてと一呼吸した。

次の本命の獲物を誘い出すためには、当事者の一方を無傷に残しておく必要がある。石高、家臣の数、藩の規模、怨みを蓄えた側などを測れば浅野が吉良にしかけたほうが、本命の大獲物をさそい出しやすい。

両当事者を武士の定法《じょうほう》の「けんか両成敗」に罰せず、どちらか一方に酷に、他方に寛大な偏裁を下す。そうすることによって一方の怨みを長く残すのだ。

浅野が吉良にしかけたのは、浅野を罰しやすい状況である。浅野を処罰すれば、本命の獲物が出て来なくとも五万三千石は取りつぶせる。吉良四千二百石の十三倍弱である。

赤穂藩石高五万三千石の中《うち》三千石は先代のとき分家に分知し、正味五万石であるが、開墾した新田、三千石を弟大学《だいがく》に与えているから、五万三千石は没収できる。これだけでも大獲物というべきである。

一方、被害者吉良の四千二百石は没収せずにそのまま残す。これが背後の大獲物浅野宗家と上杉家を引っ張り出す餌となる。両家を合わせると、五十二万六千五百石となる。

この獲物をうまく取り込めれば、そのまま幕府の増収となる。しかも浅野、上杉両家は本来徳川家の敵対家である。

吉保の罠の構造は巧妙であり、遠大であった。いまのところ罠は彼が望み得る最も好ましい形で獲物を咥え込んでいる。この形をそのまま次の罠の仕掛けに利用しなければならない。

それには将軍綱吉《つなよし》を吉保の望む方角に誘導しなければならない。そのために吉保は他の老中の言上を阻止したのである。

吉保は奥殿に伺候した。綱吉は勅答の儀に備えて湯浴《ゆあ》みをしていた。綱吉が湯殿から出て、髪上げをし、衣装を整えるのを待って御前に進んだ。

「ただいま松のお廊下において浅野内匠頭儀《ぎ》私の怨みをもって吉良上野介に刃傷に及びましてございます。幸いに上野介は薄手にて生命に別条はございませぬ。内匠頭の仕形《しぎょう》、殿中をも憚《はばか》らず不届き至極なれど、上野介は場所柄を弁《わきま》え一切手向かいせず、まことに神妙な振舞いにございます。取りあえず内匠頭は取り押え、上野介は傷の手当を施し、お廊下の穢《けが》れは浄《きよ》めさせましてございますれど、さし当たりて饗応役《きょうおうやく》の後任いずれに仰せつけさせられましょうや。またお勅答の御席はこの白書院《しろしょいん》を当てさせられるべきかおうかがい奉ります」

と言上した。綱吉の意を問う形を取りながら吉保の望む方向へ巧みに誘導している。

綱吉は驚愕《きょうがく》したが、初めの驚きから立ち直ると激怒した。最も大切な勅答の儀を血で穢すとは何事。しかも私の怨みによって殿中をも憚らず斬りかけたとの由。綱吉は自分の権威を血で穢されたとおもった。もともと平和主義者の彼はけんかや刃傷沙汰《ざた》が大嫌いである。血腥《ちなまぐさ》いにおいを嗅《か》いだだけで鳥肌が立つほどである。生類憐《しょうるいあわれ》みの令もその辺から発している。

柳沢吉保は内心のほくそ笑みを表に現わさず平伏した。綱吉はうまうまと吉保の誘導に乗せられてきた。

二

ともかく勅答の儀は終った。儀式にとりまぎれていた怒りが勃然《ぼつぜん》と綱吉に湧いてきた。あろうことか、勅答の儀を血で穢した。しかも騒ぎの当事者が朝使饗応役であり、この儀式典礼の総支配ともいうべき高家《こうけ》指南役を傷つけたのである。騒ぎは当然使者の耳に入っている。綱吉の面目まるつぶれである。

まして今回の勅使参向には桂昌院《けいしょういん》の従一位叙位が関わっている。桂昌院の叙位は来年三月と内示が下っているが、それも今回の事件で取止めまたは延期となる恐れがないでもない。

内匠頭は城中にて取調べを受けた後、田村右京太夫《たむらうきょうだゆう》の邸《やしき》にお預けとなった。取調べに当たった幕府目付《めつけ》多門《おかど》伝八郎《でんぱちろう》は、内匠頭に同情的であった。なんとか罪一等を減ずべく、私の遺恨ではなく、乱心ではないのかと問い直したが、内匠頭は、

「ご厚志忝《かたじけの》う存ずれど、乱心では、内匠頭の武士の面目が立ち申さぬ。私一個の遺恨をもって刃傷をしかけましたる次第」

と言い張った。

その日午後、綱吉は裁決を下した。

「内匠頭の今日の所為、公儀を憚らざる段不届き至極である。切腹申しつけよ」

まったく妥協の余地のない裁きであった。これに対し吉良上野介には、

「御場所柄を弁え手向かいいたさず神妙の至り、其方《そのほう》儀お構いなく、ずいぶん大切に保養いたす可《べ》く」ときわめて寛大な沙汰を下した。

老中一同粛然とした。だれの目にもこれは浅野に一方的に酷な偏裁である。城主の切腹は家名の断絶、城地の没収を意味する。五万三千石の領邑《りょうゆう》、家中、それに関わっている多数の人々の生活基盤が一挙に失われるのである。各藩は藩札《はんさつ》を発行している。それが一朝にして紙屑《かみくず》と化し、経済は混乱し、影響は近隣諸国にも及ぶ。今日の会社が倒産する比ではない。

倒産には前兆があるものだが、これはまったく突然に一国一藩が強権によって取りつぶされてしまうのである。

「ご上意の通り、内匠頭の所為いかにも不届き千万にはございますけれど、乱心による発作の体に見うけられます。なにとぞご処分の儀は暫時《ざんじ》ご猶予あらせられますようお願い申し上げます」

「それがしも同様に存じ奉ります」

ようやく老中末席稲葉《いなば》丹後守《たんごのかみ》が恐る恐る発言し、つづいて秋元《あきもと》但馬守《たじまのかみ》が同意を表明した。だが彼らも将軍裁決に対し、はっきりと偏頗《へんぱ》なる裁決と反対できなかった。だが綱

吉は「すでに余が決したことである」と一蹴《いっしゅう》した。

多門伝八郎のみ、「ご上意にはおわせど、武士の定法たるけんか両成敗に背くご裁断と存じ奉る。いま一度のご再考を願わしゅう存じます」と幕閣に訴えたが、取り上げられなかった。

吉良上野介はただ恐しかった。たしかに浅野内匠頭に対して少し意地悪がすぎたようにおもう。

しかし、原因をつくったのは浅野ではないか。「武士の面目が立たぬ」としきりに言っていたが、高家の面目を最初に踏みにじったのは浅野である。

その後しばしば当方から和解の手をさしのべていながら、悉《ことごと》く拒まれた。そして今日の仕打ちである。問答無用、あろうことか殿中においていきなり斬りかかって来た。「この間の遺恨」とどなっていたようだが、いったい遺恨を蓄えるまでに何日あったと言うのか。

勅使が到着したのは三月十一日、前日から伝奏邸へ詰めたものの、両人の間がぎくしゃくしてきたのは十二日料理取替事件以後である。たったの三日間に、五万三千石の領地と家族、大勢の家臣の生活のかかる身分を棒に振ってまで、三十五歳の壮年の内匠頭が、六十一歳の余命いくばくもない老人に斬りかかるほどの怨《うら》みがあったというのか。

塩をめぐる確執があったとはいえ、それはむしろ吉良側が意趣を含むことである。内匠頭はまこと血迷ったとしかおもえない。

考えてもみよ。公務とはいえ、高家の指南料は確立された慣習である。その収入によって高家の体面と生活は維持されているのだ。それを支払わずに指南を受けようとした理非は子供にもわかることではないか。

上野介は途方もない狂人を相手にしてしまったような恐怖をおぼえていた。事件発生後、衆目は上野介に冷たい。彼が被害者なのに元凶のような見方をする。取調べに際しても、一切手向かいせず抜き合わせもしなかったのが卑怯《ひきょう》臆病《おくびょう》のような言い方である。壮年の武辺大名が武芸にはほど遠い高家の老人に不意討ちをしかけたのである。初めから勝負になるはずがないではないか。

幸いに柳沢吉保が終始好意的なのが心強い。受傷後間もなく医師の間に駆けつけて来て暖かい言葉をかけてくれた。

内匠頭はその日の中《うち》に切腹、城地没収の極刑に処せられたのに対して上野介はお構いなし、手疵《てきず》の養生仕《つかまつ》れと温情ある沙汰《さた》を受けたのも偏《ひと》えに吉保の支持のおかげであろう。

上野介の疵は二か所あり、一は眉《まゆ》の上で骨に達し三寸五、六分（約十一センチ）、二は背中で浅いが傷の長さは六寸余（約二十センチ）である。

道有が駆けつけて来るまで津軽《つがる》意三《いぞう》と坂本養慶の二人が手当に当たったが、いっこうに止血しないので、急ぎ栗崎道有が呼ばれて秘伝の石灰を入れた軟膏《なんこう》を傷口に塗布してようやく血が止まった。

さらに道有は上野介の空腹なるを見抜いて台所と湯呑《ゆの》み所に赴き、湯漬けを調達して上野介にあたえた。四面楚歌《しめんそか》の中でこの柳沢吉保と栗崎道有の暖かい心遣いは上野介にとって地獄に仏のように有難かった。

上意執達後、吉保はわざわざ医師の間まで来てくれて「本復次第旧前同様に勤仕仕るように」と暖かい言葉を添えてくれた。これで上野介の身分も保障されたのである。天下を敵にまわしても吉保が支援してくれるかぎり、天下よりも強い味方である。

松の廊下の異変は、吉良上杉両家にも一大衝撃をあたえた。吉良家では上野介が浅野内匠頭に斬られたという第一報に一時は家中が押取《おっと》り刀で飛び出そうとした。

それを辛うじて制止したのは、小林平八郎である。

「方々、鎮まれ。鎮まられよ。いまだ殿のご安否も確かめられざるうちに軽々《けいけい》に動いてはならぬ」

まだ斬られたという情報だけで、傷の程度も、生死も定かではないうちに吉良浅野の両家臣が事を構えては、それこそ救えるものも救えなくなる。主君は城中に隔離されており、家臣は近づけない。不測の事態に備えて江戸城諸門は封鎖されている。

吉良家では直ちに人を派遣して情報を蒐《あつ》める一方、いかなる事態にも対処できるように家中が待機した。

一方、上杉家も混乱状態に陥った。吉良家とは三重の濃縁で結ばれている上に、当主の綱憲《つなのり》は無類の親おもいである。

綱憲も登城中であり、当然父親が当事者になった騒動に巻き込まれたと推測される。血相変えて駆け出そうとする留守居の家士を色部又四郎は大喝して抑えた。

「鎮まれ。うろたえてどこへ行く所存か。江戸城へ駆けつけたところで城内へ入れるとおもうてか」

「さりながらご家老、このまま座視してはおれませぬ。吉良様の大事、殿にあらせられてもいかなる難儀におわすかとお察し奉れば居ても立ってもいられませぬ」

「控えよ。かような際の軽挙妄動こそ、いかなる禍《わざわ》いをお家に及ぼすやもしれぬ。事情が分明するまで勝手な行動は許さぬ」

又四郎は決意を眉宇《びう》に現わして家士の前に立ちはだかった。痩《や》せて小柄な、平素は居るのか居ないのかわからないようなもの静かな又四郎の身体が巨岩のように大きく、圧倒的な威圧感をもって迫った。

ともかく又四郎の制止によって上杉家も事態の推移を見守ることになった。この間又四郎が最も心を砕いたことは、正確な情報の入手と吉良家との連絡を密にすることであった。

上杉家が踏み留《とど》まっても、吉良家の家中が暴発すれば上杉家の好むと好まざるとにかかわらず引きずり込まれる。吉良家には小林平八郎、新貝弥七郎、山吉新八郎など上杉家から出向した心ききたる士がいるが、よく吉良家中を抑え切れるか。

又四郎は野本忠左衛門、深沢平右衛門《ふかざわへいえもん》、片桐六郎右衛門《かたぎりろくろうえもん》などを次々に吉良家に送り、呉々《くれぐれ》も軽挙妄動に走らず自重するように申し伝えさせた。

午後に入り、追々情報が入ってきた。吉良上野介が軽傷で生命に別条ないと聞いてひとまず愁眉《しゅうび》を開いたものの、その後の公儀の沙汰《さた》が不安である。当時はけんか両成敗が常識であり、浅野が処罰されれば吉良家も無傷ではすまない。

一応、吉良側は被害者となっているが、けんかの原因をつくったのは吉良とされている。しかも幕府儀典長、高家筆頭の身分にありながら、最重要行事の勅答の儀を血で穢《けが》したとあっては、むしろ浅野よりも厳罰を下されるかもしれぬ。

当時は一族連座制であるから、累は当然上杉家にも及んでくるだろう。まして上杉家は関ケ原戦より徳川家からにらまれている家柄である。この事件が幕府に口実をあたえなければよいが――色部又四郎の不安はまさにそこにあった。

浅野内匠頭即日切腹の報に、束の間吉良上杉両家中は沸き立ったが、直ちにこれに随伴すべき処分をおもって色を失った。吉良家側にしてみればけんかの原因は浅野がつくったのであるが、幕府も世間もそうは見ていない。強欲な吉良が賄賂《まいない》を贈らない浅野をいびったのが原因とみている。となると、浅野の切腹は吉良も同罪以上を意味する。当然領地は没収である。

だがつづいて届けられた「吉良お構いなし」の沙汰に家中に歓声が上がった。

「よかったよかった」

松原多仲、斎藤宮内《さいとうくない》、左右田孫兵衛《そうだまごべえ》などの家老は手を取り合って喜び、清水一学、須藤与一右衛門、左右田源八郎《げんぱちろう》、斎藤清左衛門《せいざえもん》など子飼いの近習《きんじゅう》たちは、

「我が殿がお構いなしは当然のこと。殿中も憚《はばか》らず不意にしかけたのは卑怯。これはけんかではのうて、闇討ち同然でござる。浅野が切腹申しつけられたのは、武士の定法からはずれた所為であったからにほかならぬ」

と息巻いた。

その日の午後遅く上野介の出血も止まり、症状が安定したので目付、徒目付《かちめつけ》が厳重に警護して、栗崎道有がこれに付き添い平川口の不浄門から下城して来た。一方当事者の浅野内匠頭が同じ時刻に田村右京太夫邸で切腹になっているのに比べて、これは手厚い保護である。

だが、吉良上野介お構いなしの執達に色部又四郎は眉を曇らせた。野本忠左衛門があまり嬉《うれ》しそうでない又四郎の表情に、

「ご家老にはなにかお気に召されぬことでもございまするか」と問うた。

「うむ。其方《そのほう》、この度のご裁決あまりにも浅野家に対して酷とはおもわぬか」

又四郎は勝《すぐ》れぬ気色《けしき》のまま反問した。

「いかにもさように存じますけれど、浅野にとっては自業自得かと」

「たしかにしかけたのは浅野なれど、風聞によればこの度のご裁決には柳沢殿の内意が働いておる由……」

「柳沢様は終始吉良様のお味方でございました」

「それよ、柳沢殿が何故吉良殿に肩入れせらるるのかわからぬ」

「吉良様のなされ方が柳沢様のお心に適《かな》ったのでございましょう」

「松のお廊下の事が起きる前より、柳沢殿は吉良殿になにかとお声をかけておられたと承る」

「それがなにかご懸念に」

「なにか底意が含まれているような気がしてならぬ。まずかかる片手落ちなるご裁決に対して浅野家中が意趣を含むであろう。この事が後々の禍根にならねばよいが」

「浅野様は自らの不調法によって切腹仰せつけられたるもの、これを怨《うら》むは逆怨みかと存じまする」

「其方まことさようにおもうか」

「は」

「これが立場を変えてみよ。仮に我が殿が浅野とけんかして、一方的に殿のみ切腹申しつけられ、浅野はお構いなしとの沙汰あれば我が家中は黙止しておるかの」

又四郎の目が験《ため》すように忠左衛門を見ている。

「さればご家老には浅野が吉良様に報復を企てると思《おぼ》し召されますか」

「浅野家には大石内蔵助《くらのすけ》が控えおる。あの者、噂通りの人物であれば油断はならぬ」

「世間では大石が簡単には城を明け渡すまい。城受け取りの公儀軍勢と一戦交えるやもしれぬと専らの風評でございますが」

「そうしてくれれば後腐れがなくてまことに芽出たいのじゃが」

又四郎の目が宙に据えられて遠方を見ている。その底光りする目には忠左衛門に見えないものが映っているのであろう。

「そうはしないと思し召されますか」

「まだなんともわからん。ただ、大石が城を明け渡して家中が八方に離散せば、我らも安閑としておれなくなるぞ」

又四郎は大石の動きが無気味であった。公儀相手の一戦は華々しいが、主君の遺恨を散じたことにはならぬ。赤穂藩五万三千石がどんなに頑張ったところで公儀の大軍勢相手では、所詮《しょせん》「蟷螂《とうろう》の斧《おの》」である。

むしろここは開城して後日を期すべきではないか。藩論は大いに揺れるであろうが、忠節の士のみ集めて主君の仇《あだ》を報ぜんと隠忍自重して吉良を狙えば、上杉家としても座視してはいられなくなる。

上杉が吉良を応援すれば、吉良浅野のけんかに引っ張り込まれる。上杉が出て行けば、赤穂の背後に控えている広島宗家が黙ってはいまい。おもわくを追っていた又四郎の瞼裏《まなうら》に柳沢吉保のニタリと笑った顔が見えたように思った。

子供のけんかに親が出るようなものである。おもわくを追っていた又四郎の瞼裏に柳
(まさか)とおもった。まさかそこまで計算して、この片手落ちの裁決を下したわけで

はあるまい。

だが、上杉、浅野宗家が巻き込まれたときは、幕府に絶好の口実をあたえる。

上杉が徳川家にとって敵対家であるように芸州浅野宗家三十七万六千五百石も、もとは豊臣系の無気味な大勢力である。加藤《かとう》、福島《ふくしま》などを取り除いた後に生き残っている豊臣家直系である。

（ひとおもいに吉良上野介が死んでくれたらどんなにすっきりしたことであろう）

あの死に損いの爺《じじ》いめ、もう十分生きたではないか。又四郎は口にこそ出さねど、忌々しかった。そうでなくても綱憲は上杉十五万石を継いだにもかかわらず、依然として実家への帰属意識が強い。上杉家の当主であるのに、意識は吉良家の人間なのである。

元禄《げんろく》十一年九月六日吉良鍛冶《かじ》橋《ばし》邸が類焼し、呉服橋《ごふくばし》内に替地拝領し、新邸を建築したときもその費用二万五千五百両を上杉家より出してもらった。

上杉家は百二十万石を十五万石に削られても、その家臣をほとんど召し放さなかった。会社の規模が八分の一になっても社員はそのままという状況であるからその財政の苦しさは言語に絶した。

藩士の俸禄《ぼうろく》の二分の一借り上げ、会津から米沢へ削封された当初は家士の住むまともな家もなく、「掘立柱わらよしずにて仕切り土間へむしろを敷く」というほど悲惨な状態であった。

このような火の車藩財政の中で綱憲は大藩名家意識のみ強く、家士の血を絞るようにして実家への援助を惜しみなくしたのである。

もし彼が上野介を上杉家にかくまうなどと言いだしたら、好んで火中の栗を拾うようなものだ。

かくまわないまでも上野介がこれから上杉の大きな荷物になることは確かである。

色部又四郎は家中の北条市之進《ほうじょういちのしん》、戸狩甚五兵衛《とがりじんごべえ》、町田志摩之丞《まちだしまのじょう》、計見又兵衛《けみまたべえ》、大熊弥一右衛門《おおくまやいちえもん》、お艶《つや》、お絹《きぬ》を呼び出した。

「其方《そのほう》共これより直ちに赤穂へまいれ、彼地《かのち》の様子を探りて逐一報告せよ。特に筆頭家老大石内蔵助から目を離すまいぞ。万一浅野の家士に捕らえられるようなことがあっても上杉の名を出してはならぬ」

と命じた。

邪《よこし》まなる攻防

一

赤穂城下では、突然の凶報に家中、城下共にパニック状態に陥っていた。まず第一の早駕籠《はやかご》早水《はやみ》藤左衛門《とうざえもん》、萱野三平《かやのさんぺい》により国許《くにもと》が凶変出来《しゅったい》を知ったのは三月十九日払暁である。

平和な城下町の春の朝の眠りは、この早駕籠によって破られ、以後赤穂城下に同じ平和と安穏は二度と戻らなかった。

第一報ではまだ主君内匠頭《たくみのかみ》が吉良上野介《こうずけのすけ》に刃傷に及んで未遂に終ったというだけで、上野介の生存の有無、内匠頭の処置もいっさいわからない。ともかく青天の霹靂《へきれき》、寝耳に水の凶事であった。

家中一同総登城して続報を待つと同時に国許からも急使を立てた。

同日、戌《いぬ》の下刻（午後九時ごろ）第二の早駕籠に乗って原惣右衛門と大石瀬左衛門《せざえもん》が到着した。この第二便によって主君は即日切腹、遺骸《いがい》を引き取った模様が伝えられた。

これによって浅野家の運命に終止符が打たれた。藩祖長直公より三代、正保《しょうほう》二年（一六四五）赤穂入封してより五十六年の歴史が主君の一瞬の激発によってなんの用意も前兆もなく閉じられてしまったのである。

城中に詰めていた国許の家士二百余名の絶望には救いがなかった。

だがこの時点では依然として吉良上野介の状況が不明である。原と大石瀬左衛門が江戸出立《しゅったつ》までに八方手を尽くして集めた情報により、上野介は軽傷にて生存の模様に、家中はいきり立った。

二十二日、二十五日と追便が来たが、大学の閉門、江戸藩邸の引き渡しを報じたのみで吉良上野介の消息は依然として不明であった。

大石は二十五日夜上野介の状況を確認するために田中権右衛門《たなかごんえもん》と山本佐六《やまもとさろく》を再度の急使として江戸へ派遣した。

だが上野介の消息を曖昧《あいまい》に烟《けむ》らせたのは柳沢吉保の深慮遠謀によるものである。浅野家中が上野介生存、お咎《とが》め無しと早期に知れば、城をおとなしく引き渡すどころか、籠城《ろうじょう》の準備をしてしまう。

できるだけ浅野家中を情報から隔離させておいて戦備をととのえさせない間に収城してしまおうという魂胆である。

この間大石は大野九郎兵衛《おおのくろべえ》などの反対を押し切り藩金を集めて藩札の交換を強行している。三月二十日より藩札の両替が行なわれた。藩金七千両掛け目六分で出札高一万二千両を交換した。藩が取りつぶされれば藩札など紙屑《かみくず》となる。掛け目六分でも領民は大石の英断に涙を流して喜んだ。

この在金高と出札高については説が分れているが、いずれにしても、藩金不足額は三千―五千両に達する。掛け目六分（六十パーセント）としても藩士の取り分はなくなってしまう。

藩論は籠城、殉死、復讐《ふくしゅう》などで沸騰していたが、永《なが》の浪々の身となれば先立つものは金である。

それを気前よく領民に支払った大石内蔵助の心情は無気味であった。大野の反対に対して、大石は、

「主家の大変によって領民に難儀を強いさせたとあっては亡主の徳と治世を辱める。藩札の両替はなにものにも優先させるべきでござる」

と説得したという。たしかに正論であるが、大野が反論したように、

「家あっての領民、主家存亡の折には領民もその苦難を分けるは当然である」という論議が本音であり、実情に添っている。

領民は平穏無事のとき、その治世の恩恵に浴している。おいしい所だけでなく、その苦難も共有すべきであるという大野九郎兵衛の反論には説得力があった。

明日から、いや今日ただいまから始まる浪々生活に向けて心細いおもいを禁じ得ない藩士たちの支持が大野に集まっていた。

だがこれらの反対をねじ伏せて大石は藩札両替を強行した。この報知が赤穂へ送り込んだ間者から色部又四郎の許にもたらされた。又四郎は首を傾げた。

「籠城、報復いずれにしても、その覚悟があるなら藩札を両替するはずがない。大石には少なくとも籠城の意思はないな」

と又四郎は見た。開城離散は又四郎が最も恐れている方向である。だが報復のために後日を期すとしても金は要る。浅野家は内福の聞こえ高いから秘密資金の備蓄があるのかもしれない。背後には広島の大勢力が控えているので油断できない。

ともあれ、大石の藩札両替強行は、又四郎にとって無気味であった。

だが大石はいったん宗家に不足金の借金を申し込んで断わられている。これは広島に金がなかったからではなく、下手に金を貸して籠城の軍資金にでもされてはと幕府を憚《はばか》ったのである。

柳沢が引出しを狙っていた浅野の背後の大獲物は最初からひたすら累が及ばぬようにすくみ上がっていた。その点は上杉家も同じである。

吉保の深慮は功を奏していたが、日が経過するほどに吉良の存命と咎め無しの情報は、各所から浅野家中へ漏れ伝わってくる。家中の論議はますます沸騰してきた。

藩論は大きく四つに分れていた。
一、開城して舎弟大学取立てによるお家存続の嘆願
二、籠城
三、上野介の仕置きを要求して遺臣一同殉死
四、復讐

この中、一は大野九郎兵衛を中心とするグループであり、三は大石内蔵助一派である。二、四は若手の過激派であり、江戸から駆けつけて来た原惣右衛門が軸になっている。二、四は威勢はよいが論議となると弱いので、原は彼らの貴重な論客であった。江戸からの早駕籠にもまれたのにもめげず、連日城中の評定《ひょうじょう》に出席して一歩も譲らない。

二十六日までは大野派が意外に強かった。だが同日上野介生存がほぼ確定するとにわかに旗色が悪くなった。

「殿の讐敵《しゅうてき》がのうのうと生き長らえておるというにおめおめと城を開いて、我らなんの顔色《かんばせ》あって泉下の殿に見《まみ》えんや。吉良の首をかき取り殿の墓前に供えるか、はたまたかなわぬまでも藩祖以来のこの城に拠《よ》って公儀と一戦をなし、家臣一同城を枕に討死にをしてこそ我が家中の面目が立つというもの」

と強硬派は開城派を罵倒《ばとう》した。大野も城中の水利の悪さや兵器の劣弱なことを一々数字を挙げて反論した。

城中大評定は二十七、八、九日と三日間連続して開かれた。二十八日から九日にかけては徹夜の評定になった。その間おおかたの議論は出つくし、藩士たちは疲労で朦朧《もうろう》としていた。

だが心機は異常に昂《たか》ぶり、その場で横になって仮寝をしても眠れない。

藩論は、殉死、嘆願、籠城と大きく揺れ動いたが、四月十二日大石がどうとりまとめたのか、開城に統一してしまった。開城日は十九日と決定した。

十四日には江戸からウルトラ過激派の堀部安兵衛《ほりべやすべえ》、奥田孫太夫《おくだまごだゆう》、高田郡兵衛《たかだぐんべえ》の三人組も帰国してその後の藩議に加わっている。

この情報は早飛脚で逸速《いちはや》く色部又四郎の許に届けられた。

「堀部、奥田、高田の三士もおとなしく開城に同意したとあるが解せぬ」

北条市之進からの手紙を読んだ又四郎の目が深沈たる光を帯びている。彼らは浅野家中でも聞こえた剣客である。堀部は「高田馬場《たかだのばば》」で勇名を轟《とどろ》かせ、奥田と共に江戸の剣客堀内源太左衛門《ほりうちげんたざえもん》の高弟である。また高田は「槍《やり》の郡兵衛」としてその武名は高い。

彼らが大石に徹底抗戦か復讐を迫るために帰国して行ったことは明らかである。それがコロリと節を変えて、開城に同意したのは解せない。

「大石め、なにか企《たくら》んでおるな」

又四郎はつぶやいた。大石の肚《はら》はなかなか読み取れぬ。だが、逸速く藩札両替を強行して領民の不安を鎮め、そして藩金の備蓄の不要な恭順開城に藩論をまとめてしまった手並みは尋常ではない。

おもうに、藩札交換を決定した時点で彼の胸裡《きょうり》に開城が定まっていたのであろう。これは本来大野九郎兵衛が主張したことであった。大野の反対をねじ伏せて藩札両替をした後、結局大野が唱えた開城に藩論を導いてしまった。その間に大野は家族を引き連れて逐電している。

殉死派、籠城派、復讐派の強硬論を押し伏せるには相当な危険がある。下手をすると暗殺されかねない。

城下には事あれかしと元家中の者や全国から浪人が集まってさながら戦国城下町の観を呈しているという。住民は避難を始め、武具商のみ悦に入っている。

赤穂四境には近隣諸藩の大兵力が集結して収城に備えている。たかが五万三千石の小藩の小城一つの明け渡しに天下分け目の決戦のような大動員である。

この時期に上杉家の間者団の一人計見又兵衛は、人足の中にまぎれて首尾よく城内に入り込んだ。城内は騒然としており、合戦に備えているように見える。

人足たちは武器や道具類を運搬し、職人は城内各所の修理に忙しく立ち働いている。

又兵衛は人足を装いつつ兵器の種類や数などを覚え書きしているところを折悪しく巡邏《じゅんら》して来た家士に見つかってしまった。

「きさまなにを書き取っておるか。胡乱《うろん》なやつめ」

目を血走らせた家士によってたかって取り押えられてしまった。

又兵衛は観念した。上杉の間者と察知されては生きては還《かえ》れない。江戸を立つとき、色部又四郎から万一捕えられるようなことがあっても、上杉家の名前を出してはならぬと釘《くぎ》をさされたことをおもいだした。

又兵衛はその場から城内の奥まった場所へ引き立てられた。そこに一際態度に厚みのある武士がいた。城下城中悉《ことごと》く殺気立っている中で、彼の周辺だけが不思議に穏やかで透明な明るさに包まれているようであった。

又兵衛は初対面であるが、彼が大石内蔵助であるのを悟った。又兵衛は観念の眼を閉じると、

「かくなったるうえはもはや言い逃れても詮《せん》なきこと。武士の情け、せめてこの場で切腹仕《つかまつ》りたくお許しお願い申す」

と申し出た。大石はにこりと笑って、

「一つしかない腹をさようなことで召さるることもござるまい。我ら籠城《ろうじょう》、殉死、開城いずれを取るにしても城中を秘密に伏せる必要はいささかもござらぬ。貴殿が城中を探るも主命に添ってのことでござろう。ただ一人にて敵城に乗り込まれたる勇気には感服仕った。遠慮のう城内をごらんなされ」

と、咎《とが》めるどころか、案内役を付けて城中隈《くま》なく見せてくれた。そして放免する際に、何度でも見に来られるがよいと言ってくれた。

計見又兵衛は大石の度量に圧倒されてしまった。

二

四月十八日目付荒木《あらき》十左衛門《じゅうざえもん》ら四名が入城して開城に先立つ検分を行なった。十九日丑《うし》の中刻（午前三時）脇坂淡路守《わきざかあわじのかみ》、木下肥後守《きのしたひごのかみ》の軍勢は戦闘態勢を整えたまま城下に入った。

懸念されていた浅野家の抵抗は一切なく、収城業務は十九日卯《う》の中刻（午前七時）か

ら始められた。城内は整然として塵一つなく、武具、物品、記録、諸帳簿の引き渡しが行なわれる。

　明け渡し業務は約三時間で終った。巳《み》の上刻（午前十時）赤穂藩士は父祖三代の築いた赤穂城を川口門《かわぐちもん》から退城した。翌日から藩士一同の離散が始まった。

「遂《つい》に来るか」

　その報《し》らせを受けた色部又四郎は唇を嚙《か》んだ。彼が最も恐れていた方角へ大石が歩きだしたのである。大石がなんの魂胆もなく開城するはずがない。

　復讐《ふくしゅう》の盟約を密《ひそ》かに存念のある者たちと交わし、後日を期して城を開いたのだ。そうでなければ超過激派がおとなしく開城に同意するはずがない。

　開城の報知と前後してお絹《きぬ》が帰って来た。

「手紙では意を尽くせませぬので、とりあえず私が帰ってまいりました。お艶《つや》さんはなお城下に留《とど》まって様子を探っております」

　お絹は長旅の疲れを美しい面《おもて》に見せず報告した。

「ご苦労であったのう。女性《にょしょう》の其方《そのほう》どもにかかる危険な役を申しつけて心苦しくおもっておるぞ」

　又四郎は優しくねぎらった。

「なにを仰せられます。このようなときのためにこそのご奉公でございます」

　お絹は柔らかく抗議して、

「すでに飛脚便にてお伝え申し上げました通り、滞りなく開城し、家中は離散、収城の軍勢も引き揚げ、城下は火が消えたようになっております」

「して大石はいかがしたか」

又四郎は最も気がかりなことを尋ねた。

「大石内蔵助は城下近郊の尾崎《おざき》村の仮寓《かぐう》にひとまず居を移して、残ったわずかな遺臣と共に残務の処理に当たっております」

「さようか」

又四郎はうなずき、目で手紙では意を尽くせぬ報告をうながした。

「それにつきまして、過日の夜、大石の仮寓を意外な人物が訪問いたしましたのを目にし、私の思案にあまりましてご報告に帰ってまいりました」

「意外な人物とは？」

又四郎は上体を乗り出している。

「夜陰に乗じて裏の木戸より出入りした者は頭巾《ずきん》を除《と》った際にチラと横顔を見せましたが、たしかに大野九郎兵衛でございました」

「大野九郎兵衛とな」

又四郎はその名前を聞いて目の前に張られていた暗幕をはらりと取り除《の》けられたような気がした。

「はい。一刻（二時間）ほど大石と密談を交わした後、二名の士に護衛されて帰ってまいりました。大野九郎兵衛は藩札の両替に終始反対し、四月十二日深夜家族を引き連れて逐電し、家中の嘲罵《ちょうば》の的となった人物、それが大石と密かに気脈を通じている気配にございます。また護衛の士の一人は勘定方で藩札両替を担当した岡島八十右衛門《おかじまやそえもん》にございました」

大野の逐電は同志の一人神崎与五郎から、

「大野九郎兵衛その気濁りて深姦《しんかん》邪欲なり。人の忠を蔽《おお》い、士の義を掩《おお》う。このときに当たり自己の財を聚《あつ》め、ひとえに陰逋《いんぽ》を為《な》さんと謀《はか》る。元禄十四年四月十三日、人倫の道に違《たが》い、禽獣《きんじゅう》の性を抱き、恥を担い、辱を負うて逐電すといえども、孫娘を忘れてこれを空屋に捨つ、（中略）前代未聞なり」と筆誅《ひっちゅう》されたほどである。

「そうか、そういうことであったか」

又四郎にはいま初めて大石の採った巧妙な戦略の構造が読めたとおもった。

大石は大野を藩論を統一するための道具に使ったのだ。大石の意志は最初から開城と定まっていた。これは又四郎が推測した通りである。

だが最初から開城を唱えても、激昂《げっこう》した急進派をなだめられない。下手をすれば暗殺されかねない。そこでまず大野を立てて開城を唱えさせ、自分はそれに反対する風を装いながら藩札両替を強行してしまう。軍資金がなければ籠城したくともできなくなる。

もし大野が本心から開城を唱えたのであれば、資金面から籠城を不可能にする藩札交換に賛成すべきであった。大野の開城論にも大石の意図が働いていたのだ。

沸騰した藩論を無理に統一しようとしても、むしろ家中の興奮と亀裂《きれつ》をうながすだけであろう。

これを大石は大野を使って段階的に誘導していったのである。単に藩論を自分の望ましい方角に導いただけでなく、大野を篩《ふる》いにして不必要な人員を篩い分けてしまった。全家中ではなにをするにしても身動きがつかないからである。

家老の一人、大野九郎兵衛は、藩の経済財政に明るい人物のようである。打ち物取っての戦力にはならないが、お家の大変時に籠城開城いずれにしても藩の清算のために、このような人物の扶《たす》けが必要欠くべからざるものとなる。

大石は大野の能力を最大限に利用したのみならず、藩論誘導のための悪役、人選の篩い役にまでした。その手腕たるや非凡である。おそらく全家中大石の道具に仕立てられ、だれもその事実に気がついていまい。

やはり、大石内蔵助、噂の通り端倪《たんげい》すべからざる人物であった。又四郎は腹の底から畏怖《いふ》の念と同時に闘志が盛り上がってくるのをおぼえた。

この恐るべき人物を相手に自分は上杉家を護《まも》り通さねばならないのである。

「して大石の身辺はさぞ護りが固いであろうの」

後日を期すからには、当然身辺の護りを固めているであろう。

「それがまことに開け広げており、特段の警戒をしているようにも見えませぬ。むしろ私どものほうがはらはらするくらいに無防備の体に見うけました」

「かげながら護衛が付いている気配はないか」

「まったくございませぬ。堀部、高田ら三士も私よりも少し前に江戸に向けて発足いたしましたし、手練《てだ》れの者も次々に離散しております。城下に残っているものは、主《あるじ》に置き去りにされた犬や猫のみ目立っております」

生類憐《しょうるいあわれ》みの令も赤穂にまでは及ばないらしい。

お絹はさらに開城前計見又兵衛が城中に潜入、捕えられたが、大石が城中隈なく見せてくれた上に放免されたことを伝えた。

「又兵衛は無事であったか」

「はい、もはやこれまでと観念してお腹を召されようとしたのを大石内蔵助に留められた由にございます。城中、本丸、武器庫に至るまで悉《ことごと》く案内したうえに、何度でも見に来るがよいと申された由にございます」

「又兵衛は当家の名前を漏らさなかったであろうの」

「さようなことは一言も問われなかったそうにございます」

又四郎は、何事も先手を取られているようにおもった。上杉吉良の間者など眼中にない。探りたければ探るがよい。狙いたければ狙うがよい。はたしてお主らに探り切れるか我が足許《あしもと》に近寄れるかなと、余裕綽々《よゆうしやくしやく》と問いかけられているようである。

間者と露見した者に城中隈なく見せるというのは並大抵の度量ではない。

どうせ死ぬと決めた身に、または開城と藩議決定後は隠すべき秘密はないかもしれぬ。

だが間者に対してそこまで寛大になれるものではない。まして吉良上杉の縁《ゆか》りの者とわかれば主を奪われた家臣の怨《うら》みが集まる。

それを間者の素姓の詮索《せんさく》すらしなかった。大石は又兵衛の素姓を知っていた。知っていたので詮索しなかったのである。大石に籠城、殉死、報復いずれの意図もなければ、そんなことはどうでもいいことであろう。

だが仮にその意志があったところで、どうでもいいことではなかったのか。

大石は当然と予想された身辺の護りすら固めていない。

吉良上杉の間者に備えるだけでなく、家中の急進派の暴発に対して身辺の護りを当然固めているとおもった。又四郎は大石という人物がますますわからなくなった。わからないだけに恐い。

「遠路の大役ご苦労であった。そなたは赤穂に戻らずともよい。このまま江戸に留《とど》まり、ゆっくりと休むがよいぞ」

と又四郎はお絹をねぎらった。お絹を去らせると又四郎は家中の和久半左衛門《わくはんざえもん》を呼んだ。彼は上杉家でも指折りの遣い手である。

「其方《そのほう》、ご苦労であるが、これより直ちに赤穂へ立ってもらいたい」

又四郎は命じた。

「承知仕《つかまつ》りました。そしてそれがしは彼地《かのち》でなにを為せばよろしいので」

半左衛門は剽悍《ひょうかん》な目を向けた。又四郎の態度から和久はこの旅の目的の容易ならざる気配を察知している。

「其方赤穂へ赴き、大石内蔵助を斬れ」

「大石を、討てと」

和久が目を見開いた。

「彼《か》の者、生かしておけば必ずや当家に禍《わざわ》いを為す者、必ず討ち果たせ。万が一にも抜かるまいぞ」

これはおもいきった命令である。まだ大石はなんの動きを示したわけでもない。幕府に恭順の意を表明して一指もあげることなく穏やかに開城した。

上杉に対しては一片の害意も見せていない。開城後近郊の仮寓に閉じ籠《こも》ってひそと暮らしている。不穏の萌《きざ》しは気配もない。それを討てと言うのである。

だが、又四郎は大石の動かざる構えの中にひたひたと波のように押し寄せて来る戦意を全身に感じている。大石が吉良をどうしようと、又四郎は痛痒《つうよう》を感じぬ。だが大石は必ず上杉を引きずり出そうとするであろう。そしてそれこそまさに柳沢の狙いでもある。

柳沢の狙っている獲物は、上杉だけではない。赤穂の背後の広島宗家も的である。そして大石の恐しさは、亡主と共に宗家とすら無理心中を辞さぬところにある。

おそらく大石も赤穂と吉良の確執を利用しての広島と米沢のおびき出しを狙った公儀の意図を見抜いているであろう。公儀の意図を承知で後日を期した。

（そうはさせぬぞ、この色部又四郎の目の黒い間は）

又四郎は深く心に期した。そのための第一の布石が和久半左衛門である。

「よいか、構えて油断するな。大石は尋常の器ではない。万一仕損じたときは当家の名前を出してはならぬ」

「委細承知仕った」

「疾《と》く立て」

藩中切っての遣い手を刺客に放ちながら、又四郎は心の裡《うち》に、この程度の布石で封じ込められる相手ではないことを予感していた。

三

同じ時期に柳沢吉保は自邸の奥まった部屋で平岡宇右衛門と向かい合っていた。

「どうやら望む方角へ歩み始めたようじゃの」

吉保の栄養の行き届いた面で目が薄く笑っている。彼の片腕となって長いこと働いてきた宇右衛門であるが、いまだにその目の奥にあるものをつかみ取れない。

「は、殿のお見通しの通り、ただ感服のほかござりませぬ」

宇右衛門の言葉は世辞ではない。吉良浅野両家の塩をめぐる確執の一片の情報をきっかけに巧妙にして精緻《せいち》な罠《わな》を仕掛けた。

そして第一の獲物はものの見事に引っかかった。第二第三の獲物も罠の方位に徐々におびき出されている。すべては吉保の計算通りである。

「赤穂には大石、上杉には色部がおる。どちらも並々ならぬ人物である。おそらく両人共、わしの仕掛けた罠に気づいておろう。色部はむざとは罠にかかるまい。仕掛けを取り除こうと図るにちがいない」

「仕掛けを取り除くと仰せられますと」

「今後の仕掛けの根は大石にある」

「左《さ》あれば、大石を……！」

宇右衛門の表情がはっとなった。ようやく吉保の示唆を悟った。

「わしが色部なら、いまのうちに大石を斬って家の禍根を断つであろう」

「まさかそこまで。大石はまだなんの動きもしておりませぬが」

「いかにも。だが、動き出してからでは遅いのじゃ。いまならまだ立ち上がってもおらぬ。さしたる身辺の警備も施してはおらぬ。もしかするときゃつめ、報復の意図などないかもしれぬ。一瞬の短慮のために五万三千石三代の身家《しんか》を捨てた主の意趣など散ずるには及ばぬと割り切っておるやもしれぬ」

「しかしそれでは家中の士をなだめられぬかと」

「さよう。されば、後日に含むところありとして家中をいったん取りまとめ、城を開いて後は時の流れに任そうという魂胆やもしれぬよ」

吉保の薄笑いが皮肉な色を含んだ。家中一党まとまってこそ一つの圧力になる。開城離散して浪々の身となれば、いかなる鉄石の心といえど時間と窮乏の中に風化せざるを得ない。大石はそれを待っているのかもしれない。

「だがそれではわしが困る。またわしがそうはさせぬ。大石にはぜひ立ち上がり動き出してもらわねばならぬ。色部もそれを察しておるのよ」

「色部が刺客を差し向けておりましょうか」

「そろそろ差し向けるころじゃな。開城前にすでに差し向けておったやもしれぬ」

「ならばなぜ開城前にしかけなかったのでございましょう。さすれば急進派の暗殺に見せかけることもできたでございましょうに」

「開城前では藩議一決せず、籠城《ろうじょう》、殉死いずれとも測り難い。籠城、殉死を取らば自ら手を下す必要はない」

「されば大石の身が危のうございますな」

「よもや刺客如きに倒される大石とはおもわぬが、いま大石に死なれてはせっかくの仕掛けが無に帰する。其方、かようなときのために飼っておる浪人者がおるそうじゃな」

「荒木《あらき》源三郎《げんさぶろう》と申す者にて、一刀流を遣います」

「その者、腕は確かか」

「邪剣ではございますが、おそらく江戸にもあれほどの剣を遣う者は数指に数えられるでございましょう」

「邪剣のほうがよい。しかしその剣、当分大石を守るために遣わせよ」

「承知仕りました」

「面体《めんてい》を悟られぬようにかげながら護《まも》れと申し伝えい。荒木とやら、これからも使い途《みち》があるでの」

吉保はふっと含み笑いをした。

廃城の後

一

刃傷事件の後吉良上野介《こうずけのすけ》は致仕（辞職）を願い出て許された。柳沢吉保より「傷本復次第従来通り勤められるように」と温情ある上意を受けていたが、これだけの騒動を起こした当事者としてとてものこのこと出仕できない。いつまた浅野縁《ゆか》りの者から襲われるかとおもうと恐しくて邸《やしき》から一歩も出られない。夢にまで血まみれの小刀を振りかざして追いかけて来る浅野内匠頭が現われて、夜もよく眠れない。

主人と共に邸全体も消沈していた。世間の同情は浅野に集まり、吉良家は悪声の渦の中にあった。

「当方は被害者ではないか」

という抗弁も通らない。けんかの真因も知らず、知ろうともしない。ただ吉良を強欲の塊りとし、けんか両成敗の定法《じょうほう》に反してお咎《とが》めなしとして取り残された吉良を悪者に仕立て上げ、お上《かみ》の偏裁のうっぷん晴らしをしているのである。

この場合、吉良は体制の悪の表象となっている。お上に対して抗議できない絶対君主制の下で、吉良は民衆のお上に対する不満の代理的《だいりまと》となっているのである。

吉良邸の塀には吉良上杉を嘲《あざけ》ったり罵《ののし》ったりする落首狂歌が書かれる。犬や猫の死骸《しがい》が放り込まれたこともあった。生類憐《しょうるいあわれ》みの令の締めつけが厳しい時下にこれは大変なことであった。

いかに吉良に対する世間の憎しみが強いかを示している。

三月末から四月にかけて、吉良家から放った間者の報告が相次いで届けられた。吉良家が最も願っていたのは、赤穂の籠城である。藩士一同城を枕に討死にしてくれれば、後腐れがなくてよい。あとは「人の噂も七十五日」である。時間の経過に任せれば、いずれ忘れ去られてしまう。

だがそうはならなかった。事態は吉良家にとって最も好ましくない方角へ動いている。江戸の街は若葉に包まれ、一年で最も潑剌《はつらつ》とした季節であるが、吉良邸のみ世間に耳目を閉ざし、季節に背を向けて重苦しく閉じ籠《こも》っていた。

赤穂城が開城し、藩士一同離散したという報告を受けた松原多仲《たちゅう》は、自室に密《ひそ》かに清水一学、須藤与一右衛門、左右田《そうだ》源八郎、鈴木元右衛門《すずきもとえもん》ら吉良家子飼いの家臣を呼び集めた。新貝弥七郎、山吉新八郎、小林平八郎の顔は見えない。

「すでに各々方、聞き及んでいることと存ずるが、赤穂は開城いたした。藩士は八方に離散したと聞くが、どのような慮外者が血迷っていつ押し込んで来るやもしれぬ。これより一層戒め合い相勤められるように」

と申し渡した。

「それがしどもが控えおりますからには、赤穂の食いつめ者どもが何人押しかけてまいろうとなにとぞご安心くだされい」

清水や須藤が頼もしげに答えた。

「そこもとらの言葉、まことに心強い。されど敵は浅野ばかりではないぞ」

多仲の言葉がなにかを含んでいる。

「と仰せられますと」

多仲の含みがわからなかった清水が、代表して聞いた。

「されば此度《こたび》の事件によって最も当惑しておるのはだれとおもうかな」

多仲が謎をかけるように一同の顔を見まわした。吉良家は当惑どころかパニック状態に陥った。ようやく当初の混乱から立ち直ったものの、吉良家中の受けた衝撃はまだ残っている。

一同が黙然として謎の意味を探っていると、

「畏《おそ》れ多いことながら殿が浅野に斬られていっそ死んでくれればよかったとおもっておる者がおる」

「浅野家縁りの者以外の者でございますか」

須藤が問うた。清水と並ぶ吉良家における武断派の近習《きんじゅう》で馬庭念流の達人である。

「さよう。わからぬかな。敵は意外に近い所におるやもしれぬぞ」

「意外に近い所に……まさか」

清水の顔がはっとなった。

「さよう申さるれば、おもい当たるところがあるであろう。なぜこの場に新貝、山吉、小林の面々を呼ばなかったのかおのずからわかるであろうの」

「まさか、上杉家が」

清水は自分が言いだしておきながら容易に信じられぬ体《てい》である。上杉家こそ吉良家最大の終始変らぬ庇護者《ひごしゃ》である。世間全体を敵にすえたようないま、上杉家の存在が吉良家中にとっていかに心強いかはかり知れないものがある。

また財政的にも上杉家から援助を受けている。物心両面共に吉良家は上杉家のカサの下にある。

「よく考えてもみよ。いまや吉良家は上杉家にとって厄介な荷物以外のなにものでもない」

「しかしながら我が吉良家は上杉家と三重の濃縁でござる」

「濃縁であっても荷物の重さに変りはない。いや、濃縁なればこそ余計重いのじゃ」

「お言葉ながら上杉家が殿の敵にまわるなどとはとうてい信じられませぬ」

「上杉の殿様にはさようなことのあろうはずがあるまいのう。されど濃縁と申しても、いまは殿と上杉綱憲《つなのり》様とのご関係じゃ。上杉家の江戸家老色部又四郎殿は煮ても焼《か》いても食えぬ方じゃ。殿が桜田《さくらだ》の上杉邸へお成りの都度、露骨にいやな顔をしおる。彼の御仁にとっては上杉のお家のことしか念頭にないのじゃ。

吉良浅野のけんかに巻き込まれて、浅野家の二の舞を演ずるのを恐れておる。あの顔は殿がなぜ浅野に斬られて死んでくれなかったかと残念がっておる顔じゃ」

松原多仲に言われて一同は色部又四郎の木彫りの面のように無表情の顔をおもいだした。松原の言うように上野介が死ななかったのを悔やしがっているようにもおもえなかったが、決して喜んでいる顔でもない。

「色部又四郎殿がなにか企《たくら》んでおると申されますか」

「わからぬ。ただ上杉ということで盲目的に信じぬことだ。我が吉良家は上杉家にとって百害あって一利もない存在となっておることを忘れてはいかん」

多仲は釘《くぎ》をさした。

二

多仲の懸念も無理からぬところがあった。吉良家中と一口に言っても、吉良子飼いの家臣団のほかに、上杉家から正室に付いて来た小林平八郎のグループ、養子義周《よしちか》に従《つ》いて来た新貝、山吉の一派がある。吉良家に対する上杉家のカサの大きさをそのまま反映して上杉家の家臣団の勢力は大きい。

小林平八郎や義周付き家老の斎藤宮内《くない》の発言力は家つき家老松原多仲、左右田孫兵衛を上まわるほどである。これが義周が当主となれば、吉良家子飼いの家臣団と上杉系家臣団との位置は完全に逆転する。

いまですら一々上杉家の顔色をうかがわなければなにもできない。これが「義周時代」となればもはや吉良系は完全に出る幕はなくなる。

さらに吉良家の内情を複雑にしているのは、〝第三勢力〟の台頭である。彼らは事件以後、浅野の押し込みに対して新規に召し抱えられた浪人団である。腕を買って雇い入れられただけに人格的にはかなりいいかげんな者も混じっている。これの首領格が鳥井《とりい》利《り》右衛《え》門《もん》であるが、彼らが吉良、上杉家臣団の対立の間をうまく泳いで一方の勢力となりつつある。

吉良家はこれら三つの異なる派閥による複合家中となっていたのである。多仲にしてみれば浅野遺臣団が殴り込みをかけて来たとき本当に頼りになるのは清水一学ら子飼いの家士だけである。

小林、新貝、山吉らはいまだに上杉家中の意識である。鳥井ら新規召抱え組は金で雇っただけに、いざというときにまったく当てにならない。

多仲が吉良家子飼いのみを集めて注意を喚起した後、同じ吉良家家老の左右田孫兵衛が心配そうな顔をしてやって来た。孫兵衛は源八郎の実父である。父子二代にわたって吉良家中の現役である。いわば吉良家のサラブレッドである。

「松原殿、貴殿のご懸念は尤《もっと》もと存ずるが、家中一丸となって浅野の万一あるやもしれぬ打ちかけに対して備えなければならぬ時期に、自ら家中に疑心暗鬼の溝を設けるは得策ではないと存ずる」

孫兵衛はやんわりと諌言《かんげん》した。

「拙者とて家中に溝をつくるつもりはござらぬ。されど近頃の色部又四郎殿のなされ方を見ておると、上杉家のみに盲目的に頼るのは危険と存じ一言注意をうながした次第でござる」

多仲はにべもなく言い返した。左右田孫兵衛はこのような家中三派鼎立《ていりつ》の状態で、報復の一念に凝り固まった浅野遺臣団に立ち向かえるものか、はなはだ心許《こころもと》なかった。

三

開城後の赤穂城下は荒廃していた。家臣は離散し、開城前働き所を求めて馳《は》せ参じて来た浪人の群もあらかた立ち去ったが、代わって無政府状態となった城下に無法者が集まって来た。

合戦の気配に怯《おび》えていったん避難した住人も戻って来たが、無法地帯と化した城下で息を殺すようにして暮らしている。昼間だけ商店は店開きするが、昔日の殷賑《いんしん》は及ぶべくもない。町の人口の約三分の一を占めた藩士、家族、従者、使用人を失って城下は寥々《りょうりょう》たるものであった。藩士の家屋敷は空き家となったままだ次の主《あるじ》が定まらない。置き去られた犬猫が住みついている家もある。

例年ならば若葉に包まれて初夏の色に染め上げられる赤穂城下に、若葉の色は変らぬながらも亡国の悲色と荒廃感が重苦しく屯《たむろ》し、人心を暗く沈めていた。

無政府状態をよいことに四方から無法者が流れ込み、勝手な振舞いをしていた。昼間から酒を飲み、博奕《ばくち》に耽《ふけ》り、婦女子にいたずらをしかける。乱酔してのけんか口論は日常である。

夜になるとばったり人通りが絶える。人家も早々に灯《ひ》を消す。夜灯がついていると、人がいるのを知り、無頼漢が押し込んで来るからである。

これが尚武の名藩、平和の中にも凜然《りんぜん》たる気風で貫かれていた赤穂城下とはとうていおもえないような変貌《へんぼう》ぶりであった。

その夜お艶《つや》は仲間の北条市之進《ほうじょういちのしん》や戸狩甚五兵衛《じんごべえ》などと会合して宿へ帰って来た。同じ宿にいると目立つので各自分宿している。

送って行くという市之進を、見咎《みとが》められるとまずいからと断わって独りで帰って来た。いまなお、大石始め藩士二十二名、小者等十二名が残務処理のために残留している。彼らは城下遠林寺《えんりんじ》に残務事務所をおいて作業をしていた。

江戸の色部又四郎からは、開城後の大石の動きから片時も目を離すなと指令がきている。

宿は新町にある。城下は城の北面と西側に城を抱え込む形で形成され、北面が町家《ちょうか》、西側が藩士の家によって構成されている。大石内蔵助《くらのすけ》、大野九郎兵衛、藤井又左衛門、奥野将監《おくのしょうげん》などの重臣の邸《やしき》は郭《くるわ》内にあった。西に行くほどに身分が低く、西縁馬場に沿って足軽《あしがる》長屋がある。

城下の二分の一以上はこれら武家屋敷であるのに、これがすべて主を失ってしまったのであるからその寂れようがわかる。郭内および城内は黒い影となってうずくまり、武家屋敷にも人の気配はない。文字通りのゴーストタウンである。

遠林寺は寺町にあり、今日の会合はそこから近い城下の北東の隅にある橋本町の北条市之進の宿でもたれた。

お艶は市之進の宿から田町を横切り、上町、九軒町を伝って帰って来た。途中浅野家縁《ゆか》りの華嶽寺《かがくじ》や高光寺《こうこうじ》、長安寺《ちょうあんじ》など寺が多い。長安寺の角を曲がれば新町に入り、宿は近い。

長安寺に沿って玉竜庵《ぎょくりゅうあん》との間の道に出たところで数個の人影と鉢合わせした。いきなりだったので避けも躱《かわ》しもならない。

「よう、こいつはたまげた。赤穂にまだこんな別嬪《べっぴん》が残っていたのかい」

「狐が化けたんじゃあるめえな」

「狐か観音様か、ちょい裾《すそ》を捲《めく》って確かめてみろ」

酒気が夜気に瀰漫《びまん》して足許《あしもと》も定まらないほど酔っている。新町のどこかで飲んで来たらしい。生憎《あいにく》周囲は寺ばかりである。まずい所で悪い連中にぶつかったとおもったが、お艶は取り合わず行き過ぎようとした。

「待てよ、姉ちゃん。まだ宵の口だ、そんなに急ぐこたあるめえ」

一際悪相をしたのが立ちはだかった。熟柿《じゅくし》のにおいがまともに顔に吹きかかる。

「通してください」

お艶は毅然《きぜん》として言った。この手合は少しでも弱味を見せるとつけ込まれる。

「こちとら女日照りで、女のにおいを嗅《か》いだだけで鼻血が出そうだ。ああいいにおいだ、たまったもんじゃねえぜ」

「においだけじゃおさまりそうもねえや、観音様のご利益《りやく》に与《あずか》らねえことにゃあ、おれがいいと言ってもせがれが承知しねえってよ」

下卑ただみ声でわめきながら、いきなり抱きすくめようとした。その手をするっと躱してぴしりと打ちはらう。

「無礼すると許しませぬ」

お艶は懐剣《かいけん》を構えた。

「この女《アマ》ァ、やっぱりただのねずみじゃなさそうだぞ」

「しゃらくせえや、赤裸にひん剝《む》いて輪姦《マワ》しちまえ」

無頼漢たちは凶暴性と獣欲を剝き出しにして取り巻いた。けんか馴《な》れしているとみえて、頼りなかった足許がしゃんとしている。一人二人はなんとか躱したものの、たちまち懐剣を叩《たた》き落とされ、手取り足取りされた。

もがいても、こういうことに馴れているのか、女のツボをぴたりと押えて抵抗を抑圧する。暗がりに引きずり込まれて、あわやという矢先に、いきなり無頼漢たちがはね飛ばされ、お艶は自由を回復していた。

「城下にて人も無げなる振舞い、早々に立ち去れ」

お艶を庇《かば》って一人の武士が立っていた。

「なんだとサンピン、てめえ何様だとおもってやがる。この城下はだれのものでもねえ。おれたちが殿様よ」

悪相の首領格が匕首《あいくち》を構えてにらんだ。仲間も手に手に凶器を握って武士を取り巻いた。武士など少しも恐れていない様子である。

「どうやら痛い目をみぬとわからぬらしいの」

武士は口の中で薄く笑ったようである。

「しゃらくせえ、殺《や》っちめえ」

無頼漢たちは獣欲を遂げる直前を阻止された怒りを武士に向けてきた。修羅場を何度も踏んだ身ごなしである。しかも連係して戦うのに熟練している。前後左右から息もつかせず挟撃して獲物を網にからめ取る。このようにしてこれまで何人もの人間を殺傷してきたのだろう。

だが武士の動きは彼らを上まわった。優れた剣才としっかりした基礎の上にみっちりと練り上げた剣術は、ごろつきのけんか殺法を寄せつけなかった。

いずれも峰打ちで利き腕や急所を打たれたごろつきたちは、戦意を失った。

「早々に当城下より立ち去れ、今度会ったなら峰《ほ》打ちではすまさぬ」

無頼漢たちは捨てぜりふを残す元気もなく這《ほ》う這うの体《てい》で逃げ去った。

「危ないところを有難うございました」

お艶がほっとして礼を言うと、

「たまたま通り合わせてようござった。近頃女性の夜歩きは物騒、気をつけられるがよい」

と柔らかくたしなめた。遠方の薄明かりの中に若い凛々《りり》しげな横顔が浮かんだ。

「あのう、差しつかえなければお名前を聞かせてくださいまし」

お艶が救われた感謝をこめて言うと、

「名乗るほどの者でもござらぬよ。おてまえ、城下では見かけぬ顔だが、この夜更、女性の独り歩きは、無頼の者ならずとも誤解をまねくやもしれぬ。もはや当城下には夜陰に乗ずるような用向きもないとおもうが、ま、なによりもご用心に越したことはござらぬ」

武士は皮肉な笑みを漏らした。お艶はそのとき武士に正体を悟られているような気がした。

索莫《さくばく》たる彼我

一

大石内蔵助《くらのすけ》暗殺の秘命を色部又四郎から命じられた和久半左衛門は、初めは侮《あなど》っていた。五万三千石尚武の名藩などと呼ばれていたが、主君を一方的な裁きによって討たれ、三百余名の家臣の中《うち》、ただ一人として立ち上がる者もなく城を明け渡してしまった。堀部安兵衛、高田郡兵衛などの江戸にまで聞こえた剣客を擁しながら尚武の名藩が聞いて呆《あき》れる。そんな腰抜け藩中の開城離散後、残務整理に携わっている大石の暗殺など、なにもおれがわざわざ出向いて行くまでもあるまい。腕達者のゴロンボ浪人数人を差し向ければすむことではないかと、内心大いに不満であった。

堀部、高田などが残留していれば、多少手強《てごわ》い手合わせが期待できるが、彼らもまた江戸へ帰ったという。

赤穂には北条市之進や戸狩甚五兵衛《じんごべえ》など上杉家中の士が送り込まれている。彼らでは埒《らち》があかないのか。

和久には、又四郎が大石をあれほど恐れる理由がわからなかった。大石を買いかぶっているのではないかとおもった。

ところが赤穂へ来てから和久の大石に対する先入観は大きく変ってきた。たしかに城下は火が消えたようになり、無法者が幅をきかせている。

和久が着穂したときは、残務整理のために残っていた者もおおかた離れ、大石一家のほかに田中清兵衛《たなかせいべえ》、間瀬久太夫《ませきゆうだゆう》二名を残すのみとなっていた。

このところ大石は主家大変以来の心身の疲労がたまり左腕に疔《ちょう》を発して病床に就いていた。いまの仮寓《かぐう》は、大石家の家扶《かふ》瀬尾孫左衛門《せおまござえもん》の兄の別宅を借りている。城下の東南郊千種《ちぐさ》川の対岸にあり、尾崎《おざき》村の通称「おせど」という寂しい所である。特に護衛の者のいる気配もなく、特別の警戒をしている様子もない。

大石自身は剣を東軍《とうぐん》流の剣客、奥村無我《おくむらむが》に学び免許皆伝の腕であるが、本人が「錆《さび》がついている」と言っているほどであるから甚だ当てにならない。今日のペーパードライバーの如き免許であろう。

刺客に襲われたら一たまりもないような環境で、大石は悠々と病いを養っていた。

和久を迎えた先着の北条らは、藩中随一の遣い手が出てきたことに、彼の使命を察知したらしい。

「大石は不思議な人物でござる。無防備のようでいてつけ込む隙がない。利口か馬鹿かもわからぬ。だが不思議に家中の人望を集めておる。堀部、高田、奥田の三人が開城に決した家中に火のようにいきり立って出て来たのが、去勢された犬のようにおとなしくなりおった。またすでにご存じかともおもうが、計見又兵衛が城内を探索中捕えられたとき、見たければ自由に見るがよいと城内隈《くま》なく案内してくれたうえに放免されてござる」

北条はこれまでの経過を説明した。

「それは初めから籠城《ろうじょう》も仇討《あだう》ちの意志もない故にしたまでのこと、感服するほどのこともあるまい」

和久は冷笑した。どうせ明け渡す城であれば、どこのなにを見せようとなんら支障はないはずである。そんなことに感心しているこやつらも大石に鼻毛を読まれたのであろう。

「まずご自分で大石という人物を見られるがよかろう。おせどにいま病いを養っておる。ま、病人を斬っても名誉にならぬがの」

北条市之進が嘲《あざけ》るように薄笑いをした。

不思議に先着の間者団の中に大石を擁護する気配が見える。和久の役目を察知してそれとなく牽制《けんせい》している。

和久は腹立たしくなった。こんな連中だから屈強の男が五人も揃っていながら、わざわざ和久が出て来なければならなかったのだ。

「ま、お主《ぬし》らの役目も間もなく終るであろう」

和久は言葉に含みをもたせた。

だが大石の仮寓は呆れるほどの無防備であった。もともと農家の離れであるので開放的である。柴垣《しばがき》に囲まれたさして広くもない庭越しに家の中が覗《のぞ》き込める。時として家人の話し声が外にまで聞こえてくる。

大石は離れの奥に寝ているらしい。一日一回城下から医者が通って来るほかは、いまは訪れる人もあまりない。これでは刺客に斬り込まれたら一たまりもあるまい。改めて「病人を斬っても名誉にならぬ」と言った北条の言葉がおもい合わされた。

こんな無防備の所を突くのは、和久の刺客としての誇りが許さない。これが多少護《まも》りを固めていれば戦意が湧くのであるが、これでは全然やる気が起きない。

こちらのそんな心理を見越して故意に無防備にしているのか。

和久が何回か下見をしている間に、部屋の障子が開かれて、一人の男が座敷から庭を見ているのに出遇《であ》った。病いによる憔悴《しょうすい》は見られるが、ゆったりとした姿勢である。和久は咄嗟《とっさ》に彼が大石であるのを悟った。庭越しに二人の目が合った。

和久がどぎまぎしたとき、大石がニコリと笑いかけた。完全に気勢を削《そ》がれた。一種の位負けである。

和久は慌ててその場を離れた。胸の鼓動が激しくなっている。彼は舌打ちした。このおれとしたことが、このざまはなんだと自嘲《じちょう》したとき、前方から一個の人影が近づいて来た。

武士である。深編み笠《がさ》をかぶっているので面体《めんてい》はわからない。田圃《たんぼ》の中の細い道なので、たがいに避けも躱《かわ》しもならない。

和久の心身が強張った。一見平常の足取りで歩いてくる深編み笠から凄《すさ》まじい剣気が放射されているのを感じ取ったのである。これまでこんな凄まじい剣気を帯びていた者に見《まみ》えたことはなかった。

大石内蔵助に位負けして、まだ立ち直れない間はこの剣気にまともに立ち向かえない。だが逃げても避けても斬られる。和久は、斬られるのを覚悟で近づいて行った。うまくいって相討ちの、前進だけにわずかな確率がある。

二人はすれちがった。すれちがった瞬間、両者の身体から火花が発したように感じられた。だが何事もなくすれちがった。深編み笠が視野から立ち去ったとき、和久は立っていられないほどの疲労を感じた。

夥《おびただ》しい気力が放出されて、喘《あえ》いでいる。剣こそ交えなかったが、確実にどこかを斬られていた。和久は敗北感に打ちのめされていた。

大石に位負けしていなくとも、よくて互角の相手である。深編み笠は和久の正体を見抜いていたように初めから剣気を内攻させていた。

いったいあの深編み笠は何者か。最初から和久に対して敵意を漲《みなぎ》らせていた。もしかすると、大石の護衛か。護衛だとすればなんとも恐しい相手である。

あるいは和久同様に大石を狙う刺客かもしれぬ。刺客だとすれば、吉良の手の者か。吉良家にあれほどの手利きがいたか。

和久は、清水一学や須藤与一右衛門をおもい浮かべた。彼らなら知っている。だが彼らならば深編み笠をかむっていても見分けられる。

するとと吉良が外から雇った刺客か。あるいは色部又四郎が和久以外に送り込んだ刺客かもしれぬ。複数の刺客に相互に連絡を取り合わせずに襲わせる。色部ならやりかねない。

いずれにしても刺客であれば、他の者に大石は討たせぬ。和久は心に期した。

大石の病いはなかなか癒《なお》らなかった。さすがの大石も病床から動けないようである。だがその間も大石は黙って寝ていたわけではない。

将軍生母桂昌院《けいしょういん》の尊信を一身に集めている時の権僧隆光《りゅうこう》と、浅野家代々の祈願所遠林寺の前住職、京都普門院《ふもんいん》の現住職の許《もと》へ主家再興の取りなしを頼み、遠林寺の現住職祐《ゆう》海《かい》に運動資金を託して江戸へ派遣した。

その他宗家、縁藩手繰《たぐ》れるだけの伝《つて》を手繰って主家再興運動を強力に推し進めていた。

二

そのころ吉良家では、赤穂開城、家中離散の報に、家中の防備を一段と強化した。表門、裏門、新門、塀などに強化工事が施された。本邸を取り囲んで長屋が増築されて、新たに雇い入れられた用心棒が住み込んだ。

邸内敷地の一角に道場が設けられて、威勢のよい気合いや掛け声が外の往来にまで漏れてくる。それは邸《やしき》をうかがっているやもしれぬ浅野遺臣どもに対する示威でもある。

だが風雅をもって聞こえる吉良家がにわかに殺伐としてきたのは否めない。新規召抱えの者の中には柄の悪い者も少なくない。奥の女中たちに欲望を露骨に塗った目を向けて、気味悪がらせた。

上野介《こうずけのすけ》は自分の身を護るべき用心棒を「目の碍《さまた》げ」として忌み嫌った。

邸の出入りも厳しくなった。出入り商人には通行証が渡され、不定期に出入りする者は、表門に留《とど》められ、面会約束を取りつけた者が奥から迎えに来るまでは一歩たりとも邸内へ入れない。

吉良家は常時臨戦態勢となった。いつ押し込んで来るやもしれぬ浅野遺臣に備えて邸内はいつも緊張の極みにおかれ、重苦しい雰囲気が屯《たむろ》している。

平時の人数の一挙に二倍近くも人間が増えたところに、致仕してからはこれまでの収入であった高家《こうけ》役《やく》料や上洛《じょうらく》幕使の旅費、老中代理の寺社代参手当、勅使指南役謝料などが失われてしまった。目下吉良家財政を賄《まかな》っているものは領邑《りょうゆう》四千二百石中五公五民として二千百石および上杉家からの補助金だけである。

当然のことながら高家筆頭として羽ぶりをきかせていたころのような万石並みの生活をすることはできない。

いま上野介をわずかに慰めてくれるものは、一服の茶を点《た》て釜《かま》の松籟《しょうらい》に耳を傾けることと、実子の綱憲に会いに行くことくらいである。だがそれも茶室を訪れて来る客もなく、上杉邸の訪問は上杉家家老色部又四郎が露骨に迷惑の色を見せる。また警備上からも家臣に多大の負担をあたえる。

要するに死んだも同然になって邸の奥に逼塞《ひっそく》しているということになった。囂々《ごうごう》たる世論の非難に当初は吉良の味方をした公儀も、その偏裁を後悔している節が見えている。

加うるに呉服橋御門内にある隣邸の蜂須賀飛驒守《はちすかひだのかみ》、松平弾正忠《まつだいらだんじょうのちゅう》、戸田釆女正《とだうねめのしょう》、細川越中守《ほそかわえっちゅうのかみ》などがあからさまに迷惑顔を見せる。もし浅野遺臣が討ち入って来たらば、隣人として見過ごしにはできない。戸田釆女正は浅野内匠頭の母方従弟《いとこ》にあたる。

だが片手落ちの処断で非難の集中している吉良家に味方すれば、武士道の本義に悖《もと》る行為として吉良同様の悪声を招くのは必至である。主家を失い、自暴自棄となった浪人集団であるからなにをするかわかったものではない。放火でもされたらたまったものではない。

どこの家中も吉良浅野のけんかに巻き込まれるのは真っ平という姿勢を露骨に見せている。

隣家グループが結束して吉良家追放運動を幕閣に働きかけている気配であった。

「吉良へ帰りたいのう」

上野介は気に入りの侍臣清水一学や須藤与一右衛門に言った。百余名いる家中の者の中で気を許して話せるのは彼らをはじめ吉良領地から従《つ》いて来た十数名の家臣だけである。

あとは上杉家から来た者や新規召抱えの者たちである。

「大殿、いましばしご辛抱遊ばしませ。まだ完全にご平癒されておりませぬ故」

清水一学が遠慮がちに言った。一学は傷にかこつけているが、致仕した身が多勢の護衛を引き連れて領地へ帰ることはできない。吉良荘《きらのしょう》では十分な警備が難しいのである。

「華蔵寺《かぞうじ》の和尚が懐しい。あの茶室で心静かに点前《てまえ》をしたいのぅ」

上野介の目が遠くを見ていた。一学はいま主君の瞼裏《まなうら》に映っている穏やかな丘陵と青々とした海にはさまれた吉良の領地を同時に心に描いていた。

吉良家菩提寺《ぼだいじ》華蔵寺の住職天英《てんえい》と上野介は気が合い、領地に帰ると館の中にいるより華蔵寺の方丈で天英と茶を点てているほうが多かったくらいである。

釜《かま》のたぎる音に耳を傾け、天英和尚と閑話に花を咲かせるのが無上の楽しみであった。

それ以外の時間は赤馬に跨《また》がって領内の見まわりに出かける。

「赤馬の殿様」と領民から敬慕され、民家に気軽に立ち寄って茶を所望し、民の話を聞き、民情を視察する。一学も与一右衛門も〝赤馬視察〟の途上で見出《みいだ》されたのである。

彼らには颯爽《さっそう》と赤馬に乗った主君の英姿が昨日のことのようにおもいだされた。高家筆頭として羽ぶりがよく、将軍や柳沢吉保のおぼえも芽出たく、収入も多かった。

領内は平和で、領民の敬慕を集め、家中和気藹々《あいあい》として吉良家の全盛時代であった。

それが一朝の変事によってすべてが変ってしまった。

たしかに幕府の判決はその時点では浅野家に対して酷に過ぎるものであったであろう。浅野家に対する疾風迅雷《しっぷうじんらい》の処断に対して、吉良家のその後は無期限の長くみじめな苦難の日々であった。

しかけたのは浅野でありながら、吉良は強欲の権化のごとく取り沙汰《ざた》され、世間の総指弾の的となった。

徳川幕府の正史とされる『徳川実紀』元禄《げんろく》十四年三月十四日の項目に、世に伝ふる所は。吉良上野介義央《よしなか》歴朝当職にありて。積年朝儀にあづかるにより。公武の礼節典故を熟知精練すること。当時その右に出るものなし。よて名門大家の族も。みな曲折してかれに阿順《あじゅん》し。毎事その教を受たり。されば賄賂《まいない》をむさぼり。其家《そのいえ》巨万をかさねしとぞ。長矩《ながのり》は阿諛《あゆ》せず。こたび館伴《かんばん》奉りても。義央に財貨をあたへざりしかば。義央ひそかにこれをにくみて。何事も長矩にはつげしらせざりしほどに。長矩時刻を過ち礼節を失ふ事多かりしほどに。これをうらみ。かかることに及びしとぞ。

と記入されたほどである。吉良家が受けた事変後の長く苦しい仕置きをみるとき、まさにけんか両成敗に相当する処分を受けていた。

「綱憲殿はわしを米沢にかくまいたいというご存慮がおわすそうじゃが、わしは米沢へ行きとうはない」

根っからの都会人である上野介にはとても雪深い米沢などには住めない。綱憲は実子であるが、上杉家中にとって上野介は厄介な荷物でしかない。身を縮め、息を詰めるような米沢での生活をおもっただけで重苦しくなる。

米沢へ行くくらいなら吉良領地へ帰りたい。それは上野介侍臣すべての考えであった。

「だが、それは色部又四郎が許すまい」

又四郎の意識には上杉の家しかないのである。

「大殿、このお邸におられませ。赤穂の浪人輩《ばら》が何人押しかけてまいろうと我ら命に替えても大殿をお護《まも》り奉りまする」

一学と与一右衛門を頼もしげに見ながら、上野介は、

「其方《そのほう》らが控えおる故に心強い。頼みにおもっておるぞ」

事変以来、一まわり小さくなったような上野介の身体が二人の目に痛々しかった。

公儀と世論を憚《はばか》り訪れる客とてない吉良邸に足繁く訪れて来たのが典医栗崎道有である。彼は刃傷直後の上野介を手厚く手当してくれて、上野介が帰邸後も毎日のように吉良邸宅まで往診してくれた。

単に傷の手当をしてくれただけでなく、上野介に対して心から同情を寄せ、世間の悪声の集まっている吉良家を励まし庇《かば》ってくれたのである。

世間から孤立し、幕府からも見放された形の吉良家にとって、この道有の庇護《ひご》がどんなに有難かったかわからない。

道有は上野介の傷が平癒後もしばしば吉良邸に見舞に訪れた。そのために世間には上野介の傷が意外に重傷のように映り、悪声の多少の緩衝になったのである。

「道有殿のご厚志、ただただ忝《かたじけの》う存ずる」

上野介は全身に感謝を籠《こ》めて言った。

「なんのなんの、それがしにこの程度のことしかできぬのが歯がゆうござる。面体《めんてい》の疵《きず》のことにござれば、後々目立ち申さざるよう心がけ治療仕《つかまつ》りましてございますが、案ずるような痕《あと》も残らず祝着《しゆうちやく》に（喜ばしく）存じます。後はお心に受けた疵を一日も早く癒《いや》されるが肝要。なに人の噂も七十五日と申します。お気になされず、心身共にご快復なされますように」

道有は、上野介の精神が受けた疵を案じていた。外科医でありながら上野介が心に負った深傷《ふかで》を見守り、その手当のために足繁く通って来たのである。後に道有は赤穂浪士の討入りに際して迎撃して手負った吉良義周の疵の手当まですることとなる。

「なお老婆心までに申し上げまするが、ご邸内がなんとなく索莫《さくばく》としております。女《によ》性《しよう》の姿が少なすぎると存じます。男世帯は殺気立って人心がささくれだちまする。若いお女中をお増やしなされ」

道有は進言した。吉良邸に屯する異常な緊張と重苦しさに赤穂浪士に備えるよりも自らの内圧の高さによって自爆する危険を医者の予感から悟ったのである。

色部又四郎の涙

一

　六月二十四日大石内蔵助《くらのすけ》は華嶽寺《かがくじ》において、亡主百か日の法要を行なった。同日江戸泉岳寺においても在府の遺臣が集まって法要を営んだ。

　大石を悩ませた疔《ちょう》もこのころになって法要に出席できるまでに軽快した。この法要の席において大石は再び急進派の突き上げを受けた。

　吉良方もこの法要の集まりを重視して間者が監視を怠らなかった。翌二十五日内蔵助は旅仕度を整えて仮寓《かぐう》の前へ出て来た。家族を引き連れ、瀬尾孫左衛門を従えている。

　ようやく大石が動き出したのである。多数の領民や村人が見送りに大石仮寓の前へ集まって来た。その中には吉良上杉の間者も集まっている。

　大石はそれら一人一人に丁重に会釈《えしゃく》をした。和久半左衛門や北条市之進やお艶《つや》まで挨拶《あいさつ》をされて面喰《めんくら》っている。悠々たるものであった。間者や刺客など少しも恐れていないようである。

　大石の新たな移転先は京山科《やましな》の地西野山《にしのやま》村である。現在の山科区の西部、稲荷山《いなりやま》の北になる。内蔵助はこの地に家と土地を購《あがな》い、腰を据える構えを見せた。

世論は彼の態度に毀誉褒貶《きよほうへん》相半ばした。大石に好意的な者は、開城処理の見事な手際を誉め、後日を期したと見ていた。華々しい籠城《ろうじょう》合戦を無責任に期待していた者は忘恩の臆病者《おくびょうもの》と罵《ののし》った。

山科隠棲《いんせい》後、諸大名から大石にスカウトの手が伸びてきた。大石の開城手腕を目《ま》の当たりに見せられた脇坂淡路守《わきざかあわじのかみ》を始め鍋島《なべしま》、細川《ほそかわ》、有馬《ありま》、山内《やまのうち》、池田《いけだ》などの聞こえた雄藩から高禄《こうろく》をもって招聘《しょうへい》された。

だが内蔵助はそれらのすべての招きを、

「家督を松之丞《まつのじょう》に譲り、余生を花鳥風月を友に送りたい」と丁重に謝絶した。だが贔屓《ひいき》筋はそんな言葉を真に受けない。

復讐《ふくしゅう》の存念を貫くためと解釈して期待を募らせたのである。山科の邸《やしき》は、尾崎村の仮寓より広くなったが、相変らずなんの警戒も施していない。

それでいてまったくつけ込めないのである。大石はこの地で悠々と牡丹《ぼたん》の栽培を始めた。艶麗《えんれい》な牡丹の花を侍《はべ》らせながら書見や独り碁《ご》を楽しんでいるらしい。時々塀の外に謡《うたい》が漏れてきた。そんな彼をうかがっていると、殺意が空気の抜けた紙風船のように萎《しぼ》んでしまうのである。

浅野の遺臣は一人も訪ねて来ない。悠々自適の暮らしの中に復讐の存念などは気配も見えない。

上杉方の間者も疲れてきた。山科の隠宅に閉じ籠《こも》られては、そうそうその周辺をうろつけない。赤穂にいる間は探るべきこともあり、大石の次の動きが予断できなかったので、間者として張合いがあった。

だが山科へ来てから大石は微動だにしない。旧《ふる》い邸を自分好みに改築し、庭に阿屋《あずまや》などを建てて永住の構えである。

大石の態度に江戸急進派との間に亀裂《きれつ》が生じ、大石はすでに一党から切り捨てられたという噂も届いた。

「もはや大石には復讐の存念などないのではないか」

「待て待て。開城処理に見せた手際を見るとまだ油断できぬぞ」

「色部殿の買いかぶりではないのかの。いずれも命長らえたい者どもばかり集まっておれば、開城もさして難しくはあるまい。勇ましいことを言っておった者も当初の逆上が醒《さ》めれば、命が惜しくなってくるもの、大石はそれを見越してじっと待っておっただけではないのか」

「噂の通り江戸の急進派から大石が切り放されたとすれば、我らこの地で動かざる文字通り大石のようなきゃつを見張っている間に浅野の旧臣ども吉良殿お邸に押しかけるやもしれぬ。そうなってからでは我らも大石と共に切り放されたようなものだ」

「見張るべきはもはや大石ではのうて、江戸の堀部安兵衛や高田郡兵衛ではないのか」

「ともあれ、お艶《つや》殿に京の様子を知らせに一度江戸へ帰ってもらおうではないか」

ということに衆議一決して、お艶がひとまず帰ることになった。京は真夏に入っていた。

二

お艶が江戸に帰り着いたのは八月の初めであり、江戸の空には秋のにおいが漂っていた。色部又四郎はお艶の帰着を喜んで迎えた。

「よう戻ってまいった。そろそろ帰るようにと申し送ろうとしていた矢先であった」

又四郎の口調からお艶は、彼がまたべつの用命を含んでいるのを悟った。案の定、又四郎は、

「早速帰って来たところをすまぬが、そなたにまた行ってもらいたい先があるのじゃ」

「なんなりと、いずこへなりとご家老様の仰せのままに」

お艶は答えた。

「そなたらでなければできぬことじゃ。上杉家のために頼む」

又四郎は頭を下げた。

「ご家老様、なにとぞ頭をお上げくださいまし。私如き者のために勿体《もったい》のうございます。艶はお家とご家老様のお役に立てるのが嬉《うれ》しゅうございます」

お艶は、又四郎の前で身をよじるようにした。又四郎がそなたらと複数で言ったところをみると、先に帰っているお絹にも同様の下命《かめい》がなされているのであろう。

お艶はかつて又四郎に生命を救われたことがある。上杉家中の妻子ある武士と不義を

犯した。不義はもとより家の法度《はっと》であるのみならず、封建の時代において私通した男女は双方成敗《せいばい》されるのが常識であった。

不義が発覚したとき、相手の武士は我が身と家庭を護《まも》るためにお艶を一方的に悪者にした。

不義私通の禁止は、戦国時代出陣して夫が留守がちの妻の浮気を防ぐために設けられた名残りである。貞操帯の発想と同根であり、男に一方的に有利にできている。

不義が露見して、お艶は男の正体を知った。窮地に陥った彼女を救ってくれたのが、又四郎であり、

「あんな不実な男のために若いそなたが処罰される謂《いわれ》はない」

と手をまわして事件を内聞に付し、追放された艶を自分の身辺に召し使った。お艶は色部の恩を深く心に刻んだ。

だがその報恩だけではない。生命を賭《か》けて愛した男に裏切られ心身深く傷ついたお艶を又四郎は、

「そなたは若い。このようなことで挫折《ざせつ》してはならぬぞ。肝要なのは立ち上がることじゃ。わしが手を貸して遣わそう」

と言って優しく彼女の背に手をまわして抱いてくれたのである。そのときお艶は父娘《おやこ》ほども年が開いている又四郎に男を感じた。又四郎は決して性的魅力に富んでいるわけではない。

むしろ体軀《たいく》は貧弱であり、面積の小さい顔の中央に目と鼻と口がちまちまと集まったような造作《ぞうさく》は、一見貧相である。それでいて、どんなにたくましい男らしい男よりも男っぽく見えた。

又四郎はお艶を父が娘を抱くように抱いただけで、それ以上のことはなにもしなかった。それでいて、お艶の躰《からだ》はそのときのことをおもうとあられもなく火照《ほて》ってしまうのである。

お艶は又四郎に恋していた。所詮叶《しょせんかな》わぬ恋とあきらめながらも、激しく恋していた。又四郎のためなら何度でも死ねるとおもっていた。彼の役に立てるのが嬉しい。

又四郎に出会う前の恋が砂のように脆《もろ》くおもえる。不義の相手によってお艶は躰を開かれ、女として熟《う》れたのであるが、それが又四郎に出会ってから跡形も無く拭《ぬぐ》いさられたようになり、又四郎の色に塗りつぶされてしまったのである。

ただ一度、父から抱かれるように抱かれただけで、火と燃えた恋の記憶が余燼《よじん》も残さず消され、新たな色に塗りかえられてしまった。

お艶自身、又四郎のどこにそんな魅力があるのかわからない。だが魅入られてしまったのである。そして又四郎もお艶に対する支配力をおもうさま利用しているようである。

おそらくお絹も同じ様な経歴をもっており、又四郎に救われ彼に魅入られてしまったのであろう。

「そなたの言葉に甘えて頼み入る。吉良家へ行ってもらいたいのじゃ」

「吉良家へ」

意外な命にお艶は目を上げた。

「さよう。そなたと共にお絹にも行ってもらうつもりじゃ」

「吉良家へ赴きなにをすればよろしいのでございましょうか」

まさか吉良上野介《こうずけのすけ》の伽《とぎ》をせよと言うのではあるまい。

「我が殿には吉良殿を米沢《よねざわ》にお迎え遊ばしたいお気持がある。さようなことをされるならば、浅野の遺臣を上杉領内にまねき寄せるようなもの。万一上杉の采地《さいち》にて家中が浅野の遺臣輩《ばら》と事を構えるようなことでもあれば、上杉家は浅野の二の舞じゃ。よってそなたら上野介殿に侍《はべ》りて、努々《ゆめゆめ》上野介殿が米沢へ行きたまうことなきよう阻止仕《つかまつ》れ」

又四郎の下命を聞いているうちにお艶はその内容の並々ならぬことがわかってきた。上野介を上杉領内にかくまい、赤穂浪士が乱入して来れば、幕府に口実をあたえてしまう。

親想《おも》いの綱憲ならばやりかねない。彼は上杉家十五万石当主の自覚に欠け、いまだに吉良上野介の息子なのである。実父を護るために十五万石の養家を危機に晒《さら》すのを辞さない人物である。

家つきの家老の色部にとってはそれは絶対に許せないことである。主君は一代限りであるが、家は重代であり、永代存続させなければならぬ。それが家老という職制に負わされた責任である。

又四郎は最悪の場合は主君を斬ってでも阻む所存であろう。だがそうなる前の布石としてお艶とお絹を吉良上野介の身辺に送り込もうとしているのだ。

又四郎は女の躰を用いてでも上野介の米沢行を阻めと示唆していた。上野介本人が米沢へ行かないと言えば、取り止めになる。

「承知いたしました。力を尽くして阻止仕ります」

お艶は両手の間に面《おもて》をつけた。両眼から涙が噴き出してきて、顔をなかなか上げられない。

「お艶、又四郎を許してくれ。何事もお家のためじゃ」

又四郎の声が湿っていた。はっとして顔をあげたお艶は又四郎の頬が濡《ぬ》れているのを見た。

「ご家老様」

絶句したまま、二人は恋し合う者同士のように涙に濡れた目でいつまでもたがいに見つめ合っていた。

拒まれた米沢

一

呉服橋門内の吉良家の隣人、蜂須賀飛驒守《ひだのかみ》、松平弾正忠《だんじょうのちゅう》、戸田釆女正《うねめのしょう》、細川越中守《えっちゅうのかみ》は、いつあるやもしれぬ浅野遺臣の討込みに対する緊張に耐えかねて、吉良家を邸替《やしきが》えすべく密《ひそ》かに老中に運動を進めた。

折しも江戸市中では、浅野遺臣の報復の噂が盛りであり、それに対して上杉家が手勢を繰り出していまにも合戦が始まりそうに噂が噂を呼んで膨れ上がっていた。

噂の通り浅野遺臣と上杉家中がお膝許《ひざもと》で市街戦でも始めたら一大事である。由井正雪《ゆいしょうせつ》の慶安《けいあん》の乱以後五十年経《た》っているが、お膝許での騒動がどんな大乱の導火線になるかは測り難い。

だが吉良邸は元禄《げんろく》十一年九月六日の大火により鍛冶橋《かじばし》邸が類焼した際、替地を呉服橋に拝領し、上杉家から二万五千五百両の大金を出してもらって新築したばかりである。高家《こうけ》筆頭の体面と上野介の凝り性から近所の大名邸を圧倒するような数奇《すき》を凝らした豪邸であった。

それを居住三年にして取り上げてしまうのはいかにも気の毒という考えが幕閣にあっ

て隣邸グループの吉良家邸替え運動は取り上げてもらえなかった。

だがこのことが柳沢吉保の耳に入った。彼は密かにほくそ笑んだ。

「なぜこのことに早く気がつかなかったか。上杉、浅野両家を引きずりだすためには、浅野遺臣が討入りやすいようにしてやらねばならぬ。隣邸の吉良家邸替え嘆願こそ物怪《もっけ》の幸い」

吉保は早速、老中どもに言い渡した。

「邸は私財ではござらぬ。すべて上様より拝領の地に建てたもの。邸替えに斟酌《しんしゃく》は無用じゃ。郭内にさような物騒な火種をおいていては、いかなる大火を招くやもしれぬ。吉良家に落ち度なしといえども郭内諸大名の平安を乱しては公儀に対しても憚《はばか》りがある。早々に邸替えを図るべきじゃ」

吉保の一声によって吉良家邸替えが急速に進み出した。替えるとしてもどこへ替えるかが問題である。いまや吉良家は火中の栗となっている。有力な大名邸の近くや人家の密集している界隈《かいわい》には移せない。

あれこれ物色している間に大川《おおかわ》向こうの本所《ほんじょ》一つ目、無縁寺裏と呼ばれる辺鄙《へんぴ》なあたりに旗本松平（近藤）登之助《のぼりのすけ》の古屋敷があった。

数奇なめぐり合わせというべきか、この近藤の古屋敷の北隣に邸がある福井藩松平家家老本多《ほんだ》孫太郎《まごたろう》の家来に堀部弥兵衛《やへえ》の妻わかの兄忠見《ただみ》扶右衛門《すけえもん》がおり、本多家の長屋に住んでいた。浅野家取りつぶし後わかと安兵衛の妻ほりはこの忠見家にしばらく身を寄せていた。

この古屋敷に白羽の矢が立った。吉良家が本所一つ目に移転したのは元禄十四年八月十九日である。当時は松坂町《まつざかちょう》という町名はなく同十六年十一月より松坂町一丁目となった。宝永《ほうえい》（一七〇四―一七一一）に入って町家ができて二丁目が分れた。

移転して来た吉良家中は荒れ放題の屋敷にしばし茫然《ぼうぜん》としてしまった。場所も大川向こうの辺鄙な土地柄であるうえに塀は傾きかかり、屋根、天井は穴だらけで家の中で傘をさすような有様である。襖《ふすま》障子は破れ放題に破れ、畳はカビが生えている。改築というより、新築に等しい工事を施さなければとても住めたものではない。

邸も前呉服橋邸よりずっと狭い。

「これはひどい。これでは赤穂の浪人輩《ばら》にいつでも討ち込めと言っておるようではないか」

「大川からも近い。夜陰に乗じ大川を舟で押し寄せ来たらば防ぎようがないぞ」

吉良の家中は憤慨した。両国橋《りょうごくばし》という名前が示すようにこの橋をはさんで大川向こうは以前下総《しもうさ》に属した。貞享三年（一六八六）三月本所を武蔵に編入、利根川以東を下総としたのである。本所は江戸であって江戸ではなかった。

「失うべき刻《とき》はないぞ。こうしている間にも赤穂の浪人輩が押し寄せ来たらばなんとするぞ」

小林平八郎、清水一学らが家中を督励して、まず塀を繕い、門を固め、とにかく人間の住める家にと昼夜兼行で立ち働いた。

実際この時期を突いて赤穂方が押し寄せて来たらば、ひとたまりもなかったであろう。吉良家は上野介の致仕と同時に養嗣子義周《よしちか》が高家襲職《しゅうしょく》が約束されていたのであるから、呉服橋から本所への体《てい》のいい追放は、家中に精神的なショックをあたえていた。

おおよそ郭内は譜代の重臣旗本の屋敷で固めているのに対して郭外は外様《とざま》大名や陪臣の屋敷や住居が割り当てられている。幕府の式部官である高家筆頭の吉良家を本所へ邸替えしたのは、義周の襲職約束すらも反古《ほご》にされかねない懸念を含んでいる。

だがこの時期赤穂方は、大石が山科に腰を据えたまま動かず江戸在府の遺臣たちも一本にまとまらず、とても討ち入りできる状態ではなかった。

この期間堀部安兵衛を中心とする江戸急進派は山科の閑居で「花鳥風月を友に」している大石をやいのやいのと急き《せ》立て、大石は悠揚迫らざる態度で、実は舎弟浅野大学によるお家再興運動を進めていた。

八月十九日付け堀部、奥田、高田三名連署の大石宛《あて》の手紙に、
大学様御事《おんこと》は一度ご分知に成させられ、他へお別れなされ候上は、ご連枝と申す迄《まで》にてご座候。各々様我々初めとして、ご亡君を主君と仰ぎ奉り候。ご家来の身としてご亡君へ忠を尽くし候事、本意に存じ奉り候。ご亡君は天下にも代えがたきお命、ご父祖ご代々のお家を捨てさせられ、ご鬱憤《うっぷん》を散ぜられ候上は、ご家来の身として主君の敵を見逃がし、ご分知の大学様を大切と申す事、偏《ひと》えに銘々大学様に事よせ命をかば

い候様に相い聞こえまじく候や。御当地大名小名お旗本に至るまで、内匠頭《たくみのかみ》殿家久しき家柄にて、定めて義を立つる侍これ無き事は有るまじく候間、主人の敵を見逃しには致すまじく候と、江戸中の批判にてご座候。

と書き記しているところにも、江戸急進派の焦燥がよく現われている。要するに分家の大学にこと寄せて、仇討《あだう》ちを逃げているように聞こえる。我らの主君はただ一人にて、その敵を見逃すべきではないと迫っている。なお同じ書中に、大学に赤穂そのまま五万石をあたえられても、兄の切腹を見ながら百万石下されても、吉良がそのままでは面目が立たないと大石を突き上げている。

生粋の都会人である上野介にとって辺鄙な本所での生活は事毎に不便で寂しいものであった。吹く風のにおいからして本所と呉服橋とではちがう。かかる際の支えともなるべき富子夫人は本所のような〝片田舎〟へ引き移るのはいやだと言いだして、芝白金《しばしろかね》の上杉家下屋敷へ別居してしまった。

上野介の寂しさをまぎらすものは茶だけであった。だが本所屋敷には満足な茶室もない。ここに家中に争論が起きた。須藤、清水ら吉良家譜代の臣が主人の寂しげな様子を見るに見かねて茶室の建築を優先しようとしたところ、小林、新貝、山吉ら上杉家からの出向の家士が、

「いまは一刻も早く門や塀の修復を急ぐべきである。茶室でのんびり茶を点《た》てている閑《ひま》

はござらぬ」

と横槍《よこやり》を入れてきた。これを聞いて吉良家譜代の士が憤然となって、

「のんびり茶を点てる閑はないとは何事。吉良家は高家筆頭の家柄でござる。成上がりの武骨の者ではない。我ら家臣かようなときこそ、殿のお好きな茶室を建てまいらせ、殿をお慰めまいらすことこそ臣下の心遣いと申すものではないか」

「殿をお慰めまいらすのも結構でござるが、その間に赤穂の浪人輩《ばら》推参いたさばなんとする所存か。まさか茶室に立て籠《こも》り、茶柄杓《ちゃびしゃく》、飾火箸《かざりひばし》のたぐいをもって手合わせいたすつもりでもござるまい」

と上杉派が切り返した。

「そのために我らが控えおるではないか。なんの、赤穂の食いつめ浪人どもが血迷って推参いたそうと、我らが控えおるかぎり、大殿の御身には一指も触れさせ申さぬ」

「その高言を忘れぬことだな。浅野家は聞こえた尚武の名藩、家中には堀部安兵衛、高田郡兵衛などの剣客を擁しておる。成上がりの武骨者ではおわさぬ貴公らによく阻み通せるかな」

新貝、山吉らに冷笑されて、

「ならば成上がりの武骨者の腕がどれほどのものか見せてもらおうか」

危うく家中が二つに割れて斬合いになりかけた矢先を松原多仲《たちゅう》、左右田《そうだ》孫兵衛が割って入り、

「控えい、双方共控えい。いま内輪もめをしているときではない。かような家中の有様が赤穂の目に入ったならなんとするぞ」
と制止したので危ういところで納まった。その騒ぎを聞いて上野介が、
「どちらも余の身を想うてくれてのこと。有難くおもうぞ。茶室でのうても茶は点てられる。門、塀の固めを先にするがよい」
と言ってくれた。代わりに仏間を茶室に当てて茶を点てている上野介に吉良家子飼いの家臣は涙をこぼした。

このような殺伐たる吉良家に唯一の彩りをあたえてくれたのが、本所邸替えと同時に色部又四郎の推挙で仕えるようになったお艶、お絹の二人の侍女である。

二人は上野介の側に侍《はべ》って身のまわりの用事を足すほか、女手の少ない家中にあって小まめに立ち働いたので、たちまち家中の人気の的となった。

色部の推挙とあって、初めは警戒の色を見せていた清水、須藤、左右田源八郎なども、二人の魅力の虜《とりこ》となってしまった。

なによりも二人が来てから上野介が明るくなった。

お艶、お絹を中心にして吉良家中は本所の地で徐々に立ち直っていったといってもよいくらいである。

二

柳沢吉保はいささか当てがはずれたおもいであった。浅野家がおとなしく開城し、家中離散したのを見て、自分の計算した方角へ事が運び出したと心中ほくそ笑んだが、その後肝腎《かんじん》の大石が山科へ閉居したままいっこうに動く気配も見せない。刺客の気配も絶えたままである。

大石の身辺の秘《ひそ》かな警護を申しつけている荒木源三郎からも、

「大石は山科に永住の構えにて悠々自適の暮らしに見え候。たいていの刺客も拍子抜けの態《てい》にて仕掛ける気配もこれなく候故に、拙者もまかり帰りたく右の指図得べきため一筆かくの如くに御座候」

と平岡宇右衛門宛《あて》に手紙がきた。

「なんとかせねばならぬな」

吉保は腕を組んだ。江戸では急進派の蠢動《しゅんどう》の気配が耳に入っている。堀部安兵衛などは大石の優柔不断に業を煮やして、

「存切《せつ》たる者（熱心な者）十人もいれば十分」

などと言いだしている。単に上野介の首級一つ挙げればよいというものではない。上杉と浅野宗家を引っ張り出すためには、存切たる者十人の殴り込みにさせてはならない。大石内蔵助を党首とした浅野遺臣団の名乗りを上げた報復があって、両家の背後の大獲物を引き出せるのである。堀部は高田馬場の勇名があるが、一党の党首としては貫禄《かんろく》不足である。

大石を首領にした公儀に対するものいいであって初めて、上杉、浅野宗家の首根を押える口実となるのだ。それにはどうしても大石を動かさねばならない。

吉保は宇右衛門を呼んだ。

「其方《そのほう》、手の者を使い、市中に吉良上野介米沢へ隠棲《いんせい》の風説を流布せしめよ。上野介、米沢行と聞いて浅野遺臣ども、大石の重い腰を突き上げるであろう」

宇右衛門に命じ、その噂が十分かき立てられたと見た後、吉保は登城した際、胸に一《いち》物《もつ》を含んで、上杉綱憲に話しかけた。

「これは弾正《だんじょう》殿お久しゅうござる」

営中で時折顔は見かけるがたがいに言葉を交わすことは少ない。大老格、いまを時めく権臣とあっては、こちらから気軽に声をかけるのは憚《はばか》られる。

「これは柳沢殿、いつもながらご健勝にて祝着至極に存じまする」

と綱憲もまずは無難に挨拶《あいさつ》をする。

「いやいや、近ごろ身体がいささか重うなりましての。お身軽そうな弾正殿が羨《うらや》ましゅう存ずる」

吉保も痩身《そうしん》の綱憲に如才ないことを言った。

「ところで、上野介殿にはしばらくお目にかからぬが、その後お変りござらぬかな」

吉保はさりげなく切り出す。

「本所の地にて静かに暮らしておりまする」

綱憲にしてみればそれが大川向こうへ追いやった幕閣に対する精いっぱいの皮肉である。

「さようか。昨今浅野の遺臣どもの騒がしき気配があること故、弾正殿にもなにかとご心労でござろうのう」

さぞ同情の口調で言った。

「その際のご配慮深く心に刻んでおりまする」

実際柳沢の庇護《ひご》がなかったら、上野介は無事ではすまなかったはずである。綱憲は「本所の追放」くらいで吉保を怨《うら》めないのを悟った。

「いやいや上野介殿の神妙なる振舞いが上様の御意《ぎょい》に叶《かの》うたまででござる。それにつき老婆心までにお耳に入れておきたいことがござる」

吉保はおもわせぶりに周囲を見まわして、綱憲をかたわらの小部屋へ引き入れた。二人だけで向かい合うと、

「これは万一をおもんぱかっての事でござれば、そのつもりでお聞きいただきたい。浅野遺臣の報復の風聞夙《つと》にかまびすしき折柄、もし彼《か》の者たち吉良家に討ち入りなば弾正殿としてはよもや黙過し仕《つかまつ》るわけにもまいるまいのう。上杉家と吉良家とは三重の濃縁、それを見殺しにしては世の非難を集めるはもとよりのこと、公儀のお咎《とが》めを蒙《こうむ》るやもしれず、さりとて本所の地では十分なる防備もままならぬと存ずるが……」

と綱憲の顔色をうかがった。

「お心を煩わせ恐縮に存じまする。ご懸念賜わりましたように本所にては十分なる警備もなり難く、さりとて藩邸に引き取りてはお膝許《ひざもと》に近く公儀に対して憚りあり、拙者としてもほとほと困惑仕ってございます」

上杉藩邸は上屋敷《かみやしき》が桜田、中屋敷が麻布《あざぶ》、下屋敷が白金にあり、いずれも江戸城に近い。それに江戸家老の色部又四郎が上野介の藩邸引取りを正面切って反対するにちがいない。

自分は上杉家の当主であるが、養子の身であり、家付きの家老に対しては頭を押えられがちである。

「されば米沢に引き取られてはいかがでござる」

吉保はさりげなく切り出した。

「それも考えぬではございませなんだが、高家《こうけ》御旗本を公儀に無断で米沢へお連れしてよいものか迷うておりまする」

「その儀でござれば、ご懸念には及ぶまい。吉良殿はすでに致仕願い出、御役御免となったお身でござる。いずこへ赴こうと公儀を憚る必要はござらぬ」

「さようでございますか」

綱憲の顔が輝いた。公儀そのものの吉保が請《う》け合うのであるから確かである。綱憲としてみれば上野介を米沢に引き取ってしまえば安心である。いかに赤穂浪士が突っ張っても上杉十五万石の本領に離散後の残兵をかき集めて殴り込んで来たところで勝負にならない。

それに国許となれば江戸家老《がろう》の色部も干渉できなくなる。国家老中条兵四郎《なかじょうへいしろう》、春日与左衛門《かすがよざえもん》は江戸の情勢に疎《うと》く、上野介を引き取るのにさほど抵抗を示すまい。

「さようなされよ。老い先短い上野介殿じゃ。安全な国許で安らかな老後を過ごさせるがご孝養でござろう。いやこれは要らざる差出口、ご容赦くだされよ。拙者早々と父を失い、ご孝養をいかようにも尽くせる弾正殿が羨ましゅうござる。孝行をしたいときは親は亡《な》し。まことに人の世はままならぬものでござる」

吉保はそのとき演技ではない寂しげな表情をした。吉保は三十歳のとき父の安忠《やすただ》と死別していた。嗣子の吉里《よしさと》が生まれたのと入れ替るようにして死んで行った。

父を失った翌年元禄元年に側用人《そばようにん》となり、これ以後とんとん拍子に出世の階段を上って行った。安忠は我が子吉保の異例の出世を知らずして死んだのである。

せめてあと一年余生きてくれれば諸侯として初登城した晴れ姿を父に見せられたのである。館林藩《たてばやし》の家中にて終るべき身が、徳川家家門に列せられ、天下一の権勢となったことを知ったら父はどんなに喜んでくれたであろう。

それをおもうと、位人臣を極めた吉保もそぞろ虚《むな》しさに襲われるのである。その虚しさが、彼の表情から演技を取り除いた。

吉保の保障を取りつけた綱憲は、早速上野介に米沢行を勧めた。だが二つ返事で飛びついて来ると思った上野介の態度があまり気乗りしないようである。

都会人の上野介は江戸が好きであった。本所へ来たくらいで江戸ばらいになったように感じていたのであるから、雪深い米沢の地へ終生逼塞《ひっそく》することを考えるだけで滅入《めい》ってしまう。

本所ならばとにかく江戸の内である。これが米沢となっては救いがない。高家仲間や茶の友もいない。家中の者もごくわずかしか引き連れて行けないだろう。

雪と山に囲まれた草深い異郷で厄介者として身を縮めて過ごす余生は、ゾッとする。

だが綱憲が父の安全を考えて勧めてくれることをむげに断われない。

上野介の揺れる心を見透かしたようにお艶とお絹が泣きだした。

「艶は米沢などへまいりとうはございませぬ。でもお殿様と離れとうはありませぬ」

「絹も同じでございます。聞くところによりますと米沢は冬は雪が家の屋根までも埋め、食べる物もございませぬそうな」

「お城下も江戸に比べれば村のようなそうな。ご家中の方は垣根にウコギをめぐらし、池には鯉《こい》や鮒《ふな》を飼って食物の足しにしているそうではございませぬか」

「おお恐《こわ》。絹はとてもウコギやフナなど食べられませぬ」

「ウコギやフナを食する前に艶はきっと凍え死にしてしまいますわ」

「そんな所へ行くくらいならいっそ死んでしまったほうがましですわ」

「一緒に死にましょう。艶は江戸以外の所には住めませぬ」

「御前様、どうぞ米沢へ行かないでくださいまし」

二人は泣きながら交々《こもごも》訴えた。

「どうしてこのわしがそちたちを残して米沢などへ行くものか」

上野介はいまにも手を取り合って死にそうな二人にうろたえた。

上野介はもともと行きたくないところへ、気に入りの侍女から訴えられて、完全にその気を失ってしまった。

艶も絹も米沢の女である。訛《なまり》も完全に消し江戸の水に染まり切っている彼女らに、上杉家から来た新貝、山吉らも気がつかなかった。

柳沢吉保の巧緻《こうち》な米沢誘い込み計画も、色部又四郎の先を読んでの布石によって阻止されたのである。

だが、上野介米沢援庇《えんぴ》の噂は、赤穂方に衝撃をあたえ、彼らの間の動きがにわかに活発になった。

赤穂方は色部又四郎の布石によって上野介の米沢行が取り止めになったことを知らない。明日にでも米沢へ行きそうな気配に、猛烈に大石の突き上げを始めた。この限りにおいては柳沢吉保の狙いは図に当たったのである。

三

米沢行を取り止めた上野介は、その代償のように上杉邸へ通うようになった。高家職《こうけ》を引退してから上杉家は上野介の唯一の外出先となった。桜田の上屋敷には綱憲がおり、白金の下屋敷には富子夫人が別居している。

だがこの訪問を喜んでいるのは、上野介当人と綱憲だけである。上杉吉良両家中とも上野介の上杉家訪問を迷惑がっている。

万一市中通行中を襲われたら護《まも》り切れるかどうかわからない。上杉家としても公邸たる上屋敷はともかく、人手の少ない中屋敷や下屋敷訪問中襲われたら護り切れない。十分な護衛を付けていたとしても、上杉藩邸で乱入浪士と斬合いでもしたら一大事である。

「あまり度々のお出ましは危のうございますれば、なにとぞご辛抱くださいませ」

左右田孫兵衛が七日から十日に一度の頻度で上杉邸へ出かけて行く上野介を諌《いさ》めた。

「父が子に会いに行くのに遠慮することはあるまい」

孫兵衛にたしなめられて上野介は不満の色を見せた。もともと上野介は外出好きである。高家の現役のころは公私用で毎日のように出かけた。邸《やしき》にいるときは客が来た。

高家随一の家柄とあって、席の暖まる間もない忙しさであり、その多忙を楽しんでいた。その彼から上杉邸行を取り上げたら、もはや座敷牢《ざしきろう》の囚人と同じである。

「桜田や白金へのお運びをいけぬと申し上げているのではございませぬ。赤穂の浪人輩《ばら》に不穏の動きありと専らの噂にございますれば、なにとぞご自重くださいますよう」

「ならば十分なる護衛をつければよかろう。茶室よりも優先して設けた長屋には武骨な者どもが昼寝をしておるではないか」

上野介は精いっぱいの皮肉を言った。来るぞ来るぞと脅されながらいっこうに来ない赤穂方に吉良家中も疲れている。人間はそれほど長く緊張を持続できるものではない。

用心棒などはものの役に立つ機会がこなければまさに「目の碍げ」でしかない。しかも単なる碍げではなく莫大《ばくだい》な金を食う。その金も上杉家から支出されるのだ。

「もちろん護衛はつけまするが、数に限りがございまする」

隠居が大名を上まわるような供まわりを引き連れれば、世間の注目の的となり、また悪声を招く。公儀の聞こえも憚《はばか》られる。また浅野遺臣団の実力がつかめないので、どの程度の人数を付ければよいのか見当がつかない。

「我が家中は一騎当千じゃ。案ずるには及ばぬ」

上野介は強気であった。吉良子飼いの臣たちは主君の外出をできるだけ叶《かな》えさせてやりたかった。本所で死んだようになっていた上野介が上杉邸へ赴くと生き返ったようになるからである。

それに反して上杉系の家臣は喜ばない。色部又四郎よりなるべく上杉訪問を控えさせるようにという内命を受けていたからである。

それでなくても市中の護衛は気骨の折れること甚だしい。市中で赤穂浪士と斬合いにでもなれば、上野介を護り通せたとしても、それを口実にいかなるお咎《とが》めが下るかもしれぬ。それに反して赤穂方には失うものはなにもないのだ。

上野介を護り、累を吉良上杉両家に及ぼさぬようにするのは至難の業である。上野介は外出の都度、清水一学や須藤与一右衛門、清水団右衛門《だんえもん》などに加えて、小林平八郎、新貝弥七郎、山吉新八郎などにも供を命じた。上杉家からの付け人として煙ったがってはいるものの、その戦力は評価しているのである。

「拙者はそんな供は真っ平だ。大殿外出中に赤穂浪士どもが押し込みなば、だれが若殿を護るか」

山吉は露骨に不満を漏らした。彼の意識では、彼の主《あるじ》は義周であって上野介ではない。

「まあそう言うな。赤穂方とて大殿の留守中に闇雲に討ち込んで来ることもあるまい」

新貝になだめられて渋々供まわりに加わる。お艶、お絹も供をした。これは上野介の希望もあったが、女連れの行列が多少なりとも、浅野遺臣に備えた殺気立った気配を和めるという左右田孫兵衛の配慮からである。

四

巷《ちまた》には吉良の米沢行の噂が盛んであった。柳沢吉保の策謀によるものであるが、噂に尾鰭《おひれ》がついて浅野遺臣団が吉良を途中で待ち伏せるためにすでに江戸を発《た》ったとか、上杉家の護衛の軍勢が本国から〝出陣〟したなどと無責任な流言が流布していた。

「なにしろ浅野方には高田馬場の堀部安兵衛を始め、山鹿《やまが》流の兵法家がゴマンといるからよ」

「上杉だっておめえ川中島《かわなかじま》の謙信公の家柄だ。武勇の侍衆が揃っていらあな。いまに大合戦が始まるぜ」

「なんでも日光の戦場ヶ原《せんじょうがはら》で両軍が対決するそうだぜ」

「男体山《なんたいさん》の山腹に見物席を設けて木戸銭《きどせん》取って見せるんだとよ」

と噂は噂を呼んで広がっていく。だが噂は圧倒的に浅野贔屓《びいき》であった。

「食い杉、寝杉、肥《ふと》り杉の上杉にそんな元気があるのかい」

「なにしろ吉良われ者の息子が養子に行ってよう、阿呆杉《あほうすぎ》になったとよ」

「阿呆杉は大吉良《だいきら》い」

「そいつはでき杉、上野逃げ尻《じり》吉良れて腰を抜かしたとよ」

などと口さがない江戸市民が髪結床《かみゆいどこ》、風呂《ふろ》、辻《つじ》、岡場所《おかばしょ》など人の集まる所で寄るとさわると噂の花を咲かせた。

「吉良のお殿様は逃げ尻を斬られたのではない。いきなり不意を突かれたのだ。浅野のほうが卑怯《ひきょう》なのだ」

今日も辻の広場に集まって吉良上杉の悪口を言っていると、突然吉良の弁護論が飛び出したので人々はびっくりして声の方角へ目を向けた。

そこに十四、五歳と見える坊主が、青い頭を振り立てて抗議をしている。どこかの屋敷の小坊主が使いに出た途次らしい。

「おや可愛い坊主じゃねえか。おめえ吉良か上杉の縁筋かい」

両家の悪口を言っていた職人が向かい直った。

「私は吉良家に仕える者だ。お殿様は腰抜けではないぞ」

「腰抜けでなければ、強欲の塊りだよな。賄賂《まいない》の取り杉で、逃げ尻吉良れたのよ」

群衆がどっと笑った。

「お殿様の悪口を言う者は許さない」

小坊主は職人にいきなり打ちかかった。

「なにしやがんでえ」

屈強な職人が数人、小坊主の手取り足押えて逆に打ちすえた。

「止めんか。まだ子供ではないか。おとなが数人がかりでけんかをする相手か」

気品のある初老の武士が割って入った。制止されて職人たちもきまりが悪くなったらしい。こそこそと立ち去った。

「主人を悪しざまに言われて腹も立とうが、口さがないは人の常じゃ。怺《こら》えるのじゃ」

武士は優しい口調で小坊主を諭して、いまの職人たちとのけんかで泥だらけになった衣服の泥を落としてやった。

「有難うございます。詳しい事情も知らず、主人の悪口を言われてついかっとなってしまいました」

小坊主は四面楚歌《しめんそか》の中で優しくされて泣きだしそうになった。

「きっとお主には優しい主人なのであろうの」

武士の目が温かい。

「はい。私が初めてお邸にご奉公に上がった際、あまりの広さに心細くて震えていると、殿様が今日からこの邸がおまえの家だとおっしゃって迷子札を書いてくださいました」

「よい主人じゃの。大切にするがよい。世間がなんと言おうと気にすることはない」

「つい我を忘れて見苦しいところをお目にかけてしまいました」

小坊主は少年らしい明るい表情を取り戻していた。

血気の試金石

一

吉良家中も吉良子飼い、上杉系、新規召抱え組と分れていたように浅野方もまず大きく江戸派と国許《くにもと》派に分派し、江戸派もいくつかの派閥をつくっていた。

江戸派は吉良の動静を目《ま》の当たりに見ているだけに強硬急進派が多い。これの中心となったのが堀部、奥田、高田の三人組である。彼らは武士の面目を立てるために仇討《あだう》ちを急いでいる。

特に堀部は実力、名声、浪人経験などから江戸派中で断然重きをなしていた。これに対し、片岡源五右衛門、富森助右衛門《とみのもりすけえもん》、原惣右衛門、磯貝十郎左衛門などは定府君側《じょうふくんそく》のエリートとして一方の勢力となっている。このグループは武士の面目よりも純粋に主君の怨《うら》みを散じたいとする一派である。

杉野十平次《すぎのじゅうへいじ》、前原伊助《まえばらいすけ》は小身者《しょうしんもの》であるが商才に長《た》け資金面から一党を支えている。

堀部弥兵衛、村松喜兵衛《むらまつきへえ》は長老格である。それ以外に父親に従《つ》いて来たり、付和雷同して一党に加わった部屋住みの若い連中がいた。

彼らは潮田又之丞《うしおだまたのじょう》や中村勘助《なかむらかんすけ》から「前廉《まえかど》存じ寄らざる若き衆中」と見くびられ、堀部ら急進中核三人組から仲間として認められていなかった。

　これら落ちこぼれ組は田中貞四郎《たなかさだしろう》を中心にして集まっていた。田中は玉虫七郎右衛門《たまむししちろうえもん》組に属し、百五十石を領した浅野家譜代の上士である。田村邸から主君内匠頭《たくみのかみ》の遺骸《いがい》を引き取った六士の中の一人で、片岡、磯貝らと共に髻《もとどり》を切って復讐《ふくしゅう》を誓った。

　彼は堀部家の婿養子となり、中途から家中に入って来た堀部安兵衛が、江戸派の主導権を握っているのが面白くなかった。片岡、磯貝ら君側エリート派が堀部づれの言いなりになっているのも腹立たしい。

　だが彼がどんなに悔やしがっても、天下太平平穏無事の中にのほほんと育ってきたサラブレッド藩士には、堀部の浪人体験に裏打ちされた世俗の智恵としたたかさ、江戸随一の剣客堀内源太左衛門の道場で培った人脈の広さなどには逆立ちしても及ばない。単に高田馬場の名声や剣の腕だけではないのである。

　大石内蔵助すら堀部に対しては一目も二目もおいている。

　堀部は大石の煮え切らない態度に「存切たる者十人もいれば十分」と唱えて、大石切り捨て策を露骨に見せている。当然のことながら田中を中心とした「前廉存じ寄らざる若き衆中」などは真っ先に切り捨てられる運命にある。

　吉良米沢行の噂は、田中らの焦燥の火に油を注いだ形になった。米沢へ行く前に堀部らが、独断専行して吉良邸に討ち入りそうな気配を見せたからである。

　もとよりそのような相談や作戦から田中派は完全に蚊帳《かや》の外におかれている。事実上切り捨てられているのと同じであった。堀部らの鼻をあかすには自分らが先を越すことである。

いまや主君の仇討ちという大目的が忘れられ、党中党の派閥争いになっていた。

二

上野介《こうずけのすけ》の上杉邸通いが激しくなったのはこんな時期であった。戦いは誤謬《ごびゅう》の連続というが、吉良、浅野方双方守るも攻めるもばらばらに分裂していてとても戦える状態にはなかった。

彼我共に敵と戦う前にまず味方と戦っていた。

十月初め上野介は供まわりを従えて本所を出た。駕籠《かご》脇に気に入りのお艶《つや》、お絹を従え、清水、須藤、鳥井、山吉、新貝、左右田《そうだ》源八郎が供まわりを固めた。数は限られているが、いずれも一騎当千の遣い手揃いである。

江戸の冬は十月から始まる。諸神がみな出雲《いずも》に行ってしまうのでこの月を「神無月《かんなづき》」と称《よ》ぶという。

十月一日に炉を開き、茶人は新茶の壺口《つぼくち》を切って「口切り」の茶会を催す。例年なら賑々《にぎにぎ》しく客を招くところであるが、上野介は誘う客とてなく、上杉家へ押しかけて行く。「冬」とはいっても元禄《げんろく》十四年十月一日は新暦の十月三十一日に当たる。江戸の街は秋晴れであった。

大川向こうに逼塞《ひっそく》している上野介にとって両国橋を渡って繁華な方角へ行くのが嬉《うれ》しくて仕方がない。橋を渡ると家並《やな》みも賑やかになり、通行人も多くなる。歩いている人の服装からして垢《あか》抜けている。

新貝、山吉から駕籠の戸を閉めておくようにといわれていたが、上野介は引戸を開いたまま街の情景を楽しんでいた。

江戸の風物であるさまざまな物売りが行く。野菜、魚の振り売りが威勢よく行く後を美しい町娘が歩いている。お店者《たなもの》がせかせかと小走りに行く。主君に従って初めて出府したらしい勤番者《きんばんもの》がもの珍しげに歩いている。駕籠舁《かごかき》が行く。馬子《まご》が行く。大八車が騒々しく音をたてて人をかき分ける。

豊かな者も貧しげな者も、みな楽しげに見えた。江戸の市民は百姓とちがって無税であるので稼いだ金を全部遣える。

江戸の街の繁栄と「宵越しの銭はもたない」太平楽は、無税天国の産物といってもよい。

上野介はそれらの情景を目を細めて見入っていた。なんとも人間臭い情景である。それでいて一つ一つが絵になっている。てんでんばらばらのことをしているように見えながら一人一人の役割が決まっている。

上野介はそんな光景がたまらなく好きであった。そしてその光景は季節により、また一日の時間帯によって異なってくる。

広小路から横山町《よこやまちょう》へ向かいかけたところで駕籠先で犬が吠《ほ》えた。清水一学がしっしっと追いはらっている。犬はしつこくつきまとっている気配である。

上野介は眉《まゆ》を曇らせた。なにせお犬様全盛の時代であるので、めったなことはできない。

駕籠先に怒声が湧いた。

「きさま、お犬様を足蹴《あしげ》にしたな」

どうやら気の短い一学が犬を蹴ったらしい。

「蹴ったのではない。いきなり噛《か》みついて来たので避《よ》けたまでだ」

一学の抗弁する声がした。

「いや確かに蹴ったぞ。生類憐《しょうるいあわれ》みのお布令《ふれ》を足蹴にしおって、不届き者め、引っ捕えてくれる」

ゴロンボ浪人が言いがかりをつけてきたらしい。酒代目当てに因縁をつけて来たのであろう。新貝が山吉と目配せを交わして些少《さしょう》の金を差し出そうとしたとき、べつの方角からわっと喚声が湧いて、

「我ら故浅野内匠頭の家来、亡君の遺恨を散ぜんために見参《げんざん》」という声が聞こえた。

「なるほど、これで読めたわ」

新貝と山吉は顔を見合わせて、

「お駕籠脇から離れるな」

と駕籠の両側を固めた。その間に一学、須藤、鳥井、清水団右衛門などが迎撃態勢を固める。

華々しく名乗りをあげて斬り込んで来たのは勇ましいが、いずれも前髪が除《と》れたばかりのような若者で、剣の扱い方も満足に知らないような者ばかりである。おそらく真剣を手に取ったのはいまが初めてであろう。

練達の吉良勢は一目で襲撃者の未熟なのを見抜いた。囮隊《おとりたい》との連係もまずい。

「仇討ちが片腹痛いわ」

「一人残らず返り討ちにしてくれる」

一学、須藤らは一斉に反撃に出た。赤穂方はたちまち浮き足立った。最初に犬を囮にして仕掛けて来たのが首領格らしいが、彼も鳥井利右衛門に斬り立てられた。

「逃がすな。一人残さず討ち果たせ」

数こそ赤穂方が多いが、腕の差が歴然としていた。血を噴いて倒れるのは赤穂方ばかりである。一人たりとも駕籠脇に近寄れない。近づいたところでそこには新貝と山吉が岩のように立ちはだかっている。

「止めい。これ以上無益の殺生をするな」

新貝と山吉が制止しなければ、すでに戦意を失った敵を面白がって斬りつづけたであろう。赤穂方の惨憺《さんたん》たる敗北である。わずかに生き残った者が死傷者を抱きかかえて這《ほ》う這《ほ》うの態《てい》で逃げ去った。

「帰って大石に申し伝えよ。そのような未熟の腕で逆怨《さかうら》みの仇討《あだう》ちなど笑止とな」

一学が逃げる敵の背に浴びせかけた。

上野介は一瞬肝を冷やしたものの、護衛陣によって暗殺隊が悉《ことごと》く撃退されたと知って上機嫌になった。

「さすがは我が家中じゃ。赤穂の痩《や》せ浪人ども何人押しかけ来たろうと鎧袖一触《がいしゅういっしょく》じゃ。でかしたでかした」

と手放しの喜びようであった。

三

だが帰邸して事件の報告をうけた小林平八郎は、

「赤穂の手勢の中に堀部や高田はいたか」

と問うた。彼らが加わっていれば、そうは易々《やすやす》と崩れなかったはずである。

「堀部には一度堀内道場で出会ったことがあるが、彼の顔は見えなかったようでござる」

山吉が答えた。

「そうであろう。彼一人がいただけでもかなり事情は変っていたはずだ」

小林は受け取り様によっては山吉らを侮辱するようなことを平然と言った。だが山吉も新貝も小林と同意見である。

急進派の若者グループが功を焦って独断暴走したのであろうというのが上杉系家臣の見方であった。

「あるいは未熟者を道具にして我らの戦力を測ったのかもしれんぞ」

新貝がうがった見方をした。

「ともあれ、赤穂方の主兵力は少しも損なわれていないとみるべきだな」

平八郎が結論のように言った。とすると、こちらの兵力を知られただけ不利となる。

だがこの事件は吉良方の意気を上げた。赤穂の痩せ浪人どもなにほどのことやあらんと意気当たるべからざるものがあった。

「浅野をあまりナメぬほうがよい。堀部、高田、奥田などの手利きが加わっていなかった彼らは本隊ではない。功を焦った子供をはね返したところで自慢にもならぬ」

と山吉がたしなめたものだから、清水一学がいきり立った。

「功を焦った子供だと？　貴公ら刀を一寸《ちよつと》でも抜き合わせたわけではあるまい。戦ったのは我らだ。貴公らは木偶《でく》のようにお駕籠脇に貼りついておっただけではないか」

「木偶とは聞き捨てならぬな。我らがお駕籠脇に控えおったればこそ大殿に一指も触れさせなかったのではないか」

「ふん、お駕籠脇まで近づけた敵が一人でもいたか」

「貴公ら面白がって子供相手に遊んでおられたのは、我らがお駕籠脇を固めておったればこそじゃ」

「その言葉こそ聞き捨てならぬぞ。子供相手に遊んでおったとはなんたる言い草だ。取り消してもらおう」

「その前にお駕籠《かご》脇の木偶を取り消してもらおうか」

双方一歩も退《ひ》かずにらみ合いになった。あわやというとき鳥井利右衛門が間に入った。

「ご両所ともまず引かれよ。どちらも相扶《あいたす》け合って敵を退けたのでござる。浅野がこのまま引き退がるとはおもえませぬ。これよりますます協力して備えねばならぬときに仲間割れでもござるまい」

鳥井にたしなめられて双方渋々と引いた。この襲撃は一見赤穂方の惨敗に終ったが、吉良方の亀裂《きれつ》を一層深めるという予期せぬ戦術的な効果があった。むしろ赤穂方にとって貴重な試金石となった事件であった。

立ち上がる敵

一

事件は逸速《いちはや》く大石内蔵助《くらのすけ》の耳に達した。江戸での若手急進派の暴発は京都、大坂、国許《くにもと》にいた一党に大きな衝撃をあたえた。

「なんという無謀なことを」

大石は舌打ちした。これで江戸にいる一党に対する幕府の締めつけが厳しくなるかもしれぬ。舎弟大学による主家復興運動にも響いてくる恐れがある。

折柄、開城の際目付《めつけ》荒木十左衛門に主家再興のとりなしを頼んでおいたのが、十左衛門が城明け渡しの手際のよさや内蔵助の真情を尽くした嘆願に心を打たれて、帰府後幕閣に働きかけたところ老中たちの反応がよかったという情報が伝わったばかりである。

若手が血気に逸《はや》った暴走は、せっかく好転の萌《きざ》しを見せた主家再興運動を無に帰する恐れがある。

吉良の白髪首一つ取ってすむようであれば苦労はせぬ。これは公儀に対する正面切ってのものいいである。それにはそれなりの〝形〟を整えなければならない。

内蔵助はこの事件によって幕府の出方が恐しかった。幕府の探索力と情報蒐集《しゅうしゅうりょく》力をもって浅野遺臣団の蠢動《しゅんどう》を知らぬはずがない。それにもかかわらず取締まりの手を伸ばさないのは浅野にのみ酷であった偏裁を後悔しているのか。それともべつの意図があるのか。

いずれにしても幕府の黙過の上に辛うじて生き長らえているのである。

「一度江戸へ行かずばなるまい」

内蔵助はようやく重い腰を上げかけていた。

二

浅野の若手による暴発は柳沢吉保をも驚愕《きょうがく》させた。吉良浅野双方ともに事件をひた隠しにしているが、白昼江戸の街中での事件はすでに知れわたっている。

だが双方とも届け出ていないので表面上は何事もなかったことになっている。

「大石がおりながらまさかこのような暴発を許すとはおもわなかった」

吉保は平岡宇右衛門に言った。

「これは大石の押えがきかなくなったとみるより、功を焦った若者どもの暴発と存じます。堀部ら在江戸の過激派の面々も加わってございませぬ」

「それにしても無謀な振舞いをする者どもよな」

吉保は冷汗をかいていた。幸いに吉良勢が手利きを揃えて撃退したからよかったものの、もしこの若手の暴発によって上野介《こうずけのすけ》を討たれたならば、せっかくの吉保の張りめぐらした遠大な罠《わな》が無用となってしまう。

　堀部らの討ち入りでも背後の大獲物を誘い出すのに不足というのに若手の暴発とあっては上杉も浅野宗家も出て来る閑《ひま》もない。

「吉良家の士気は大いに上がっているそうでございます」

「吉良家にも人はおる。このしかけが浅野の主力ではないことは悟っておろう」

「これは大石の密命による吉良の兵力の瀬踏みとは考えられないでしょうか」

「余もそれは考えてみたが、危険が多すぎる。いまお膝許《ひざもと》で騒動に及べばいかなるお咎《とが》めを蒙《こうむ》るやもしれず、大石も堀部も知らぬところで事は運ばれたのであろう」

「御前はこれからいかが相成ると思《おぼ》し召されますか」

　宇右衛門が吉保の顔色を探った。

「大石が江戸へ出るかもしれぬ。もし彼が出府するようであれば、仇討ちの意志を含みわしの望む方角へ歩いて来てくれるであろう」

「出て来ぬ場合もございますか」

「出て来てもらわねば困る。だが出て来ずば、江戸の浅野遺臣がなにをしようと、関心のない証拠じゃ。吉良を討ちたい者は討て。おれはいっさい与《あずか》り知らぬとな」

「出府の目的は堀部ら過激の者どもを押えるためでございましょうか」

「これによって堀部らは一歩引き退がらざるを得まい。過激の者どもに任せておいてはなにをするかわからん。すべてわしに預けよと、一党党首としての主導権を確保するために大石はこの機会を最大限に活用するであろう」

「御前のお見通し恐れ入りましてございます」

「色部又四郎の動きが気になるのう」

「色部がなにかするでしょうか」

「色部もわし同様に今後の大石の動きを見守っているであろう。きゃつ煮ても焼いても食えぬ男よ。わしが仕掛けた罠をとうに見破って、それを破るための手を次々に打ってくるであろう」

吉保の目が底深い光を帯びた。

三

事件は色部又四郎をも驚かせた。大石の押えがあるかぎりまさかこのような暴発があろうとは予想もしていなかった。

彼は大石や柳沢とは逆に内心大いに惜しがっていた。浅野の先走り組によっていっそ上野介が討たれてしまえば後腐れがなくてよかったのにと残念でならない。せめて堀部級の遣い手が一人でも加わっていたら、事件はべつの展開になったかもしれない。

浅野の若手の暴発によって上野介が討たれてしまえば上杉家の出る幕はない。なぜそうしてくれなかったのか。上野介の運の強さは呆《あき》れるばかりである。又四郎は自分がいっそ浅野の若手に加わって上野介を斬りたかった。

又四郎は事件が上杉家に及ぼす影響を考えた。親想いの綱憲《つなのり》は吉良家の防備を強化するだろう。上杉家よりさらに腕の立つ付け人を派遣し、防衛費用の負担も大きくなる。上杉がますます吉良浅野の紛争に引きずり込まれる。

それこそまさに大石の狙いであり、柳沢の罠なのである。十五万石の当主の自覚に欠け個人的な親孝行に夢中な綱憲にはそれが見えないのだ。

大石が出て来れば、後日に期するところあり。その後日は必ず上杉家に禍《わざわ》いをもたらす。大石を江戸へ入れてはならぬ。江戸へ入れてからでは手を出せなくなる。江戸で大石の身になにかあれば上杉のしかけと見られる。それは絶対避けなければならない。

又四郎が凝《じ》っと思案を集めている中で巨大な敵が静かに立ち上がって一歩一歩自分に向かって近づいて来る気配を感じた。

四

大石内蔵助が京山科《やましな》を出発したのは、十月二十日である。供は奥野将監《しょうげん》、河村伝兵衛《かわむらでんべえ》、岡本次郎左衛門《おかもとじろうざえもん》、中村清右衛門の四名である。奥野将監は千石を領した番頭であり、遺臣団の副将格とみなされている。他の三名も高禄《こうろく》の上士であるが、護衛としては心細い。

和久半左衛門はようやく動きだした大石を尾行していた。動かざる大石につけ込む隙を見出《みいだ》せないでいると、色部から指令がきて、動き出すまで監視せよということであった。そして大石が動きだすのを見越していたかのように江戸へ入る前に討てと命じてきた。

又四郎は和久に大石暗殺を命じておきながら、半年以上経過するもまだ使命を果たせずにいる彼に督促がましいことは一切言ってこなかった。暗殺の期限を切らなかった。だが今度は「江戸へ入る前に」という限定をおいた。それだけに色部の断乎《だんこ》たる意志が感じられる。

そんな物騒な尾行が付いているのも知らぬげに大石一行は悠々たる足取りで歩いていた。折から晩秋の東海道は連日晴れ上がり、快適な旅がつづいた。大石内蔵助はこの旅を楽しんでいるようであった。

途中の名所史蹟《しせき》に立ち寄り、美味《うま》い名物があると聞けば、少しまわり道をしても味わった。この旅の目的はそれほど楽しいものではない。江戸へ行けば急進派の突き上げが待っている。江戸派の統一は易《やさ》しい仕事ではない。すでに主君切腹以後七か月余経過するもまったくなんの動きも示さない大石に江戸派は苛立《いらだ》っている。その苛立ちがこんな形で爆発したのである。

あれこれ考えると江戸へ行くのが億劫《おっくう》になり、遅い足取りがますます遅くなる。だが、内蔵助のヌーボーとした表情からは、そんな心の重さはうかがい知れない。大石一行につかず離れず尾行をつづけている半左衛門の足取りも当然ゆっくりしたものとなる。だが彼の足を遅くしているのはそのせいだけではない。

彼は色部の命令にもかかわらず、いっこうに意志が定まらない。

大石とは不思議な人物であった。悪意をもって近づく者も、その悪意をいつの間にか萎《しぼ》ませてしまうのである。大石が警戒らしい警戒をほとんど施さないのに、刺客の手が及ばないのは身につけた一種の〝特技〟のせいであろう。

大石をつけ狙っている間に半左衛門も殺意が失《う》せてしまった。殺意なくしてとうてい暗殺剣は振えない。彼の逡巡《しゅんじゅん》が足取りに現われて重くなってしまう。

こんな状態ではとうてい討てないとおもった。なぜ大石を討たなければならないのかという疑問が生じている。本来刺客が抱くべく疑問ではない。

色部又四郎は大石を恐がりすぎているのではないのか。大石の表情と悠揚として迫らざる態度を見ていると、上杉家に対する害意など一かけらもなさそうである。上杉どころか吉良に対する報復の意志など気配も感じられない。そういうことにはまったく縁のない人間なのではないか。

それを疑心暗鬼から無理に上杉に仇《あだ》なす人物に仕立て上げ取り除こうとしているのではないだろうか。さすがの上杉家の名家老の目も曇《おび》ったのか。

いや色部は大石を直接見ていない。大石の影に怯えているだけかもしれない。そんな疑心暗鬼の影を斬る役目は真っ平だ。

そんな思案をめぐらしながら伏見《ふしみ》から発して、泊まりを重ねながら、桑名《くわな》熱田《あつた》の海上七里を船で渡り、天竜川《てんりゅう》、大井川《おおい》を越え、岡部《おかべ》、鞠子《まりこ》の宿の間の宇都谷峠《うつのやとうげ》にさしかかった。参観交代《さんきん》のために道路は改修されているが、時に山賊出没の噂のある険路である。

峠は上下一里の行程であり、頂上に地蔵堂がある。頂上にさしかかったとき、和久は目を見張った。大石が一人で地蔵堂に寄りかかって憩《やす》んでいたのである。どこへ行っているのか四名の同行者の姿は見えない。

同行者の腕は大したことはないが、できればいないに越したことはない。揺れ動いていた半左衛門の心が定まった。これは千載一遇《せんざいいちぐう》の機会である。殺意がなくとも機会に乗ずれば討てる。

半左衛門が刀の鯉口を切って近づきかけると、すっと前に黒い影が立ちはだかった。これまでそんな所に人がいるのをまったく気づかせなかったほど巧みに気配を消していた。深編み笠《がさ》をかぶっている浪人態である。半左衛門は一瞬足許《あしもと》がよろめきかけるような凄《すさ》まじい剣気を感じた。足を踏ん張ってようやく怺《こら》えたほどである。

そのとき半左衛門は相手に出会ったのが初めてではないことをおもいだした。尾崎村の大石の仮寓《かぐう》をうかがっていたとき、その帰途すれちがった深編み笠である。あのとき逃げても避けても斬られるとおもった。正面から立ち向かうだけが相討ちの機会がある。だがいまは立ち向かえば必ず自分が斬られるとおもった。大石に対する必殺の意志を固めぬ間に機会だけに乗じて討とうとした刺客の中途半端が、恐るべき相手に一歩立ち後れている。

立ち後れたまま、和久は深編み笠とにらみ合った。

「太夫《たゆう》こちらでお憩みでしたか。いつまでしてもお姿が見えないので案じておりました」

このとき中村清右衛門らしい侍が引き返して来た。内蔵助だけ地蔵堂で憩んでいたらしい。

「杉林の風情がなんとも妙なのでおもわず見惚《みと》れておった。心配をかけてすまぬ」

内蔵助はゆらりと立ち上がった。深編み笠が剣気を消した。深編み笠が立ち去ると、半左衛門は立っていられないほどの疲労をおぼえた。束の間の対峙《たいじ》であったが、体力と気力の悉《ことごと》くを消耗している。

何者か正体はわからぬながらも、大石を密《ひそ》かに護衛する蔭供《かげとも》にちがいない。おそらく堀部安兵衛や奥田孫太夫を上まわる遣い手であろう。腰に落とし差しにした一剣からたっぷり血を吸ったにおいが立ち昇って来るようであった。

あのような凄まじい蔭供を従えていたのでは下手に手を出せぬ。峠の風に吹かれてようやく全身の冷汗が退《ひ》いてきた。

戦意なき戦旗

一

十一月三日大石一行は無事に江戸に到着した。京から江戸まで百二十里余、平均旅程十二日前後を十四日かけて来たのであるから悠々たるものである。

ひとまず大石のシンパである三田松本町《みたまつもとちよう》の前川忠大夫《まえかわちゆうだゆう》宅に旅装を解いた。

大石の江戸到着を見届けた和久半左衛門は上杉藩邸に帰り、色部又四郎に道中つけ狙ったものの警固が堅くて手を出せなかったと報告した。

「大石め、とうとう来おったか。長期の役目ご苦労であった。ゆっくりと寛《くつろ》ぐがよい」

と優しくねぎらってくれた。その言葉裏には刺客如きに討たれる大石ではないと見通していたような節が見える。刺客の能力を疑っていたのではなく、刺客によって封じ込められる相手ではないのを察知していながら、一個の布石として和久を配したらしい。

「ところで其方《そのほう》、長期大石に目を配り、なにか気づいたことはあるかの」

と半ば眠っているような目を向けた。

「は、大石はまことに不思議な人物と見受けました」

「不思議な人物とな」

又四郎の眠そうな眼の底に興味の色が湧いている。半左衛門は大石の身辺を柔らかく護《まも》っているような敵意を吸い取ってしまう雰囲気を正直に話した。

「恐しい男よの」

又四郎はポツリと漏らした。

「恐しいと申されますと」

半左衛門は又四郎の感想がわからなかった。

「武芸の達人ばかりが強いとは限らぬ、敵意や殺意を吸収し消去しさるような技があるとすれば、戦わずして敵がないことになるではないか」

「は、されば大石には戦う意志がないのではないのかと」

「大石は旗じゃ。本人に戦意があろうとなかろうと、周囲が彼を掲げれば戦いの旗となる」

「戦意のない戦旗というものがございましょうか」

戦旗が味方の戦意まで吸い取ってしまったのでは戦旗にならないのではないかとおもった。

「だから恐しいのよ。優れた武器というものは一見味方には穏やかに映る。旗は武器ではないが、いかなる武器にも勝る戦力を秘めておる。大石の下に集った者たちが一本にまとめられ、この上杉家に鉾先《ほこさき》を向けて来るのが恐しい。大石に戦意がないと言うたが、吉良上野介《こうずけのすけ》殿ご一人《いちにん》に対しては初めから戦意などあるまい」

「されば大石の狙いは初めから上杉家に向けられておると」

「五万三千石を取りつぶされておるのじゃ。上野介殿の首一つでは釣り合いが取れまい」

「大石は最初から拙者如きは眼中になかったのでございますな」

「ふふ。もしかすると上杉も彼の的ではあるまい。真の的は、公儀よ」

「ご公儀を！」

「公儀に対しての正面切ってのものいい。浅野家に対する片手落ちの裁決はまちがいであったと公儀に謝らせるための、いわば天下のご政道に対するものいいである」


又四郎の〝解説〟によって半左衛門には大石の巨《おお》きさがいくらか見えてきたようにおもった。敵意を吸い取られたのではなく、相手があまりに巨きかったので敵意が通じなかったのかもしれぬ。

又四郎の解説にはいささか禅問答めいたところがあったが、大石の悠揚迫らざる姿勢の底に色部の恐れている真の狙いが隠されている気配を感じ取れるようになった。これも又四郎の感化であろう。

二

大石は出府すると前川忠大夫の家に在府の遺臣十三名を集めて江戸での軽挙妄動を戒めた。

「いまだ大学様のご安否も定まらぬ時期に若い血気の者どもが功を焦って無謀なる働きをしたるが故に、一党を危機に晒《さら》し、お家再興の機会をいたく損ない、仇討《あだう》ちの企《たくら》みまでも危うくしておる。以後かようなことのなきよう方々心を一にし、すべてをそれがしに任せて機会を待つように」

と内蔵助《くらのすけ》が説いたのに対して、堀部が一同を代表して、

「この度の若き衆中の血気に逸《はや》った行動は、我らの押えが至らざりし所と深く反省しておりますが、これも期限なき故の不安の為《な》さしめたことと存じます。いかに金鉄の忠心といえども無期限に待たされるのみとあっては甚だ心細く、兵糧もつづきませぬ。諸事物価高の江戸にあって禄《ろく》を離れた我ら、収入もなくただ主君のお怨《うら》み散ずる日のみを頼みに助け合い励まし合いつつ生きております。老齢の上野介のこと故かくしている間にも危うくなるやもしれませぬ。なにとぞこの際一応の期限を賜わりたい」

と迫った。内蔵助はうなずいて、

「堀部殿の意見尤《もっと》もと存ずる。ついては来年三月の一周忌をもって一応の期限といたそう。一年とあいなれば大学様のご処遇も定まるでござろう。一年経つもなんのご沙汰《さた》も下らぬようであれば、もはやそれまで。いかがでござるかな」

内蔵助の一周忌期限に一同も同意した。これは討入り期限ではなく、一年待ってなんの沙汰もないときは改めて方途を決しようという〝猶予期限〟である。それでもなにもなかったこれまでに比べれば、一同にとって生きる目的があたえられたようなものであ

った。

「存切《せつ》たる者十人もいれば十分」と息巻いて江戸派だけで事を起こそうとしていた堀部が内蔵助のこの提案を入れたのは、大きな譲歩である。

若手血気の暴発は、内蔵助の望む方向に収拾されてきたのである。

三

そのころ吉良家子飼いの家臣の間で清水一学を中心として物騒な企みが進行していた。

「幸いに我らの護りが固くはね返したが、敵の主力は温存されているとみなければならぬ。堀部、奥田などの居所はわかっておる。しかけられるばかりでなく、こちらからしかけたらどうか」

と一学が子飼いの家来のみ集めて提案した。

「堀部らの家に斬り込みをかけると言うのか」

さすがに須藤与一右衛門が驚いた表情をした。

「面体《めんてい》を隠し、夜盗を装えば我らの仕業とはわかるまい」

「夜盗が浪人の家に押し込むはずもない。それはあまりにも無謀だ」

堀江勘右衛門《ほりえかんえもん》が反対した。

「浪宅かどうか外から見ただけではわかるまい。斬り込んで初めて住人がわかるものではないか」

「夜盗は押し込む前に下見をする。堀部の家に殴り込みをかければ百人が百人吉良家のしかけと見るだろう」

「お主、まさか堀部に臆《おく》したのではあるまいな」

「臆したとはなんだ」

「まあ二人とも待て」

鈴木元右衛門が割って入って来た。

「堀部の家に斬り込むというのはいかにも痛快だが、危険が多すぎる。万一我らのしかけとわかれば殿にいかなる迷惑を及ぼすやもしれぬぞ」

元右衛門も堀江の意見を支持した。

「このまま黙っておれと申すか」

「それも業腹《ごうはら》だな」

「なにかきゃつらにおもい知らせるよい手はないか」

意見を問われて、

「間引くというのはどうかな」

宮石所左衛門《みやいししょざえもん》が言いだした。

「間引くだと」

一同の視線が集まった。

「さよう。一人一人になったところを間引いていく。これならばだれの仕業かわかるまい。堀部、奥田らがどれほどの遣い手であろうと、数名にて不意を突き押し包んで討ち取ればさしたる難事でもあるまい」

「それは妙案」

赤穂の第一次のしかけをはね返して意気軒昂《けんこう》たるところであったから、一同が間引案に傾いた。

「しかし一人を大勢にて不意を突くというのは卑怯《ひきょう》ではないか」

永松九郎兵衛《ながまつくろべえ》が柔らかに批判した。

「卑怯ということであれば浅野のほうが卑怯であろう。もともと殿中にて浅野が殿の不意を突いてしかけたるより発したること、この度は市中お膝許《ひざもと》をも憚《はばか》らず大挙して斬りかけて来おった。幸いはねのけたものの、我らの護りが及ばなければ、殿のお命にもかかわるところであった。いまだに敵の兵力も不明のまま、いつ押し込んで来るやも測りしれぬ。我らを卑怯呼ばわりは見当ちがいと申すものである」

一学が強い声で言ったので、一同は納得した。実際攻める側はいつでも自分の最も都合のよい時機を選べるのに対し、守備にまわった者はいつあるやもしれぬ攻撃に対し常に緊張していなければならぬ。赤穂は常にサーブの球を握っている形である。この心理的負担の差は大きい。

各個間引案は、この負担差を軽減逆転し、敵の兵力を確実に減殺《げんさい》する。

「小林、新貝、山吉らに努々《ゆめゆめ》悟られるな。彼らが察知すればいかなる妨げをするやもしれぬ。この事は我らの間だけで進めなければならぬ」
一学が釘《くぎ》をさした。

四

江戸派の鎮撫《ちんぶ》と統一に一応成功した大石内蔵助は、十一月十四日亡君の月ちがいの忌《き》日《にち》にあたり高輪《たかなわ》泉岳寺に詣《もう》でた。泉岳寺には不破数右衛門《ふわかずえもん》一人を伴った。数右衛門は以前百石を領していたが内匠頭の癇《かん》に触れて永《なが》の暇《いとま》を蒙《こうむ》っていた。浪人後も亡君を慕いその忠誠に変るところがなかったので内蔵助は数右衛門を墓前に伴い亡主の許しを乞《こ》うて一党に加えたものである。

墓参後、内蔵助は赤坂今井町《あかさかいまいちょう》の浅野長照《ながてる》の隠居邸に逼塞《ひっそく》している瑶泉院《ようぜいいん》の許《もと》へ伺候した。

瑶泉院は内蔵助の来訪をことのほか喜び、

「そなたは寒がりのこと故、ことのほか冬は身体に応《こた》えるであろう。そなた一人のお身ではありませぬ。浅野家の後事は偏《ひと》えにそなたに懸かっておりまする。なにとぞお身をいとおしんでたもれ」

と言って頭巾《ずきん》を賜わった。

「勿体《もったい》なきお心遣い、内蔵助肝に銘じましてございます」

内蔵助は平伏して頭巾をおし戴《いただ》いた。はっきり言葉に出して言わないが、亡夫の遺恨を晴らしてくれと切々と訴えかけている瑶泉院の心情が、内蔵助には痛いほどわかった。

この後、内蔵助は奥野将監《しょうげん》を伴うと荒木十左衛門、榊原采女《さかきばらうねめ》、また浅野家の同族松平安芸守《あきのかみ》、同美濃守《みののかみ》の邸を歴訪して大学取立てによる主家復興の儀についての助力を頼んだ。

この仏事と訪問は、それ自体が出府の目的であったが、江戸派の慰撫《いぶ》統一という大目的をカモフラージュする効果が高かった。

出府の目的を果たした大石は、二十三日、奥野将監、河村伝兵衛《かわむらでんべえ》、岡本次郎左衛門《おかもとじろうざえもん》を従えて帰京の途に就いた。

内蔵助の出府によって吉良、上杉両家とも一時は明日にも討ち入りがあるのではないかと緊張したが、一見仏事や主家再興運動だけをして帰京して行った内蔵助に、ひとまずホッと胸を撫《な》で下ろした。

楯《たて》の部分

一

大石帰京の報告を受けた色部又四郎は、

「大石め、当初の目的を一応果たしたと見ゆるな」

と薄い笑いを刻んだ。色部が張りめぐらした阻止線を突破して江戸派を自分のおもい通りの枠の中にはめ込んだにちがいない。この勝負、まずは大石に軍配が上がったようであるが、そんな枠がいつまで保《も》つものか。

又四郎は和久半左衛門を呼び出した。

「どうじゃな、久しぶりの江戸の酒の味は」

又四郎は眠っているような眼の底からさりげなく尋ねた。

「京の酒も美味《うま》うございましたが、江戸の酒はまた格別ですな。酌する者によって酒の味がこうも異なることを初めて知りました」

「それは重畳《ちようじよう》じゃ。ところでせっかくの酒を妨げてすまぬが、お主《ぬし》に飲んで欲しい酒があるのじゃ」

「拙者にどんな酒を飲めと仰せですか」

半左衛門は目を上げた。

「この酒はお主でなければ飲み干せぬ」

「ご家老の仰せのままにどのような酒でも飲みましょう」

「本所の酒を飲んでくれぬか。酌にはお艶《つや》とお絹が侍る」

「拙者を吉良家へ」

半左衛門は顔色を改めた。

「いかにも。吉良家の押えが足りぬ。いまのままでは心許《こころもと》ない。万一浅野遺臣押し込み来たったときの押えとして、其方《そのほう》に吉良家に控えてもらいたいのじゃ」

「ご家老は浅野の討ち込みありと思《おぼ》し召されますか」

「あるかもしれぬ、ないかもしれぬ。あるとせば、来年いっぱいじゃな。それ以上は兵糧がつづくまい。万一あったときの吉良家の押えが心細い。どうだ、行ってくれぬか」

「もとより、拙者、ご家老の仰せのままにございます」

「赤穂浪士押しかけ来たりて家中押え難きときは容赦なく斬れ」

「拙者命に替えても吉良様をお護《まも》り奉りまする」

「吉良様を護るためではない。上杉家を護るためじゃ」

「は?」

「赤穂の浪士輩《ばら》が押し込み来たりて支え切れぬときは、吉良家は必ず当家に救援を求めて来るであろう。救援要請の使者を一人たりとも来させてはならぬ。押え難きときは斬れ」

「吉良家からの使者を拙者に斬れと仰せですか」

「そうじゃ」

「ご家老には吉良家を見殺しにするご所存でござるか」

「そうじゃ。吉良家を見殺しにしても上杉家を護らなければならぬ。上杉家から一兵も出してはならぬ。救援要請があれば、殿は必ず出兵する。そんなことになれば浅野家の二の舞じゃ。上杉家を吉良家と心中させるわけにはいかぬのじゃ」

　半左衛門はようやく又四郎が容赦なく斬れと言った対象が、浅野遺臣ではなく吉良家中の士であることを理解した。

「吉良家にはすでに小林、山吉、新貝などを派遣しておる。じゃが万一の際に手不足じゃ。吉良家中をあの者どもだけでは押え切れまい。お主が行ってくれれば百人力じゃ」

「吉良の酒は苦い酒になりそうでございますな」

「その酒を飲んでくれと頼むわしも辛《つら》い。お家のためじゃ。どうじゃ飲んでくれぬか」

　又四郎が半左衛門の前に頭を下げた。

「ご家老、なにとぞ頭をお上げください。拙者喜んで吉良家の酒を飲みまする」

「すまぬ。この通りだ」

　又四郎は手をついた。そのとき半左衛門は色部又四郎の真の恐しさを知って背筋を寒くしていた。

彼は、いま半左衛門の前に頭を下げ手をついたようにして、小林、山吉、新貝らにも浅野遺臣討ち込みの際、上杉家の楯《たて》になってくれるように頼んだことであろう。又四郎の意識の中には上杉家の安全と存続しかない。そのためには主君に叛《そむ》き、実に三重の濃縁に結ばれている吉良家を切り捨てることを辞さない。家のためには主君すら切り捨てかねない。又四郎が家を護るためには容赦なく切り捨てる。

人間の感情や親子の情愛も家を護る大きな楯であり、半左衛門も小林も新貝も山吉もその大楯を構成する部分なのである。

楯の中には人間の血や涙は通っていない。いやそういうものを拒否しなければ楯になり切れない。

そうでなければ、老親が殺されかけている現場から子の許に救援要請に赴く使者を斬れない。

いま主家の楯になれと命じられて、半左衛門は人間の血や涙を自分の中に拒否することを密《ひそ》かに誓った。それを武士道が命じていた。

二

ほぼ同じころ柳沢吉保も大石が帰京の途に就いた報告を受けていた。

「これで大石は江戸派をひとまず押えた。この次に出て来るときがいよいよじゃな」

「大石はいつ出てまいりましょうか」

平岡宇右衛門が尋ねた。

「浅野大学の処遇の決定を待っているのであろう。それからじゃな」

「もし舎弟再取立てによる浅野家再興が叶《かな》いますれば、復讐《ふくしゅう》の口実がなくなりますが」

大石が縁藩、幕閣諸方面に働きかけて主家再興運動を進めていることは夙《つと》に耳に入っている。もしこの運動が功を奏して復讐を取り止めれば、吉保の仕掛けた罠《わな》も無意味になってしまう。

「ふふ、其方《そのほう》浅野家が再興するとおもうてか」

吉保がニヤリと笑った。宇右衛門は、ははと平伏した。吉保の恐しさを目《ま》の当たりに見せられたおもいがした。罠を仕掛けるにあたってそこまで計算していたのである。いまや吉保が公儀そのものである。吉保が同意しなければ、幕閣の議決事項といえども通らない。

そうと知ってか知らずか、荒木十左衛門の取りなしに老中どもが色よい反応を示したことを大石は再興運動の好転の萌《きざ》しと喜んでいるようである。

「だがの、仮に再興が成ったとしても五万三千石そのままということはあり得ぬ。五千石や一万石では遺臣どもが納得いたすまいのう」

「さればなに故舎弟の処遇をいまだ未決のまま放置しておかれますので」

「あまりに早く処遇を決めては上杉も浅野もおびき出せなくなる。気をもたせ、十分苛《いら》立《だ》たせておいて、望みの糸を断ち切る。かくしてこそ、もはや残るは復讐の一途しかなしとまっしぐらに突き進んで来るであろう。大石も色部も大学の処遇決定が時間稼ぎであることを見抜いておるであろう。頃合を測って大学の処分を決定する。それからが本当の勝負じゃ」

吉保は楽しい計画でも練っているかのように笑った。吉保の懐ろ刀として彼の汚い仕事を一手に引き受けている宇右衛門も吉保の底知れぬ冷酷さを見たようにおもった。

三

「ところで荒木源三郎という其方《そのほう》の飼っておる浪人者じゃが、帰って来たそうじゃの」

吉保は、ふとおもいだしたように言った。

「大石の出府と同時に護衛の役目を果たして帰着仕《つかまつ》りましてございます」

「役に立つ男よ。おめおめと刺客如きに討たれる大石でもあるまいが、再度刺客の気配をはね返したそうじゃの」

「立ち会っておれば相討ちになったやもしれぬ遣い手が大石の身辺をうかがいおったそうにございます」

そのことはすでに報告ずみである。

「敵も荒木の容易ならざる気配を悟ったのであろう。頼もしい男よ。荒木に新しい用命を申しつける」

「は」

「彼を吉良邸に派遣せよ」

「吉良邸に……でございますか」

宇右衛門が目に不審の色を塗った。

「さよう。次に大石が動くときは吉良邸に討ち込んで来る。討ち込むように仕向ける。吉良も当然待ち構えておるであろう」

「さすれば吉良殿の用心棒に荒木を遣わすのでございますか」

「ふふ、上野の白髪首などどなん級打たれようといっこうにかまわぬ。荒木は上杉の引出《ひきだし》役《やく》として吉良邸へ遣わすのじゃ」

吉保はますます楽しげな表情になった。

「上杉の引出役と申されますと」

宇右衛門にはまだ吉保の言葉の含みがわからない。

「色部又四郎も、赤穂浪士の討ち込みに備えて手配りをしているであろう。浪士ども討ち込みなば吉良家中はまず上杉へ救援を要請する。親想いの綱憲《つなのり》が親が殺されかけているという急訴を受けて立たぬはずがない。上杉の全兵力を挙げて吉良の救援に駆けつけようとするであろう。

それをさせては浅野家の二の舞じゃ。浅野の轍《てつ》を踏ませぬため色部は一兵たりとも上杉勢を出兵させぬよう吉良家中に阻止陣を張っているにちがいない」

「荒木源三郎にその阻止陣を破り上杉家に救援要請の急使の役を仰せつけられるのでご

ざいますな」

宇右衛門はようやく主《あるじ》の深い含みを悟った。

「色部とても遣い手を配しているであろう。それの阻止を破り、赤穂浪士の封鎖を斬り破って上杉家へ駆けつけるのは容易ではないぞ」

「まことに荒木源三郎には適役でございます」

「早々に荒木に申しつけよ」

「御意《ぎょい》」

宇右衛門は平伏しながら、浅野遺臣討ち入りの際に吉良邸で行なわれる凄惨《せいさん》な争闘を想像して慄然《りつぜん》となった。

吉良、浅野彼我の戦いだけではない。吉良家中が二つに割れて、上杉おびき出しと上杉家を救うための相対する目的に向かって斬り合うのである。

荒木源三郎が首尾よく色部の阻止陣と浅野遺臣の封鎖を破って上杉邸に駆けつけたとしても、急使が来るのを予想して備えた色部の手の者に斬られるかもしれぬ。源三郎に負わされた役目はまさに「地獄の使者」と呼ぶにふさわしいものであった。

再会した刺客

一

平岡宇右衛門から吉良邸行を命じられたとき、荒木源三郎の脳裡《のうり》をかすめたのは、尾崎村の大石の仮寓《かぐう》の近くと宇都谷峠《うつのやとうげ》で二度見《まみ》えた刺客のおもかげであった。刀を交える前に両名とも引いたが、あのまま立ち会っていたらいま生きていられたかどうかわからない。

あれは優れた剣客の下でみっちりと磨いた正規の剣である。源三郎のように無頼に身をもち頽《くず》して血を吸ってきた邪剣ではない。

邪剣でも強ければなんら憚《はばか》ることはない。だがあの刺客の構えには邪剣を寄せつけない姿勢があった。けんかのための剣術と、道としての剣道のちがいを知らされたのである。

あの刺客が吉良か上杉の手の者かわからない。だが吉良家に赴けば彼と出会う可能性がある。

平岡宇右衛門から吉良家出向の任務を聞くに及んで、刺客が吉良家中の者ならばよし、もし上杉家中の者で吉良家に差し向けられていれば、対決は避けられぬかもしれぬ。

「色部又四郎の手の者が阻むやもしれぬ。手に余らば斬れ。お主《ぬし》の役目は上杉勢をなんとしても吉良家まで引きずり出すことじゃ。心して行け」

宇右衛門は言った。そのとき源三郎は色部又四郎の手の者が、あの刺客にちがいないとおもった。浅野遺臣の封鎖はともかくとしてあの者が立ちはだかったら斬り破るのは容易ではあるまい。

無頼の暮らしの底で何度も捨て損なった命であるが、吉良邸が命の捨て場所になるかもしれぬと、源三郎は自分に言い聞かせた。

荒木源三郎は、柳沢吉保の推薦によって吉良家の付け人になった。吉保の魂胆を知らぬ上野介《こうずけのすけ》は大喜びであった。

「柳沢殿がそれほどまでにこの上野介の身をおもうてくださったか。忝《かたじけな》いことでござる。さすが柳沢殿のご推薦だけあって頼もしげな御仁じゃ。よろしく頼みまいらせますぞ」

上野介にしてみれば単に用心棒を一人もらっただけではない。天下の柳沢が自分の味方であることを実証してくれたようなものである。一人の用心棒が柳沢の味方を代表しているのである。

だが、清水、須藤ら子飼いの臣は荒木に白い目を向けた。

「柳沢がいまさらなんの魂胆があって用心棒を差し向けたのか。吉良家だけでは赤穂の瘦《や》せ浪人に立ち向かえぬとおもうてか」

「大殿は手放しで喜んでおられるが、一朝《いっちょう》事あるときによそ者がどれほどの力になるものか」

「柳沢殿は吉良家を見くびっておるのよ」

吉良家子飼いの臣は憤慨したが、上杉系の出向家士も歓迎したわけではない。これに新規召抱え組が加わって、吉良家は荒木源三郎を入れてますます複雑になってきた。

源三郎と相前後して和久半左衛門も新たに吉良家へ派遣されていた。

半左衛門に会った瞬間源三郎は直ちに大石内蔵助《くらのすけ》をうかがっていた刺客であったことを悟った。

やはり予測していた如く、彼は吉良家にいた。しかも上杉家から遣わされた付け人であるという。平岡宇右衛門すなわち柳沢吉保が予測したように、吉良家からの救援要請使を阻止するために色部又四郎が打った布石であろう。

やはり彼との対決は避けられぬようである。

「荒木源三郎と申す。よしなにお引きまわし願いたい」

源三郎が低姿勢に初対面の挨拶《あいさつ》をすると、

「和久半左衛門にござる。拙者こそよろしくお頼み申す」

丁寧に挨拶を返した。源三郎は半左衛門の顔を知っているが、源三郎は深編み笠《がさ》をかぶっていたので半左衛門に顔を見られていないはずである。

山吉新八郎、小林平八郎、新貝弥七郎、村山甚五左衛門など上杉系の家士にも挨拶をする。一通りの挨拶が終ったところで、和久が、呼びとめた。

「ご貴殿には以前どこかで出会《でお》うたような気がいたすが」

和久が視線を源三郎の面に凝《じ》っと当てた。

「人ちがいではござらぬか。拙者は初対面でござるが」

源三郎はさりげなく躱《かわ》すと、

「さようか。ま、いずれ憶《おも》いだすでござろう」

と和久がニヤリと笑った。

二

「柳沢より推挙された荒木源三郎という男、大石を密《ひそ》かに護《まも》っていた蔭供《かげとも》に相違ござらぬ。面体《めんてい》は深編み笠の下にて確かめられませんでしたが、あの身の構え、身に帯びた気配、体つきなど、きゃつにまちがいございませぬ」

和久半左衛門は早速色部又四郎に荒木源三郎との邂逅《かいこう》を報告した。

「やはりのう。柳沢が大石を護らせておったか。お主ほどの遣い手に手を出させなかったその荒木とやらよほどの手練《てだれ》と見ゆるな」

又四郎は細い目をますます細めた。

「大石を護らせた柳沢が、なに故荒木を吉良家に遣わせたのでございましょうか。まさか吉良殿を失い奉るために……」

「ふ、愚かな。柳沢がいま吉良殿を弑《しい》するはずがあるまい。吉良殿は当家をおびき出すための大切な餌じゃ。これで柳沢の狙いがはっきり見えてきたというものじゃ」

「柳沢殿の狙いと申されますと」

「わからぬか。お主同様吉良の酒を飲みに来たのじゃ。ただしお主とは酒を飲む目的が異なる。彼の役目は赤穂浪士討ち入りの際、上杉家に救援を求めることじゃ」

「それでは……」

「それを阻むのがお主の役じゃ。よいか、上杉家に一歩たりとも近づかせてはならぬ。柳沢がわざわざ送り込んで来たからには手強《てごわ》い相手であろう。お主から大石を護った手並みからしても尋常の者ではあるまい。半左衛門頼むぞ。

おそらく吉良家中で荒木源三郎を阻める者は其方《そのほう》しかあるまい」

色部又四郎の細い目の底が薄く光った。

吉良邸で荒木源三郎を暖かく迎えてくれた者が一人いた。

吉良家へ派遣されて数日後、源三郎は宿直《とのい》の間の廊下に出た所で背後から柔らかく声をかけられた。若い女の声である。

宿直の番に当たったとき以外は、あたえられた外郭の長屋で暮らしており、母屋《おもや》に来ることはない。

声の方角を振り向くと美しい女中が立っている。上野介《こうずけのすけ》の身のまわりのせわをしているたしか艶《つや》という女であった。

「拙者のことかな」

源三郎は問い返した。名前の通り艶やかで男世帯の吉良邸を彩る花となっている。暖かく柔らかそうな肢体にまつわる成熟した色気が眩《まぶ》しい。

「荒木様、いつぞやは危ないところを有難うございました。まさかこのお邸《やしき》でおめもじ仕《つかまつ》るとはおもいませんでした」

お艶は喜びを身体に弾ませるようにして言った。

「はて、拙者には心当たりはないが」

源三郎は記憶を探った。

「赤穂の城下で、無頼の者にからまれて難儀しているところをお救いいただきました」

「ああ、あのときの女性《にょしょう》か」

源三郎はおもいだした。大石の蔭供を命じられて赤穂に潜入していたとき、破落戸《ごろつき》に捕まった若い女を救ってやったことがある。まさかその女が吉良家縁《ゆか》りの者とは。

だが考えてみればそれほど奇《く》しき因縁でもない。吉良家の者が赤穂の様子を探りにその城下にいたとしても不思議はないし、柳沢の密命を帯びて潜入した源三郎と出会う機会もある。

「あの節はお礼も申し上げませんで失礼いたしました」

「たまたま通り合わせたまででござる」

「荒木様が家中にお越しになって嬉《うれ》しゅうございます。なんなりとお申しつけ下さいませ。奥向きの御用ばかりではございませんので」

とお艶はまなざしに源三郎との再会の喜びを籠《こ》めて言った。そのとき彼は索莫《さくばく》たる吉良家での暮らしに一点の光明を灯《とも》されたような気がした。

武士道の尾

一

大石内蔵助《くらのすけ》が帰京してから江戸派の中に一つの異変が生じていた。堀部安兵衛と共に江戸急進派の中核となり、主戦力となっていた高田郡兵衛の足が次第に一党から遠のいてきたのである。

その情報は色部又四郎の耳にも達した。赤穂浪士の主立った者には吉良上杉の厳重な監視が貼りついている。

「なぜ高田の足が遠のいたか。なにか理由《わけ》があるはずだ。それを探り出せ」

又四郎はその情報をもたらした角屋一兵衛《かどやいちべえ》に命じた。角屋はさらに数日後戻り来たりて意外なことを報告した。

「高田郡兵衛め、どうやら恋に落ちたらしゅうございます」

「なに、恋？」

又四郎の細い目が見開かれた。

「旗本村越伊予守《むらこしいよのかみ》の組下内田三郎右衛門《うちださぶろうえもん》の娘とねんごろになり、内田家に入り浸っております。どうやら内田より婿に望まれておる様子にございます」

「高田郡兵衛が恋とな……」

又四郎の口許《くちもと》が緩んだ。暖かげな笑いである。だがすぐに口許を引き締めて、

「村越伊予守なら吉良家とまんざら縁がないわけでもない。高田郡兵衛、妙な所に足を突っ込んで来おった」

鋭い眼光が又四郎の眼窠《がんか》の底にたまっている。村越家は吉良家の父方の遠縁に当たる家筋である。その家中の娘とねんごろになった郡兵衛は、そんなつながりは知らないのであろう。

「郡兵衛は仲間と女の板ばさみになり身動きつかなくなっておる様子にございます。郡兵衛め、恋と存念を両立させようとして苦心しておるのでございましょう」

「欲張っておるのう。鉄石の忠誠心も女に蕩《とろ》かされる。高田郡兵衛は江戸派の中核じゃ。郡兵衛が欠ければ残るは堀部安兵衛一人となる。だが安兵衛はあまりの名声のために仲間にあまり人気がなさそうじゃ。郡兵衛の欠落は彼一人のことではなく、浅野の遺臣どもに衝撃をあたえるであろう。この際、郡兵衛を取り除いておきたいのう」

「内田三郎右衛門は、郡兵衛が赤穂浪士の一党の中にまかりおることを知っているのでしょうか」

「それじゃな。浅野家中であったことも知らんのかもしれん。郡兵衛の正体も知らず娘婿に考えておるのであろう」

「内田に郡兵衛の正体を知らせてやると面白いことになります」

角屋一兵衛の目が面白そうに笑っている。又四郎は野本忠左衛門を呼んだ。

「其方《そのほう》、村越伊予守の所へ行ってもらいたい」

又四郎は野本忠左衛門に秘策を授けた。翌日、忠左衛門は吉良家家老斎藤宮内《くない》を伴い、村越家を訪ねた。村越家では上杉、吉良両家の重臣の突然の訪問に何事かと驚いた。吉良家とは遠縁とはいえ、日頃の往来はない。だが粗略には扱えない。主人伊予守直々《じきじき》に両名を丁重に迎えた。一通りの挨拶《あいさつ》が終った後、

「実は御組下の内田三郎右衛門殿の儀について少々お耳に入れておきたき儀がござってまかり越しました」

「三郎右衛門がいかがいたしましたか」

伊予守は両名のもってまわった言い方に姿勢を改めた。

「内田殿には娘御《むすめご》がおられましたな」

「妙齢の息女がおりますが」

「いずれは婿を取って家督を継ぐということになりますか」

「男の嗣子がおりませぬので、本人より婿養子による家督相続を願い出ればさし許す所存でおりますが」

「さようでございますか。実はその婿につきまして高田郡兵衛なる者が内田家に出入りしておることはご存じでしょうかな」

「たかだ……」

「郡兵衛と申しまして槍《やり》の遣い手にござる」

「その高田とやらを婿養子にでもするつもりですかな」

「いかにも、内田殿にはその心づもりと推察いたしております」

「高田がどうかいたしてござるか」

伊予守がようやく両名の訪意の察しをつけた。

「恐れながら殿には高田郡兵衛の素姓をご存じにございましょうや」

「いや」

「旧浅野の家中にて堀部安兵衛と双璧《そうへき》と称せられる遣い手にございます」

「なんと！」

伊予守の表情に驚愕《きょうがく》が走った。

「祖父は宮本武蔵《みやもとむさし》と仕合った槍の又兵衛とやら、当代かかる誉れの侍を、御組下に迎えられるはご当家にとってまことに大慶の至り」

と持ち上げておいたところで、

「されど故浅野内匠頭《たくみのかみ》の遺臣ども亡主に対するご公儀のご裁決を逆怨《さかうら》みして不穏なる気配しきりなる折柄、もし郡兵衛がその不穏なる輩《やから》の一味に加担せしならばご当家にいかなる迷惑を及ぼすやも測りしれず、またご公儀に対し憚《はばか》りありと存じ奉り、手前ども両名主人の内意をうけて参上仕りました」

伊予守は仰天した。浅野内匠頭は自らの不調法により将軍の怒りに触れて処断された者である。それを逆恨みして物騒なる企みを含みまかりおる一味の人物を組下に迎え入れたら、それこそどんな咎《とが》めを蒙《こうむ》るやもしれない。内田三郎右衛門は高田をそんな〝危険人物〟と承知の上で婿に迎えようとしているのか。

村越伊予守は早速三郎右衛門を呼びつけた。

「其方、高田郡兵衛なる者を存じおろうの」

内田三郎右衛門は郡兵衛の名が突然組頭《くみがしら》の口から出たので驚いた。

「はは」

と平伏したまま、咄嗟《とっさ》になんと答えてよいかわからない。郡兵衛を婿にと密《ひそ》かに三郎右衛門が心に期しているだけで、まだ当人の気持を聞いたわけではない。また勝手に婿に据えても組頭の許しがなければ内田家を継げない。

「其方高田郡兵衛の素姓を存じておるのか」

伊予守の言葉に含みがある。

「まだそれほど深い存じ寄りでもございませぬので」

組頭に問われて、三郎右衛門は「槍の又兵衛の子孫」と聞いただけで郡兵衛についてまだほとんどなにも知らないことに気づいた。娘のてつが所用で街へ出た際に無頼の者の一味にからまれて難儀していたのを、たまたま通り合わせた郡兵衛が救ってから内田家に出入りするようになった。

太平の世に失われつつある武士らしい凜々《りり》しさと折目正しい人柄に、娘よりもまず三郎右衛門が惚《ほ》れてしまった。当人同士もたがいに憎からずおもっている様子である。

「高田郡兵衛は故浅野内匠頭の遺臣にて、亡主に対するご公儀のご裁決を逆怨みしてなにやら物騒なる企みを含みおるやもしれぬ者と、わざわざ上杉家と吉良家より使者が知らせてまいったぞ」

伊予守の言葉はまさに寝耳に水であった。元西国大名の家中とは聞いていたが、浅野遺臣とはいまが初耳である。

「元浅野家中の不穏分子とあっては、いかなる迷惑を及ぼすやも測り難い。しかし元浅野家中とあってもすべてが不穏の輩とはかぎるまい。この儀当人よりしかと確かめておくがよい」

伊予守の言葉は意味深長であった。浅野遺臣であっても、不穏分子でなければ、養子による内田家相続は許すと言外に仄《ほの》めかしている。

ここに色部又四郎の巧妙な布置があった。色部の意図は郡兵衛の正体を村越伊予守に知らせることではない。郡兵衛を内田家の養嗣子にすることによって、彼は浅野一党から脱落するのである。色部の横槍によって郡兵衛の内田家入婿が破談になれば、郡兵衛は仇討《あだうち》一途のほかはなくなる。

そのように追い込んではまずい。そこで野本忠左衛門に含めて、高田郡兵衛は浅野遺臣中の危険人物であるが、実力、人物、家柄共に当代得難い人材である、それを赤穂の不穏分子と縁切りさせて召し抱えなば、村越家にとって掘り出し物であると言葉巧みに勧誘させた。

伊予守としても譜代の御家人である内田家を絶やすつもりはない。堀部安兵衛と並ぶ誉れの士を組下に加えられたら旗本仲間にも顔がよくなるというものである。

色部の策略に見事に引っかかった伊予守は郡兵衛がどうしても欲しくなった。

二

内田三郎右衛門は高田郡兵衛の兄の高田弥五兵衛《やごべえ》やその知人の橋爪新八《はしづめしんぱち》に相談した。郡兵衛から両名を紹介されていたのである。

「拙者としては郡兵衛殿をぜひ当家の婿に所望いたしたい。てつもその気になっており申す。ついては郡兵衛殿のお気持と、赤穂の不穏なる輩と気脈を通じていないか、ご両所に確かめていただけまいか」

浪人の再仕官は絶望の時代に、御家人とはいえ永代身分保証されている譜代に取り立てられる機会などめったにあるものではない。それが宝暦《ほうれき》（一七五一―一七六四）以後になると富裕な町人を持参金つきで養子にする御家人株の売買が行なわれるようになるが、元禄期《げんろくき》にはまだない。

高田弥五兵衛と橋爪新八は、三郎右衛門の話に驚き、かつ喜び、

「郡兵衛にとりまして願ってもない縁談でござる。我ら両名責任をもち郡兵衛にさような不穏な輩とは絶縁させまする故、なにとぞご安堵《あんど》召されますように」

と約束した。

高田郡兵衛は、懊悩《おうのう》していた。街で美しい娘を救ったのがきっかけで、内田家に招かれ、つい居心地がよいまま二度三度通ううちに、娘の魅力に深く取り憑《つ》かれてしまった。

「高田郡兵衛ともあろう者が、女に惹《ひ》かれて鉄心を腐らせることはない」

と郡兵衛は自らに言い聞かせていたが、会うほどに引き返し難くなるのを感じている。

このまま行っては危ないと自制するのだが、つい足が内田家に向いてしまう。一日でもてつに会わないと落ち着かない。

自分に対する好意を全身に弾ませて迎えるてつ、内田家の一家を挙げての歓待の前で、郡兵衛は初めて人生にこのような楽しさがあるのを知った。これまで復讐《ふくしゅう》一途に凝り固まってきた自分がひどく視野が狭かったように感じられてならない。

おもえば短慮な主君の一時の激発によって五万三千石が取りつぶされ、そこに拠《よ》って生きていた家中が生活の基盤を一挙に失ったのである。

無責任な主君を怨めばとて、彼のために復讐をするというのは、ナンセンスである。本来武士道とは、個人の幸福より、家を優先する価値観である。その第一義たる家を失った後（それも主君の責任で）武士道の完遂を図るということ自体が理論的に矛盾している。

お家大変直後の興奮の中ではそのような正当な理論派を武士の風上にもおけぬ卑怯者《ひきょうもの》

と罵《ば》倒《とう》し、暗殺しかねまじき勢いであったが、てつを知ってから彼らの主張がよくわかってきたのである。

内田家の居心地よさに比べれば、同志との合宿生活は天国と地獄である。殺風景の男所帯で食うや食わずの浪人生活のみじめさを復讐一途にまぎらせている。

彼らは大義名分の武士道のためではなく、復讐を生きる目的にしているのである。彼らから復讐を取り除いたらなにも残らなくなる。結局主君の怨みを晴らすためではなく、自分たちが生きるためなのである。

郡兵衛にそういうことが見えてきた。新たな視野の中で、これまで彼の人生の絶対的価値であった武士道が揺れている。そして新たに登場した「愛」という価値が急速に根をおろしている。

武士道は自己犠牲と形式にがんじがらめにされた息苦しさと過酷な非人間性を要求したが、愛はなんと人間らしく仄々とした暖かさに満ちたものであろう。このまま行けば人間であるかぎり、どちらを選ぶかと無心な選択を求められたらためらいなく愛を選ぶところである。だが郡兵衛は生まれたときから武士である。それがどんなに過酷であってもこれからも武士を止めるつもりはない。平穏無事のときであれば、武士道と愛が必ずしも抵触しない。だがお家大変によって一党に加わったからには、人間を捨てなければならない。赤穂の一党に加わったからには二者択一すら許されないのである。それにもかかわらず、郡兵衛はてつとの愛を知ってしまった。

郡兵衛が武士道と愛の板ばさみにあって身動きつかなくなっているとき、兄の弥五兵衛と橋爪新八が訪ねて来た。彼らは内田家から正式に郡兵衛の入婿を所望されてその使者に立ったと言った。

「兄上、橋爪氏、その儀は身に過ぎたお話なれどしばしご猶予賜わりたい」

郡兵衛はうろたえながら言った。とうとう来たとおもった。てつの好意と内田家の内意はとうにわかっていた。

「猶予だと？　この期《ご》に及んでなにを猶予しろと言うのだ」

弥五兵衛は詰め寄った。

「郡兵衛、お主もてつ殿の気持がわからぬではなかろう。あのような美しい娘御に惚れられてこの果報者め。しかも内田家は天下の直参《じきさん》だ。願ってもない話ではないか。拙者が代わって受けたいくらいの話だぞ」

橋爪新八が兄に加勢した。

「いやそのう、拙者には拙者の都合もござれば暫時《ざんじ》猶予を……」

郡兵衛はしどろもどろになった。

「浪人の身分でなんの都合があるものか。現にお主は二日に一度いや最近は毎日のように内田家へ出かけておるではないか。泊まったこともあるそうだな。都合があるので暫時待てなどと内田家に言えるとおもっておるのか」

「さ、それは……」

詰め寄られて郡兵衛は窮した。

「お主まさか、赤穂の不穏なる一党に加わっておるのではあるまいな」

「そ、それが」

「どうした、はっきり答えろ。お主がまさかさような一味に加担しておるとすれば、お主一人の問題ではないぞ。我らとて一類中の者としていかなるお咎《とが》めを蒙《こうむ》るやもしれぬ」

「………」

「どうした。なぜ答えぬ。答えられぬか。もしお主が答えぬならば浅野の遺臣どもに物騒なる企《たくら》みありとして訴え出るがそれでもよいか」

郡兵衛はますますもって窮した。もし彼が内田家との縁談を蹴《け》って同志との盟約を貫けば、一党の企てが潰《つぶ》されるかもしれぬ。郡兵衛が武士道を捨て、内田家に入婿すれば兄も新八もことさら事を荒立てまい。一党を救うためには郡兵衛一人の武士道を捨てればよい。彼の個の武士道を捨てることによって一党全体の武士道を立てることになる。そしてそれは結局武士道に適《かな》うことになるのではないか。

それにしてもこれはまたなんと快い武士道の立て方であることか。郡兵衛は自分に都合のよい解釈を施した。

高田郡兵衛は赤穂一党から脱盟した。郡兵衛にしてみれば一党を救うための止むを得ない脱党であったが、彼の脱落は一党同志に計り知れない打撃をあたえた。

堀部安兵衛と共に江戸派を支え、一党中の中核戦力であった郡兵衛の脱落は、一党の士気を損ない、今後の計画にも重大な修正を迫るものである。

一党の間に郡兵衛斬るべしの声が出たが、なぜか堀部安兵衛が弱腰であった。高田郡兵衛は内田家への入婿を決意した後堀部に会ってすべてを打ち明けていた。安兵衛は郡兵衛の脱党にだれよりも衝撃を受けていた。それまで一党中の主力となっていた江戸派は、これによって大きく後退せざるを得ない。

大石内蔵助の優柔不断から江戸派だけで事を起こそうとしたこともあったが、郡兵衛抜きではもはやそれも不可能となった。一党中の江戸派の信用がぐんと低落して、江戸派自体が空中分解しかねない。

この時期に堀部は大石に宛てて「高田郡兵衛　病気につき判形《はんぎょう》仕《つかまつ》らず候」（連判に加わらない。態度がはっきりしない）と書き送っている。

大石が江戸から帰着して一週間後十二月十二日吉良上野介の隠居願いが許され、嗣子の左兵衛《さひょうえ》義周《よしちか》が正式に家督を相続した。

また同月二十八日内匠頭の叔父《おじ》で刃傷のそば杖《づえ》食って謹慎を命ぜられていた浅野壱岐《いきの》守《かみ》が再びお目見得《めみえ》を許されたので、大学の再取立てについても明るい見通しが出てきた。

これらの事件や沙汰《さた》は吉良浅野双方に複雑な波紋を投げかけた。

吉良家家中では、それまで主流であった清水一学ら子飼いの臣が後退し、上杉系の小林、新貝らが表面に出てきた。それでなくとも上杉家のカサの下にある吉良家である。

もはや清水、須藤ら吉良系の家臣の出る幕はなくなったといってもよかった。

これが赤穂方の、高田の脱落によって堀部を中核とする江戸派と大石を中心とする上《かみ》方《がた》派の勢力が交代したのと相応しているのも、奇妙な符合であった。

また赤穂一党にあっては、江戸派は後退したものの、この時期一党に連なった者百三十名を数え、員数の上では最盛期にあった。

入党の動機は必ずしも忠誠心からだけではなく、親族一門の縁や見栄やお家再興時の再仕官の機会獲得のためなどさまざまである。浅野壱岐守の謹慎解除も同志の数を増やす大きな一因になっていた。

吉良義周による家督相続許可は、一党中に新たな火を点じた。義周の相続は、吉良家に今後なんのお咎めもなしと確定したものであるから、大学がいかように取り立てられても亡主内匠頭の意趣は雪《そそ》がれないと、急進派が大石を猛烈に突き上げてきた。

一方では、浅野壱岐守の謹慎が解けたいま軽挙妄動は厳に慎むべきであるという意見が強まった。前者は江戸、後者は上方が主体である。

この時期に吉良上野介の米沢行の噂が再燃してきたので、急進派の焦燥をますます煽《あお》り立てた。これに対して大石が、

「下手な大工が事を急げば出来栄えもおぼつかない。地形下地《じぎょうしたじ》より十分に検討し、材料も集めて取り組むべし。普請の儀は呉々《くれぐれ》も穏便に心得よ」と鎮撫《ちんぶ》の書を送った。

この手紙の宛名《あてな》は堀部、奥田、高田の三士宛になっているが、この時期、高田の脱落

は決まっていたのである。

大石内蔵助から「下手大工」になぞらえられた江戸急進派はいきり立った。

「京でのうのうと牡丹《ぼたん》づくりに耽《ふけ》っておる者が、我らを下手大工とは何事」

「下手か上手か見せてやろうではないか」

「もはや上方頼むに足りず、我らだけで事を決すべし」

と強硬な意見が次々に出た。だが常ならばその中心にあってオピニオンリーダーとなるべき堀部は苦渋の色濃く沈黙を守っている。郡兵衛が脱落して彼も江戸派の中に孤立した形になっている。

「太夫《たゆう》にこのようなことを言われるのも高田郡兵衛が欠け落ちしたからだ」

小山田《おやまだ》庄左衛門《しょうざえもん》が安兵衛の最も痛い所を突いてきた。

「そうだ。まず郡兵衛を血祭りにあげて、我らの意気を示すべきだ」

中村清右衛門が付和した。いずれも譜代の江戸派であり、日頃堀部や高田ら外様《とざま》組と反目している一派である。田中貞四郎《さだしろう》とも仲がよく、彼らの暴発によって後退していたが、この時機に一挙に失地回復を狙って安兵衛を突き上げてきた。

「そうだ、高田郡兵衛をそのままにしておく手ぬるさが、太夫や上方から下手大工と侮られる因《もと》なのだ」

「郡兵衛の口から一挙の事が漏れるやもしれぬな」

「郡兵衛許すべからず」

扇動されてたちまち火が燃え盛った。もはや安兵衛に制止しきれなくなった。

「郡兵衛は脱盟をしても同志を裏切るような人間ではない。郡兵衛を討ったとしてなんにもなるまい」

安兵衛は精いっぱい庇《かば》ったが、

「お主に討てとは言っておらぬ。我らが討つ。女に迷って欠け落ちしたような者を信ずることはできぬ。余人ではないぞ、浅野家中にあってお主と並びその人ありと聞こえた高田郡兵衛が脱《ぬ》けたのだ」

「それともお主も郡兵衛と気脈を通じておるのではあるまいな」

郡兵衛を庇護《ひご》する安兵衛にまで猜疑《さいぎ》の目が集まってきた。

「まあ待ってくれ。郡兵衛のことは拙者が責任を取る」

遂《つい》に安兵衛は言い切った。江戸派の中核だっただけに、郡兵衛の脱落を同志は納得しない。堀部と高田は江戸派そのものであったのである。

安兵衛はとても制止しきれないとおもった。だが郡兵衛を討てる者は、自分か奥田孫太夫以外にはいない。それも相討ち覚悟の上である。同志が郡兵衛の誅伐《ちゅうばつ》を強行すれば、大きな損害を生ずるだろう。それはなんとしても防がなければならぬ。

安兵衛は自分一人の手で郡兵衛を討とうと決意した。郡兵衛はお家大変後の同志であるだけではなく、人生の盟友である。彼とは精神の深い所に共鳴し合うものがある。それだけに、郡兵衛の苦悩が安兵衛にはわかるのである。

郡兵衛は武士道を捨てるに値する女に出会ったのだ。安兵衛とのちがいは、彼がそれだけの女に出会わなかっただけである。自分も同じ様な女に出会ったなら郡兵衛と同じ選択をするかもしれない。武士道と肩肘《かたひじ》張っていても、その中身には人間がいるのである。安兵衛は郡兵衛の人間が好きであった。

それだけに他の者に郡兵衛を討たせたくない。我が身を斬るように辛《つら》いが、それが安兵衛の郡兵衛に対する最後の友情であった。

奥田孫太夫が心配そうな顔をして来た。

「お主一人でやるつもりか。拙者も手伝おうか」

奥田も郡兵衛の並々ならぬ腕を知って案じている。安兵衛の腕を疑っているわけではないが、安兵衛の中にはできれば斬りたくないという迷いが揺れている。彼我の腕が互角であれば、死にもの狂いになったほうに勝算がある。

「いや、これはおれと郡兵衛の問題だ」

安兵衛は奥田のせっかくの申し出を断わった。奥田にしてみれば、安兵衛と郡兵衛が相討ちになる危険も恐れている。そんなことにでもなれば、一党の戦力はがた落ちである。それでなくても剣客、遣い手を揃えている吉良方に対して老若混成である一党の戦力は劣勢を免れないのである。

三

高田郡兵衛は内田郡兵衛となった。彼の人生は一変した。住む世界が変り、すべてがべつの色彩に輝いて見えた。いやこれまで彼が住んでいた世界に色などなかった。強いてありとすれば武士道という暗く重苦しい一色に統一されたモノクロの世界であった。郡兵衛は内田家で生まれ変った。家族と妻の愛の暖かさに柔らかく包まれ、一日一日が自分のために生きている充実感があった。

形式と戒律を尊ぶ武士道では、己と家族の幸せのために生きることを許さない。それも家のためならとにかく、家が失われ、主君が自分の短慮で死んだ後までも、すべてを犠牲にして亡主の仇討《あだう》ちを命ずる。そしてそのような生き方(あるいは死に方)に対して少しも疑問を抱かない。疑問をもつこと自体が武士道から逸《そ》れているのである。

そんな空疎な形式に縛りつけられていたこれまでの半生がどんなに馬鹿馬鹿しい生きざまであったか、てつと結婚して初めてわかったのである。それだけにこの暮らしが愛《いと》しい。もう武士道一筋の非人間的な生きざまは真っ平だとおもった。不忠、裏切り、不義泥中の輩《やから》と同志や世間の非難が集まるなら集まるがよい。

郡兵衛は目覚めたのだ。だれのためでもない。これからは亡君や武士道のためではない、てつと自分のための人生を生きるのである。

幸いにして堀部安兵衛はわかってくれた。堀部が身をもって庇ってくれたおかげで、予想されていた同志の追及もなかった。

いま郡兵衛はてつとの生活を妨げる者があれば全力をあげて闘うつもりであった。

年が代わって松が除《と》れた一月中旬のある日堀部安兵衛がぶらりと訪ねて来た。郡兵衛は大いに喜び、夫婦で歓待した。三郎右衛門夫婦も出て来てもてなした。

「その後どのように暮らしているかと案じていたが、安心仕《つかまつ》った。お主《ぬし》は果報者だ」

安兵衛は、仲睦《なかむつ》まじげな若夫婦の様子に喜んだ。楽しい時刻を過ごして安兵衛が腰を上げた。

「もう帰るのか」

郡兵衛が未練げに引き留めた。

「居心地のよいままつい尻《しり》が長くなった。またまいるよ」

「さればその辺まで送ろう」

「私も」

とてつが従《つ》いて来たそうにしたが、

「そなたは家で待っておれ。男同士の話もあるものよ」

と郡兵衛に柔らかに抑えられて渋々残った。片時たりとも郡兵衛と離れていたくない様子がいじらしい。

「これ、さような不服顔をするものではない。夜になればずっと一緒にいられるではないか」

三郎右衛門にからかわれて顔を真っ赤に染めてうつむいてしまった。そんな様子はまだ娘のようにいじらしい。

「お主と添ってますます美しゅうなられたな。お主が羨《うらや》ましいぞ」

安兵衛が世辞抜きで言った。郡兵衛から脱党を打ち明けられたとき一度会っているが、そのときの清純さに男によって開かれた花びらの成熟した色気が加わっている。

「安兵衛、なにかおれに用があったのではないか」

郡兵衛が切り出した。安兵衛のなんとなく様子ありげでいながら切り出せないでいる気配が気になっていたのである。

「お主たち夫婦のその後が気になって様子を見に来たのだ。睦まじげな様子で安心したぞ」

「それだけではあるまい」

「それ以外のどんな用事があるのか」

「太夫《たゆう》からなにか申しつかって来たのではないのか」

「なにも申しつかってはおらぬ」

「安兵衛、おれの目は節穴ではないぞ。てつと一緒になれたのもお主のおかげだ。一党の中でお主が苦しい立場に追い込まれていることも承知しておる。同志が黙っておるはずがない。お主が庇ってくれているおかげなのだ。安兵衛、水臭いぞ。お主だけを苦しめるわけにはいかぬ。いまでもお主は拙者の無二の友だ。話してくれ。安兵衛」

郡兵衛は訴えた。二人はいつの間にか近所の社《やしろ》の境内に歩み入っていた。うっそうたる樹木に囲まれた境内には人影もない。

「お主たちの幸せはおれが一身に替えても護《まも》る」

「そうはいかぬ。なにもかもお主に押しつけるわけにはいかんのだ。そんなことをしても幸せにはなれん」

「わかった。郡兵衛このまま殿を連れてしばらく江戸から離れていてくれぬか。お主たちの身が危ない」

安兵衛は血を吐くように言った。郡兵衛を斬る役を引き受けたものの、郡兵衛夫婦の幸せな暮らしぶりを目の前に見せられてはとてもそんなことはできなかった。

この上は郡兵衛夫婦を逃がし、自分が腹を切って詫《わ》びれば、一党同志も納得してくれるだろう。主君に殉ずべき命を、友に殉ずるのだ。安兵衛は覚悟を決めていた。

「そうか。お主、おれを斬りに来たのだな」

郡兵衛は安兵衛の苦しげな口ぶりからすべてを了解した。

「許せ、郡兵衛。拙者にお主は斬れぬ」

「お主、拙者ら夫婦を逃がした後で腹を切る所存であろう」

郡兵衛は見通した。

「おれにはおれの才覚がある。後はおれに任せて、暫時《ざんじ》江戸を離れてくれ」

「お主一人を死なせるわけにはいかぬ。もし同志どもが追って来たらば、郡兵衛てつを護って死人の山を築いてくれるつもりであったが、お主とは闘えぬ。安兵衛、おれを斬ってくれ。さすればお主も同志に対して申し開きが立つであろう」

「なにを申すか。お主を斬れるくらいなら、苦労はせぬ。頼む、江戸から逃げてくれ。当座の間、我らが仇討ちを果たすまででよい」

「まさか拙者の口から一挙の事が吉良方に漏れるのを恐れているのではあるまいな」

「さようなことをおれが一筋でも疑っておるとおもうのか。だが同志の中にはおれのようにお主を信じておる者ばかりとは限らぬ。郡兵衛、頼む」

「おれたち夫婦のためにお主に腹を切らせるわけにはいかぬ。安兵衛抜け。おれを斬るのだ」

「なにを申すか」

「抜かねばおれから行くぞ」

郡兵衛がすらりと佩刀《はいとう》を抜いた。

「止《よ》さぬか、郡兵衛」

安兵衛が制止したが、郡兵衛は刀勢鋭く斬りつけてきた。

「止めろ、郡兵衛」

初太刀は辛くも体を開いて躱《かわ》したが、二の太刀、三の太刀を躱しきれない。安兵衛は止むなく抜き合わせたが、防戦一方で戦う意志はまったくない。

「郡兵衛、止めるんだ。お主、せっかく手に入れたてつ殿との幸せをかようなことで失ってよいのか」

安兵衛は郡兵衛の太刀から逃げまわった。

「安兵衛、高田郡兵衛は腐っても武士だ。お主を死なせて、てつと二人でのうのうと生きのびるわけにはいかぬ」

「おれは死なぬよ」

「拙者も死なぬ、お主も死なぬで一党が納得するとおもうか。拙者の迂闊《うかつ》であった。てつと添うためにお主を追い込むことを考えるべきであった。てつに目が眩《くら》んでお主の立場を考える余裕がなかったのだ。許せ、安兵衛」

郡兵衛は切々と訴えながら斬り込んできた。凄《すさ》まじい剣勢で、避けも躱しもできない。必死にはらいのけた剣先に郡兵衛が身体を当ててきた。したたかな手応《てごた》えが伝わり血飛沫《ちしぶき》が迸《ほとばし》った。

「郡兵衛！」

安兵衛が絶叫した。郡兵衛の身体がぐらりと傾いた。

「こ、これで、よいのだ」

郡兵衛は剣にすがって身体を支えようとしたが、すでに力が足りず地上に崩れ落ちた。

「郡兵衛！　なんということを」

安兵衛は駆け寄って郡兵衛の身体を抱きかかえた。安兵衛の剣先に自らの身体を強く叩《たた》きつけた形の郡兵衛は、脾腹《ひばら》を深く抉《えぐ》ってすでに絶望であった。

「安兵衛、許してくれ。結局おれは武士を捨て切れなかった。こんな死にざまを自分でも愚かしいとおもっておる。しかし、他に途《みち》はなかったのだ。てつに伝えてくれ。わずかな間だったが楽しい夢を見させてもらったと。てつはまだ若い。おれのことは忘れて幸せをつかめと伝えてくれ。安兵衛、頼んだぞ。一足先にあの世から本懐祈っておるぞ。さらばだ」

安兵衛の腕の中で郡兵衛の生命《いのち》の火は消えた。

犠牲はそれだけに留《とど》まらなかった。郡兵衛が死んだ二日後、郡兵衛の柩《ひつぎ》のかたわらでてつが両親の目が離れた隙にのどを突いて夫の後を追った。

四

高田郡兵衛の凄絶《せいぜつ》な死は一党同志を粛然とさせた。彼の欠け落ちによって少なくとも二か月は江戸の急進派をなだめられると読んでいた大石内蔵助の目算は完全に狂った。

一時後退していた堀部安兵衛の位置が郡兵衛の死によって前以上に回復した。

高田郡兵衛の死の報告を野本忠左衛門から受けた色部又四郎は、

「なんとも御し難いのう。いったん武士道を捨てたはずの者が、最も武士道に適《かな》った死に方をしおった」

と呆《あき》れたようにつぶやいた。

「まこと高田郡兵衛の死は敵ながら天晴《あっぱ》れ。武士の亀鑑《かがみ》と存じます」

　野本忠左衛門が相槌《あいづち》を打った。

「天晴れでもあるが、愚かでもあるぞ」

「愚かでございますか」

　忠左衛門が不審げな表情をした。

「高田郡兵衛一人が愚かというわけでもあるまいのう。武士道そのものが愚かなのじゃ。郡兵衛は武士道を捨てなければ死なずにすんだのじゃ。郡兵衛の妻も死なせずにすんだ。彼が武士道を捨て人間に還《かえ》ったことによって悲劇が生じた。人間にたち還ったところで武士道の尾に首を締められた。武士道を捨てるならば生半可な捨て方はならぬ。捨てるからには、その尾まで根本から断ち切らなければならぬ。尾を残しておくと、武士以外の者まで巻き込むことになる」

「まこと仰せの通りでございます」

　忠左衛門がうなずいた。

「されど、そのような愚かさを求めるのが武士道でもある。その愚かさのために一兎《いっと》は逃がした」

「一兎を逃がしたと仰せられると」

「わからぬかな。高田郡兵衛の離脱を赤穂一党が黙って見逃すはずがない。彼は堀部安兵衛と共に一党の中核的存在じゃ。追手《おって》は当然安兵衛が引き受けざるを得まい。両者の腕は互角じゃ。うまくいけば相討ちじゃ」

「ご家老は最初からそれを狙っておりましたので」

野本忠左衛門はいまさらながら色部の神算鬼謀に驚かされた。

「武士道じゃよ。武士道が両名相討たざるを得ぬように仕向けると読んだのじゃが、武士道の尾に阻まれるとは、わしもおもい至らなんだ。武士道とは愚かさと見つけたりか。わしも其方《そのほう》もまた赤穂の衆中もその愚かさを貫くために苦労しておるのであろう」

又四郎は自嘲《じちよう》するように笑った。彼の自嘲には巧妙に張りめぐらした罠《わな》が武士道の尾を計算に入れておかなかったために破られたことに対する自嘲もある。高田を色仕掛けで脱落させれば、堀部も孤立する。高田を庇《かば》って堀部も苦しい立場に追い込まれるだろう。

うまく行けば堀部も取り除けるかもしれない。堀部、高田を失った赤穂の一党など、もはや牙《きば》を欠いた張り子の虎のようなものだ。恐るるに足りぬ。

その罠がうまく功を奏しかけた直前で武士道の尾によって破られてしまった。だがともあれ、高田郡兵衛という一方の恐るべき牙は折り取ったのである。又四郎はこれだけの〝猟果〟をもって満足すべきかもしれないとおもった。

危険なにおい

一

高田郡兵衛の死は吉良家中にも影響をあたえた。

「高田亡き後の赤穂一党に残るは堀部安兵衛一人だ。彼を討ち取ってしまえば赤穂の痩《や》せ浪人ども何人押し込んで来ようと恐るるに足らん。この際堀部を一挙に討って取れ」

清水一学が中心となって密《ひそ》かに計画を進めていた〝浅野遺臣間引計画〟がいよいよ煮つまってきた。

一学らはこの際、赤穂一党を骨抜き、牙抜きにして、報復を戦力的に不可能にし、その功によって吉良家中における頽勢《たいせい》の挽回《ばんかい》を図っていた。

「堀部安兵衛とて鬼神ではあるまい。一人あるいは少人数でいるときを狙って押し包んでしまえばさしたることはない。堀部は高田馬場の虚名が実力以上に見せかけているかもしれぬ。堀部一人の実力などどうでもよい。要はきゃつを討ったときの赤穂の士気に及ぼす影響だ。世間も吉良家を見直すにちがいない」

だが、清水の狙いは赤穂の士気ではなく、吉良家における主導権の回復である。

「しかし堀部を討てば我らのしかけとわかり、公儀からお咎《とが》めを受ける恐れはないか」

笠原長太郎《かさはらちょうたろう》が一抹の危惧《きぐ》を漏らした。

「赤穂の痩せ浪人どもを討ったとてなんのお咎めのあるはずがあろう。市中にてお膝許《ひざもと》をも憚《はばか》らず不穏なる企てを図る不逞《ふてい》の輩《やから》を討てば、誉められこそすれ、咎められる筋合はない」

一学を支持する須藤与一右衛門の強硬な言葉に笠原は沈黙した。かなり乱暴な意見であったが、先に赤穂の若い急進派が駕籠《かご》先に斬り込んで来た際、悉く《ことごと》を返り討ちにして公儀よりなんの咎めもなかったことが吉良家中を強気にしている。

放っておけばまたいつしかけて来るやもしれぬ。その前に先制攻撃をかけて禍《わざわ》いの根を摘《つ》み取ってしまう。清水らにしてみれば一種の〝正当防衛〟であった。

二

「このごろどうも清水や須藤らの様子がおかしい」

小林平八郎が言いだした。

「そのこと、拙者も気づいておった」

新貝弥七郎が相槌を打った。

「我らや新規召抱えをはずしてなにやらこそこそやっておる気配ではあるな」

山吉新八郎も気づいていたらしい。

「若殿のご家督ご相続によって彼らの面白くない気持はわかるが、また先走ったことをせねばよいが」

吉良家の存続は偏《ひと》えに公儀の目こぼしのおかげである。浅野家に対する一方的に酷なる裁決が世論の非難を浴び、幕府にもようやく反省の色が見られるこのごろ、吉良家としてはひたすら慎み、口実をあたえないようにしなければならない。

上杉家から義周《よしちか》に付いて来た上杉系の家臣としては義周の家督相続と共に、上杉家からの出向ではなく、吉良家が本来の主家となったのである。意識がこれまでとは異なってきた。

こんな時期に清水一学らの無謀な行動によってせっかく相続した義周の家督に傷をつけてはならない。

「一学らの気配も気になるが、柳沢の推挙で当家に遣わされて来た荒木源三郎にも油断できぬ」

和久半左衛門が口を出した。

「油断できぬとは？」

小林が和久に目を向けた。

「きゃつとぼけておるが、拙者が京へ上っておった時期にたしかに大石の蔭供《かげとも》をしておった」

「大石の蔭供とな。さすればきゃつ、赤穂の間者《かんじゃ》か」

新貝と山吉が顔色を改めた。

「大石の蔭供をしていたからといって、赤穂の手の者とは限らぬ。大石と柳沢が結ぶはずもない。ただ柳沢にとって、大石を消されると大いに困る」

「その辺の事情はおおよそわかるような気がするな」

小林がうっすらと口辺に笑いを刻んだ。上杉系の家臣には色部又四郎の内意が伝わっている。

「柳沢の本意は上杉家を引き出すにある。そのためには大石を目いっぱい生かしておかなければならぬ。その柳沢の犬がしきりに一学らに尾を振っておるぞ」

「荒木が清水らに接近してなにを狙っておるのかの」

山吉は面に詮索《せんさく》の色を浮かべた。

「清水らにとって上杉家がどうなろうとなんの痛痒《つうよう》もない。つまり、荒木の、いや柳沢の意図に清水らを使えるというわけだ」

「当分きゃつの動きから目を放すな」

小林が目の奥を光らせて言った。

三

「荒木様、源三郎様ではございませぬか」

往来で背後から若い女の柔らかい声をかけられて振り向くと、お艶《つや》がにっこり笑って立っていた。

「やはり荒木様でしたわ。後ろ姿がとても似てらしたのでおもいきって声をかけてしまいました」

お艶は嬉《うれ》しげに言うと、ふんわりと寄り添った。奥床しい香料が源三郎の鼻腔《びこう》を柔らかくくすぐった。

「これは意外な所でお目にかかる」

源三郎は眩《まぶ》しげにお艶を見た。

「大殿様のお使いで品川豊前守《ぶぜんのかみ》様のお邸《やしき》まで行ってまいりました」

品川豊前守は上野介の高家《こうけ》仲間であっただけでなく、茶友である。

「さようか」

「荒木様は」

「拙者はべつに所用はない。長屋に閉じ籠《こも》ってばかりおっても気が鬱《ふさ》ぐので出てまいった」

二人はなんとなく肩を並べて歩く形になった。赤穂一党の討ち込みに備えてはいるが、いつも長屋に待機しているわけではない。付け人たちは外泊は禁じられているが、日中はかなり自由に過ごしている。

「荒木様に街でお会いできるとは嬉しゅうございます。大殿様より久しぶりの外出故ゆっくりして来てよいとお許しが出ております。荒木様、もしおいやでなかったら艶としばらく一緒にいてくださいませんか」

「元禄美人《げんろく》」ともてはやされた色白でふくよかな、いわゆるキュートな顔をポッと上気させて覗《のぞ》き込まれた源三郎は、柄にもなくうろたえた。

「せっ拙者がいやなはずはござらぬ」

「まあ嬉しい」

お艶が全身に喜びを弾ませて躰《からだ》をすり寄せんばかりにして寄り添った。通行人が羨《うらや》ましげに振り返る。江戸の街には早春の光が溢《あふ》れ、春の気配が弾んでいる。

長い冬を耐えた江戸の街は、二月に入るとめっきりと春めく。一月に新年の行事が集中したせいか、二月は行事は少ないが、初午《はつうま》に始まり、十五日に涅槃会《ねはんえ》が行なわれ、二十五日に雛市《ひないち》が立つ。

だがこの季節の江戸の街を彩るものは、なんといっても各種の花売りや、季節の惣菜《そうざい》や煮物売りである。

「花買いませ」とのびやかな呼び声で花売りが来ると、江戸の街に本当の春がやって来るのである。

各種の海山川の幸が物売りによって運ばれて来る。彼らが江戸の食生活を支える実質的な効用に加えて江戸の風物となっている。

まだ元禄の頃には満足な飲食ができるような店はなかった。料理茶屋も限られ、出し物は奈良茶飯一辺倒である。さりとて出会い茶屋に連れ込むほどの了解に達していない。結局知り合って間もない男女のデートは繁華街を連れ立ってぶらぶらするくらいである。

そんな出逢《であ》いでも十分に楽しかった。

「楽しかったわ。源三郎様、今度はお花見に連れてって」

帰らなければならない時刻になったとき、二人の親密度はぐんと増していた。姓を呼んでいたのが、名前を呼ぶようになっている。このまま出会い茶屋へ誘えば従《つ》いて来るかもしれない。お艶の態度には好意以上のものがあった。

源三郎は数年前朋輩《ほうばい》を斬って主家を逐電（逃亡）したときのことをおもいだした。あのときも女が原因であった。大した女ではなかったが、行きがかり上止むを得なかった。

藩中随一の遣い手と称《たた》えられ、将来を嘱望されていた身が一夜にして浪人となった。西も東もわからぬ江戸へ出て、たちまち身動きつかなくなった。

地方道場の天狗《てんぐ》の腕など、江戸ではなんの役にも立たなかった。天下太平の、しかも浪人の溢《あふ》れている江戸では剣術より算術がもてはやされた。自棄《やけ》になり、泥酔して地まわりとけんかになり、危ないところを平岡宇右衛門に拾われたのである。

飼い犬ではあっても柳沢家家老に飼われたのは幸いというべきであった。源三郎は宇右衛門に恩義を感じていた。彼に拾われなかったら地まわりに袋叩《ふくろだた》きにされて大川に浮かんでいたはずである。

お艶と出会って源三郎はふと危険なにおいを嗅《か》いだ。お艶自身が危険というわけではない。かつて郷里を逐電した同じ轍《てつ》を踏みそうな気配をおぼえたのである。お艶と、身を縮尻《しくじ》った原因になった国許《くにもと》の女とは、月とすっぽんである。それだけにお艶の危険度が高いということになる。

山科《やましな》の危機

一

朝からどんよりと曇っていたが、夕方から雨になった。春先の霧雨《きりさめ》で江戸の街は柔らかく烟《けむ》った。

小山田庄左衛門と中村清右衛門の両名は、本所林町《ほんじよはやしちよう》五丁目の紀伊国屋店《きのくにやだな》の堀部安兵衛の仮宅から出た。堀部はここに長江長左衛門《ながえちようざえもん》という変名で住みついている。後に木村《きむら》岡右衛門《おかえもん》、横川勘平《よこかわかんぺい》、毛利小平太《もうりこへいた》などが同居するが、まだ江戸へ下っていない。

堀部の家が江戸派同志の溜《たま》り場のようになり、ここでよく会合がもたれる。

「このごろまた堀部の鼻息が荒くなったではないか」

小山田庄左衛門が忌々しげに言った。

「高田郡兵衛が死んでくれたおかげで息を吹き返した形だな」

中村清右衛門が相槌《あいづち》を打った。

「高田馬場の名声を鼻にかけおった厭味《いやみ》なやつよ」

庄左衛門が唾《つば》を吐いた。

「きゃつの魂胆は見え透いておるわ。仇討《あだう》ちの指揮を取り、華々しく自分を売り出し再仕官の機会にできるだけ高く売りつけようとしておるのよ」

「けっ、なにが忠義、武士の本義よ。堀部のしたり顔を見ていると虫酸《むしず》が走るわ」

「やつのおもうがままにはさせぬ。素浪人上がりの外様《とざま》に、勝手なまねをされてたまるか」

二人は堀部の家での会合の場面をおもいだして腹を立てていた。会議は終始堀部のペースで進められた。堀部の家でもあり、彼の司会であるから、堀部のペースは止むを得ないものであるが、片岡、富森《とみのもり》、磯貝、赤埴源蔵《あかばねげんぞう》などの君側《くんそく》譜代の錚々《そうそう》たる顔ぶれが、堀部の意見に唯々諾々として従っているのが腹立たしかった。小山田や中村が異議を唱えても少数意見として扱われてしまう。

いま江戸派で堀部に対抗できるのは、原惣右衛門くらいであるが、彼はいま〝山科会議〟に出席するために京へ上っている。

藩史三代の小藩で譜代も外様もないものだが、親の代からの赤穂藩士であった彼らには、中途採用の安兵衛が彼らをさしおいて大きな顔をしているのが悉《ことごと》く癪《しゃく》の種である。いまは自分たちも同じ浪人の身分であることとすら忘れている。

「くそ面白くもない。酒でも飲むか」

「よかろう。酒でも飲まんことには腹の虫がおさまらぬわ」

今日の食にも事欠くような窮乏の浪々生活でありながら君側の上士としてのエリート意識のみ強く残っている。一党に加わっていれば、最低の生活費は出る。その金で酒を飲むという意識が、堀部に対する反感の強さを現わしている。

堀部の悪口を言いながら来ると、数名の武士の一団が追いすがって来た。彼らが孕《はら》んでいた剣呑《けんのん》な気配を、堀部に対する腹立ちのせいで気がつかなかった。

追い越して行くとおもった武士の一団が、数名、二人の前に立ちはだかった。

「何用かな」

両人はまだ彼らの危険な気配に気づいていない。

「お主《ぬし》ら、いま堀部安兵衛の家から出て来たな」

首領格らしいのが低い声で問うた。二人はぎょっとした。堀部の仮宅を知る者は、一党のほか限られているはずである。

「お主らこそ何者だ」

誰何《すいか》した清右衛門に答えず、

「きさまらも近ごろお膝許《ひざもと》をうろちょろしておる赤穂のドブネズミであろう。この機会に退治してくれるわ」

「なんだと！」

ようやく殺気を感じ取ったときは、退路も塞《ふさ》がれている。堀部の家を出たときから後を尾《つ》けられていたらしい。周囲には社寺と大名の屋敷が散在する寂しい場所である。

二人は抜き合わせたものの、絶対的劣勢は覆えない。しかも敵はいずれも一廉《ひとかど》の遣い手と見えた。一騎討ちでも危うい強敵に圧倒的に取り囲まれている。

「吉良、上杉の手の者か」

中村と小山田は背中を合わせて再度誰何した。

「ふふ、語るに落ちたな、赤穂のドブネズミめ」

しまったと唇を嚙《か》んだときは、第一撃がきた。凄《すさ》まじい打ち込みを辛うじて躱《かわ》すと、二人の背中が離れた。

「見せしめだ。おもうさま痛めつけてやれ」

命じた首領の声に余裕がある。巧妙な連係を取りながら息継ぐ間もなく打ちかかって来る。集団戦に馴《な》れている気配である。獲物を楽しんでいる風すらあった。それが絶望的な抵抗の中で辛うじて二人を生かしている。

「卑怯《ひきよう》なり」

二人は歯がみをした。

「きさまらに卑怯呼ばわりをされる覚えはないわ。主の不調法故の公儀のご裁決を逆怨《さかうら》みしての不穏なる事を企《たくら》むドブネズミども、一匹残らず討ち果たしてくれる」

首領がせせら笑った。疲労で身体が重くなってきた。どこかを斬られたらしく、血が目に入り、視界がかすんだ。足がおもうように動かなくなった。多数を相手とするとき、唯一の対抗手段は絶えず身体を移動させて、敵に連係動作をとらせないことであるが、フットワークが失われつつある。

清右衛門は右肘《ひじ》を深く斬られて太刀を取り落した。ほとんど同時に庄左衛門が右膝《ひざ》の関節を斬られて跪《ひざまず》いた。そのとき遠方から人が駆けつけて来る気配がした。付近の大名邸で騒動を聞きつけたらしい。当時、武家屋敷の近くで死傷者が出るとその家の主《ぬし》が役人に引き渡すまで管理をする責任が生ずるので、関わり合いになるのを恐れて取り鎮めてしまう。

「まずい。退《ひ》け」

首領が命じた。武士の一団が波を引くように退いた。その後へ三名の武士が駆けつけて来た。

「やや、手負うたな」

初めに声を出したのは、山吉新八郎であった。

「深傷《ふかで》だ。すぐに手当を施さねば」

新貝弥七郎が両人の傷の深刻なのを認めた。

「ともかく堀部の家まで運ぼう」

和久半左衛門が言った。堀部の仮宅はわかっている。そこまで運び込めば、同志がなんとかするであろう。

夜陰に乗じて邸《やしき》を脱《ぬ》け出た清水一学らに不審を抱いて密《ひそ》かに後を追って来たところ、この始末である。一足ちがいで間に合わなかった。清水らが斬りかけた被害者の身許《みもと》もおおかた察しがついている。

山吉が肘を斬られた中村に肩を貸し、膝関節《しっかんせつ》を斬られて動けない小山田を新貝と和久

が運んだ。本所林町の堀部安兵衛の家の前へ来ると新貝が表戸を叩《たた》き、

「我ら通りすがりの者にござるが、こちらの御仁が無頼の者に斬りかけられて手負われてござる。速やかにお手当なされますように」

と大声でどなって立ち去った。驚いた安兵衛らが表戸を開くと、中村と小山田が血まみれ姿で気息奄々《きそくえんえん》として横たわっている。

「やや、だれにやられた」

居合わせた者数人が押取《おっと》り刀で追おうとするのを安兵衛が、

「止めい！　手当が先だ。内海《うつみ》先生を呼べ」

と呼び止めて命じた。藩医で一党と共に江戸へ来ていた内海道億《どうおく》が呼ばれた。両名とも深傷であったが、生命に別条なかった。だが清右衛門は生涯刀を握れぬ身となり、庄左衛門は跛行《はこう》が残った。

手当がすむと、襲撃者が詮索《せんさく》された。彼らが堀部の仮宅を知っていた点や、その言動から吉良、上杉の手の者であることは明らかであった。だが不可解なのは、両名を救った三人の武士が、中村、小山田の素姓も聞かずに二人を堀部の家まで運んだことである。

「おもうに吉良家中も強硬派と穏便派に相分れているのではないか。強硬派が清右衛門と庄左衛門に斬りつけた後、穏便派が制止に駆けつけ両名を運んだ」

思慮に富んだ片岡源五右衛門が正確な分析を下した。

ともあれこの事件は一党に衝撃をあたえた。これまで赤穂方には狙う立場としての油

断があった。攻撃を最も兵力の充実した都合のよい時機に選べる傲《おご》りを打ち砕かれたのである。

赤穂一党の動きはある程度吉良方に読まれている。大石や堀部の身辺には常に間者の目が光っているとおもわなければならない。吉良方からも反撃機会を自由につかめることをおもい知らされたのである。

「今後は単独の行動を慎むように。夜は必ず不《ふ》寝番《しんばん》をおく」と江戸派同志に言い渡された。

一方、吉良系家臣による反撃は、色部又四郎に衝撃をあたえた。彼はその報告を受けたとき顔色を変えて怒った。

「なんという愚かなことを。これほどまでに馬鹿者とはおもわなんだ」

めったにものに動じない又四郎が唇を震わせて絶句した。清水一学らの振舞いが軽挙であることはわかっていたが、色部又四郎がこれほど怒るとは、小林平八郎らもおもっていなかった。

「考えてもみよ。彼《か》の者たちの軽はずみにより、赤穂一党いきり立ち、報復の意図の火に油を注ぐようなものではないか。左兵衛《さひょうえ》（義周）様ご家督相続によって赤穂の者ども面白からざるとき、先にしかけるとは何事、正気の沙汰《さた》とはおもえぬ。できれば主家を再興して穏便に亡主の面目を立てたいと願っておる大石も、急進の者どもに突き上げられて動かざるを得なくなる。呆《あき》れ果てたる馬鹿者どもよ」

又四郎は怒りの捌《は》け口に困っていた。だが吉良上野介《こうずけのすけ》は事の影響を深く考えず大喜びであった。

「赤穂の不遜《ふそん》の輩《やから》を痛めつけたと。胸の溜飲《りゅういん》が下がったぞ。過日の返礼じゃ。これからもどしどしやれ」

と煽《あお》り立てたものだから清水らは調子づいてしまった。

二

そのころ京では赤穂一党が重大な危機を迎えていた。高田郡兵衛の脱落によって一時鎮静されたかに見えた急進派の意気は、郡兵衛の死によってまた盛んとなり大石を突き上げてきた。

昨年秋、大石の第一次江戸下向の際、一応来年三月と日限を切ったが、その時期も近づいているのに大石がなんの動きも示さないことが、一党の焦燥と不安を募らせている。江戸派を鎮撫《ちんぶ》するために「下手大工衆急ぐべからず」の手紙を書き送ったが、逆効果となった。この手紙と入れちがいの形で原惣右衛門《そうえもん》と大高源五《おおたかげんご》が江戸派を代表して一月九日大石に決行を迫るべく京へ着いた。

原、大高の到着により、一月九日、十一日、十四日、二月十日、十五日と五回にわたり、上方在住の同志を集めて意見をたたかわせた。これが「山科会議」である。

当時一党最盛期にあり、同志は百三十名を数えた。だが志は必ずしも一本ではなかった。

まず主流派が大石を中心とするお家再興を第一義とし、しかる後に仇討《あだう》ちに取りかかるべしと主張する慎重派である。次が、原、堀部に率いられる仇討一途の急進派である。第三派が大石派と足並みを揃えるように見せかけながら、主家再興、あわよくば再仕官の口にありつこうとしている要領派であり、小山源五右衛門がオピニオンリーダーとなっている。

だが大石派の中にも隠れ小山派がかなり潜んでおり、数においては第三派が最も多い。

山科において五回会議がもたれ、激論が戦わされたが、いまだに結論が出ない。これまでの間に意見の相違は両極端に絞られてきた。

一方は原の唱える三月期限実行説である。

「もはや吉良義周に家督相続許されたる以上吉良家になんの咎《とが》めもなかるべきは明白、上野介は老齢の上、いつ米沢に引き取られるやも測り難い。この上は約束の三月期限をもって事を決行すべきでござる」

と原は火のように大石に迫った。すでに高田郡兵衛の死の報知が江戸よりもたらされており、江戸急進派の意気は当たるべからざるものがある。これに大石の優柔不断を苦々しくおもっていた上方在住の強硬派が得たりとばかり同調した。

これに対して大石は泰然自若として、

「三月期限は方々の血気を鎮めるための形勢待ちである。吉良家にお構いなしは亡君切腹仰せつけられたるときにすでに明白であり、いまさら上野介隠居、義周の家督相続さし許されたところで驚くにはあたらぬ。いま上野介の隠居をもって、大学様の行末を見届けずに事を急ぐは一党の趣旨を違《たが》えるものである。忠義はお家あってのこと。お家の根を枯らして徒《いたず》らに事を急ぐは臣下の道にはずれる。まずお家再興が第一義でござる」

と一歩も退《ひ》かない。それに対して原は、

「これは太夫《たゆう》のお言葉ともおもえませぬ。開城の際の趣旨はお家再興と上野介の処分でござった。しかるに太夫のお言葉では、吉良上野介にお咎めなきは明白であったとの由、されば上野介の処分など一党の趣旨にする必要はござらぬ。さらに万一大学様再お召出し後に我らが上野介を討たばせっかくのお召出しのご沙汰が取り消されるやもしれませぬ。されば、大学様のお取り立て後、我らは上野介に手は出せませぬ。そのときになって我ら一同腹掻《か》っ切ったところで、亡君のお怨《うら》みは散じ申せぬ。さような犬死に腹を仕《つかまつ》るぐらいなら赤穂城を枕に潔く討死に仕った。この儀いかに。太夫のご存念を承りたい」

と真っ向から再反論した。両者相寄らず、一党は分裂の危機に瀕《ひん》した。

このとき吉田《よしだ》忠左衛門《ちゅうざえもん》と小野寺十内《おのでらじゅうない》が両者の間に入り、

「ご両所のご意見も畢竟《ひっきょう》お家のご再興を果たし、亡君のご遺恨を散じ奉らんとのご分別から出《い》でたることにござれば、同根でござる。さりながら我らも老骨、明日をも測り難い身にござる。期限なき延引は士気にも関わり申す」

と穏やかに内蔵助の再考を求めた。内蔵助も両長老の意見を尤《もっと》もと聞いて、ここに浅野大学の安否決定と同時に事を挙げる。またその安否定まらざりし場合は、大概の閉門処分は三年を越えることがない故、来年三月三周忌までになんの音沙汰もないときは直ちに決行という折衷案が決定されて、ようやく分裂の危機を回避した。

昨年秋に決定した「三月期限」が形勢待ち期限であったのに対してこれは待ったなしの決行の期限である。原の大きな功績であった。

大石内蔵助は山科会議の結果を伝えるべく吉田忠左衛門と近松勘六《ちかまつかんろく》の両名を江戸に派遣した。もしこの山科会議までに吉良の反撃により中村、小山田負傷の報知が届いていたらこんな悠長な折衷案ではすまなかったであろう。

内蔵助はある意味では二重の危機を回避したのである。

窈窕《ようちょう》たる布石

一

山科《やましな》会議の後、大石内蔵助《くらのすけ》は長男主税《ちから》以外の家族を妻の実家である豊岡《とよおか》の石束《いしづか》家へ帰した。これ以後、内蔵助の悪名高い京の遊里での遊蕩《ゆうとう》が始まる。口さがない噂雀たちは、内蔵助が天下晴れて遊べるように妻子を追いはらったとさえずり合った。

大石の遊蕩は凄《すさ》まじいものであった。一党同志が食うや食わずの窮乏生活に耐えているかたわらで紀文《きぶん》、奈良茂《ならも》には及ばないまでも派手に遊びまくった。妓楼《ぎろう》の総揚げをする。遊女を全員買い占め、文字通りの酒池肉林を築いた。足を伸ばした遊郭も伏見撞木町《しゅもくまち》、島原《しまばら》、祇園《ぎおん》を総ナメにし、時には大坂の新町《しんまち》や奈良《なら》の木辻《きつじ》にまで〝遠征〟した。

最もよく遊んだのは、撞木町で揚屋《あげや》笹屋《ささや》に登楼し、一文字屋《いちもんじ》の夕霧《ゆうぎり》や浮橋《うきはし》を呼んだ。相手は女だけに留《とど》まらず、四条《しじょう》の歌舞伎《かぶき》役者瀬川竹之丞《せがわたけのじょう》にも熱を上げたといわれる。

当時の大石内蔵助は郭《くるわ》では専ら「浮き大臣」で通り、巷《ちまた》では赤穂でのうて「阿呆《あほう》浪人」、大石変じて「軽石軽之助」と蔑《さげす》まれた。

だが当人はそんな巷の悪声などいっこうに意に介さず、この世の名残りのように徹底して遊んだ。中途半端な遊びでなかったことは確かである。

大石の乱行《らんぎょう》が江戸に聞こえてきたころ色部又四郎は一つの企《たくら》みを進行させていた。

又四郎はかねてより京二条通《にじょうどおり》寺町二《に》文字屋次郎右衛門《もんじやじろうえもん》と昵懇《じっこん》の間柄であった。京には諸藩、藩邸を設け、留守居役をおいている。上杉家では二文字屋を通して、当時「下《くだ》り物」と称された酒、油、醤油《しょうゆ》、蠟燭《ろうそく》などを運ばせていた。「下り物」は品質が関東産のものより格段に優れ、下り物に対して関東産は「下らない物」と軽蔑《けいべつ》されていたほどである。

二文字屋が所用があって江戸へ下って来たときは、上杉藩下屋敷《しもやしき》に泊まるほど昵懇であった。この二文字屋に可留《かる》という十八歳になる娘がいた。窈窕《ようちょう》たる美女であるが、実は彼女は上杉春千代《はるちよ》（義周）が元禄《げんろく》三年四月吉良家へ養子に入った際扈従《こじゅう》して来た蓼沼《たでぬま》平内の忘れ形見であった。平内が元禄四年五月に病死し、つづいて六年八月に妻女が後を追って孤児となった可留を、又四郎が口をきいて二文字屋の養女としたのである。

この二文字屋と浅野遺臣小山源五右衛門が誼《よし》みを通じており、可留を大石の側室に求めてきた。

養女とはいえ我が子同様に可愛がってきた二文字屋は、いったんは断わった。大石とは年齢が二十六歳も離れているうえに、仇討《あだう》ちの噂もある。側室に入った後、大石が仇討ち本懐を遂げて処罰されたら可留は年若くして〝後家〟になってしまう。

小山源五右衛門には美しい可留を大石の側に侍《はべ》らせれば、遊蕩を止めるのではないかという配慮があった。

この話がたまたま所用で江戸へ来た二文字屋から色部又四郎に伝わった。

「可留はなんと言っておるのかな」

又四郎は問うた。

「それがまいると申しております」

「なに、大石の許《もと》へまいるとな」

又四郎は驚いた。京の富商二文字屋の養女とあればなにも親子ほども年が離れた浪人の側室などになる必要はまったくない。

「可留の気持がいじらしゅうございましてなあ」

「なにか事情でもあるのか」

「実は三年前に私ども夫婦に子供が生まれまして、可留はその子に遠慮して大石様の許へまいると申しております」

又四郎にも彼女の気持が理解できた。子供のいない次郎右衛門夫婦の養女として、いずれは婿を取り二文字屋を継ぐ予定であった。だがここに実子が生まれた。しかも男の子である。こうなると二文字屋には〝夫婦養子〟をする必要はなくなる。

その辺の事情を察して可留は大石の許へ行くと言っているのである。

「次郎右衛門殿、可留を大石の許へやってくれまいか」

「色部様」

次郎右衛門が驚いたように又四郎の顔を見た。

「まことに頼み難いことであるが、上杉家のために頼みまいらす」

又四郎は両手を突いた。

「ご家老様、なにとぞお手をお上げくださいまし、可留の望むことであってもそれだけはとおもっておりましたが、色部様のお言葉とあってはお断わりできません。可留もご家老様の御意《ぎょい》を体して喜んで大石の許へまいりますでございましょう」

多くを語らせず二文字屋は又四郎の意図を了解していた。

大石が可留を愛すれば、存念も鈍るであろう。煮ても焼いても食えない大石である。可留がどの程度の阻止力になるかわからないが試してみる価値はある布石である。

又四郎は可留の美しさを知っている。天性の素質は幼いときから人目を惹《ひ》いていたが、成長するにしたがって眩《まぶ》しいほどに輝いてきた。単なる鑑賞用の美女ではなく、男に対してすべてを犠牲にしても悔いないような強烈な性的魅力を訴えかけてくる。文字通りの「傾国の美女」の蠱惑《こわく》が男を捕えて離さない。

本人がその魅力を意識していないだけに、男の想像力をかき立て無限に拡大させる。

色部又四郎が上杉十五万石を背負わされていなければ、ひたすら彼女目がけて突き進んだかもしれない。いや彼はその責任の重さ故ではなく、十五万石と家老の責務を捨てるだけの勇気がなかったのだ。

だが大石にはそれがある。失うものはない浪人の身分からではなく赤穂藩が取り潰《つぶ》される前から、彼は一人の女のために平然とすべての荷を捨てるだけの途方もなさがあった。だからこそ又四郎が恐れているのでもある。

彼には世間並みの尺度では測り切れない巨《おお》きさがある。又四郎はそこを攻め口として、可留を送り込もうとしたのである。

可留は大石内蔵助の許へ行った。色部又四郎の内意が働いているとは、さすがの大石も気がつかない。可留を迎えて内蔵助は頰を緩めっぱなしであった。

又四郎が狙っていた通り、内蔵助は可留の虜《とりこ》になった。

「男と生まれてそなたのような女性と出会えて、内蔵助男冥利《おとこみょうり》に尽きるわい。いつまでもわしのそばにいて欲しい」

褥《しとね》で可留の躰《からだ》を慈《いつく》しみながら内蔵助は泣き咽《むせ》ぶように訴えた。

「旦那《だんな》様こそ、私のそばからどこへも行かはらんでおくれやす」

「そなたを残してどこへも行くものか」

内蔵助はまるで美術品でも愛玩《あいがん》するように可留を愛した。又四郎はその様を報告されて、柄にもなく嫉妬《しっと》をおぼえた。

「可留、早《はよ》う孕《はら》め、大石の子を孕め。可愛い和子《わこ》を産み、大石をしっかりと捕えよ」

又四郎は嫉妬《しっと》に耐えて祈った。呆《あき》れたことに可留に耽溺《たんでき》しながらも、大石は遊里通いを止めなかった。又四郎は大石がすべてを承知の上で可留を迎えたような気がしてきた。

二

　武林唯七《たけばやしただしち》は不貞腐《ふてくさ》れていた。連日連夜の大石内蔵助の放蕩三昧《ほうとうざんまい》に武骨一遍の彼が影のようにつき従っているのは、副将格の原惣右衛門から大石の護衛を申しつかっていたからである。

　さもなければとうていあんなたわけ遊びの供などできない。

　唯七は内蔵助から愛用の盃《さかずき》「遊春盃《ゆうしゅんはい》」になみなみと充《み》たした「若女酒《わかめざけ》」なるものを勧められて目をまわした。艶《つや》やかな妓《おんな》の腰巻きをからげさせて、股間《こかん》から滴らせた黄金色の液体を集めたのである。

　妓の小水かとおもってかっと血を上らせた唯七は、それが彼女らの秘部で暖めた酒と知って言うべき言葉を失った。それを内蔵助は回春と強精の万病薬と称してのどを鳴らして飲み干したのである。

　大高源五は「貝探し」に誘われて仰天した。それは目隠しをした鬼が裾《すそ》をまくって行列した妓たちの股間をまさぐり、だれかを当てる遊びである。小野寺十内は「船漕《ふなこ》ぎ」を見せられて目を白黒した。この遊びは向かい合って腰を下ろした二人の妓が、足の裏をたがいに合わせて交互に船を漕ぐ動作をする。漕いでいる間に裾がはだけてあられもない格好になるのを見て楽しむ。潮田又之丞は「秘毛氈《ひもうせん》」に誘われて腰を抜かした。秘所をまる出しにした妓どもを並べて仰臥《ぎょうが》させ、それを毛氈になぞらえてその上で寝転がるのである。「隠し饅頭《まんじゅう》」は、定められた距離を小粒を何粒秘所に入れて歩けるかを競う。入れただけの小粒をもらえるので妓どもができるだけ多くを含んで歩く格好が面白い。

また「一輪差し」は妓の秘所に花を一輪ずつ活《い》け、「貝割れ料理」は「若女酒」の料理版で女の秘所に入れた刺身や貝をわさび醤油《じょうゆ》に浸して食する。

いずれも内蔵助が発明した正気ではできないようなたわけ遊びであった。

中村勘助は「なか」、小野寺十内は「しげ」、同幸右衛門は「ほくたん」、潮田《うしおだ》又之丞は「おの」、大高源五は「しょう」、富森《とみのもり》助右衛門は「すけ」の通り名で内蔵助の遊びに相伴《しょうばん》させられた。

内蔵助のたわけを尽くした遊蕩《ゆうとう》は、世間の話題になった。赤穂一党に好意的な者は、吉良方を欺《あざむ》くための「佯狂《ようきょう》」（偽狂い）と見たが、大概は生来の遊び好きが現われたと見立てた。

『江赤見聞記《こうせきけんもんき》』には内蔵助の乱行について「内蔵助此《こ》の不行跡故、上野介よりの隠し目《め》付《つけ》共も、仲々これにては此方《こなた》への意趣など含み申し候事これあるまじくと、京都より追々引き取り候由。風説仕《つかまつ》り候也」と書き記されてあるように、吉良上杉方の間者も呆れ果てた。

武林唯七は不貞腐れていたが、内蔵助の常軌を逸したたわけぶりを見ては、刺客も呆れて手を出すまい。

こんなたわけに手を出しては刺客の誇りが傷つくというものである。郭《くるわ》で遊びまくって山科へ帰って来ると、今度は可留を引きつけて離さないのであるから、その体力も相当なものである。

大石の乱行は当然色部又四郎の耳に達していた。小山源五右衛門の、可留を侍《はべ》らせれば乱行が止むのではないかという期待は裏切られた。

「大石め、やるのう」

又四郎は苦笑した。体力的にはとてもかなわないとおもった。

「可留殿の犠牲が無駄になりましたな」

野本忠左衛門が嘆息した。

「いやまだまだじゃ。可留が侍った故にたわけに拍車がかかったのかもしれぬ。大石とはそういう男よ。可留が来たので遊びがいっそう面白くなったのよ。たわけを尽くして、可留の愛《いと》しさが増すのであろう。もっとたわけを尽くせ、遊びまくれ。世の中が面白くなるほど仇討《あだう》ちなど馬鹿馬鹿しくてできぬようになる」

「一説には間者を欺く佯狂とか言われておりますが」

「なんの、きゃつ心から楽しんで遊《おぼ》んでおるよ」

「それではすでに存念を失ったと思し召されますか」

「わからぬ。いま大石には遊びの一事しかないであろう。それが大石の恐さじゃ。たわけと罵《ののし》られようと、佯狂と見棄てられようと、おのれのしたいことに集中する。わしには到底大石ほどの集中力はない。それが当家に向けられて来るのを恐れているのじゃ。可留頼むぞ。大石という巨象を、そなたの髪で、つないでくれ」

又四郎は祈るように言った。

三

武林唯七は泥酔した内蔵助を山科の隠宅まで送って来た。馬鹿馬鹿しくて仕方がないが、これも役目である。吉良上杉の間者も呆れ果てて、大概引き揚げた気配である。いまや敵の目は大石から江戸の方へ移っているようである。大石には復讐《ふくしゅう》の存念なしというのが、世間一般の見方である。唯七もそう見ている。

同志も大石側近のシンパ以外は、大石を見限っている。彼は生来の遊び好きの遊冶郎《ゆうやろう》にすぎなかったのだ。それが重代家老《がろう》の家に生まれ合わせたにすぎない。いまになって化けの皮が剝《は》げ落ちたわけではなく、その素質は、主家大変前にもちらちらしていた。女はつくる。隠し子は生ませる。参覲《さんきん》で主君の供をして江戸へ来れば吉原《よしわら》へ通う。男色は漁《あさ》る。

粛然たる浅野藩風の中で腹も切らずに来られたのは、家中一番の家柄と、内蔵助の憎めない人柄のおかげである。

いまや一党の衆望も内蔵助から吉田忠左衛門や原惣右衛門の方に移りつつある。志を腐らせた大石などに付いていると、一党の中でも取り残されそうな焦燥を唯七はおぼえていた。

いまさらどんな間抜けな刺客が大石を狙っているというのか。

唯七が仏頂面《ぶっちょうづら》をして駕籠《かご》に付き従っていると、突然駕籠が停まった。

「小、小便だ」

内蔵助がよろめきながら駕籠から下り立った。竹藪《たけやぶ》の中に長々と放尿していると、夜気に酒臭い尿の臭いが瀰漫《びまん》した。唯七はその天下太平の背中をにらみながら衝《つ》き上げてくる怒りを抑えていた。

ようやく長い用を足し終えて、山科の自宅へ帰り着いた。いつもは息子の主税が出迎えるのだが、今日はどうしたわけか姿を見せない。主税も父の為体《ていたらく》を恥じて出て来ないのであろう。

「主税、ただいま戻ったぞ。どうした、なぜ父の帰宅を出迎えぬか、ここな親不孝者めが。そうじゃ、この機会に唯七に可留を引き合わせておこう。可留、出ておいで。遠慮することはないぞ。みな我が家中じゃった者じゃ」

内蔵助は家の中に声をかけた。内蔵助は唯七を自分の家来のように呼んでいる。間もなく屋内から手燭《てしょく》をかざして若い女が出て来た。それまで可留は遠慮して内蔵助の供の者に姿を見せたことはない。

かねて噂に聞いていただけなので、唯七も好奇心をもった。唯七は可留を包む穏やかな燭の光が、彼女自身から発しているように見えた。そこだけこの世から柔らかく切り抜かれて別世界を形成しており、その中心に彼女がいる。それほどにこの世のものではないような美しい女に見えたのである。

「お帰りなさいませ」

可留は内蔵助に挨拶《あいさつ》すると、唯七ににっこりと笑いかけた。

「あ、あなたは」

唯七はその場に棒立ちになった。

「武骨一遍の其方《そのほう》も可留の美しさに打たれたらしいのう」

内蔵助がにやにや笑った。美しさにも打たれたが、唯七は彼女の顔に記憶があったのである。可留も唯七に反応を示した。

「あなた様は、お犬様にからまれて危ないところを救うておくれやした お侍様、あの節はおおきに」

可留は恩人との再会の喜びを全身に弾ませて礼を述べた。

「なんだ、其方たちたがいに存じ寄りであったのか」

内蔵助が驚いた表情をした。

「旦那《だんな》様にもお話ししてたんどすえ。弟と江戸の街中でお犬様に囲まれて難儀しておりましたのを、救うてくれはったお侍様どすえ。お侍様がいてはらへんかったら私も弟も危ないところどしたんどすえ」

「それは奇《く》しき因縁じゃの。可留が父に連れられて、江戸見物へ行った際にお犬様に襲われて危ないところを救われた話は何度も聞かされておった。その恩人が唯七であったとは、いや奇遇じゃ」

内蔵助は単純に面白がっている。可留の説明は正確ではない。犬を最初に斬って可留と子供を救ったのは若い江戸風の武士であった。彼と犬が争っている間に地まわりが可留を連れ去ろうとしたのを阻んだのが通り合わせた唯七である。参観の主君に従《つ》いて、江戸見物中のときであった。嬰児《えいじ》を連れており、母親にしては少し若いとおもったが、嬰児の姉であったのだ。

地まわりを叩《たた》き伏せたところへ、江戸風の武士にボス犬を斬られて、野犬の群が逃げて来た。それを江戸風の武士と協力して悉《ことごと》く叩き斬った。正確には彼と力を合わせて可留を救ったのである。

あの武士とは名乗り合うこともなく別れたが、気骨のある清々《すがすが》しさをもった武士であった。犬斬りに見せた手並みも尋常ではない。会えるものならもう一度会いたいとおもっていたが、あの事件の〝当事者〟の一人が、内蔵助の想われ者となっていたとは予想もしていなかった。

意外な邂逅《かいこう》に唯七の不貞腐《ふてくさ》れはまぎらされた。

四

大石内蔵助の乱行《らんぎょう》は一党に強い不安をあたえた。山科会議によってともかく来年の亡君三回忌までを期限としたが、彼の常軌を逸した遊蕩ぶりを見せつけられては、単なる時間稼ぎとしか考えられなくなった。

大石の放蕩《ほうとう》は三月妻子離別後、円山会議《まるやま》（七月二十八日）頃までつづいたとみられるが、この間に一時百三十名を数えた同志が六十名前後に減ってしまった。脱党した者の中には、忠誠の志をもちながら、大石に絶望した者も少なくない。

円山会議の前、正月末から六月にかけて、江戸派、および上方《かみがた》の強硬派の間で、「もはや太夫《たゆう》頼むに足りず、我らだけで事を運ぼうではないか」という大石分離論が起きてきた。

だが過激派の中でもウルトラ過激の最長老堀部弥兵衛は大石分離を手ぬるいと評し、大石暗殺を主張した。これには急進派最右翼の堀部安兵衛も驚いたが、

「三周忌の期限など画《え》に描いた餅《もち》のようなもの。すでに一度三月期限が反古《ほご》にされ、太夫は郭《くるわ》にて傾城《けいせい》狂いじゃ。三周忌がくればまたぞろ太夫の口車にかけられて延引させられるは必定《ひつじょう》。その間に血のような仇討資金を濫費《らんぴ》され、我ら一党の武器、鎧具足《よろいぐそく》まで食い潰《つぶ》され、飲み干されよう。いかなる金石の志といえども兵糧が尽きては身動きがつかなくなる。いやその前に拙者七十六歳の老骨、明日も測り難い。太夫のたわけ遊びにのんびりつき合《お》うている閑《ひま》はござらぬ。もはや一時の猶予もならぬ。太夫を取り除き、事を進めるべきでござる」

と弥兵衛は強硬論を打《ぶ》ち上げた。ちょうどそこへ大石内蔵助から堀部父子、奥田父子

宛《あて》に、

「来年三月には江戸へ下る故、一挙が長引き各々方には退屈かとおもうが、木挽町《こびきちょう》様（大学）面目立たざる間の軽挙妄動はかえって不忠と申すべく、拙者についていろいろと批判のあることは重々承知しているが、すでに自分の覚悟は定まっておる故、三月まであと少しの事であれば辛抱してもらいたい」

という趣旨の手紙が届いた。これを読んで一同いきり立った。

「我々少しも退屈などしておらぬぞ」

「これでは我らを不忠者呼ばわりではないか」

この書状によって内蔵助暗殺に消極的であった一同も一挙に暗殺に傾いてしまった。

刺客として一党中の遣い手堀部安兵衛と奥田兵左衛門《へいざえもん》（孫太夫）が立つ。その際内蔵助と同調して遊んでいる小野寺父子、潮田、富森、大高などの大石シンパも一挙に斬ってしまうという具体的な計画が練られた。

円山会議直前、赤穂一党は最大の危機に見舞われていた。

党中の刺客

一

柳沢吉保は思案に耽《ふけ》っていた。大石の乱行《らんぎょう》はとうに彼の耳に入っている。これが大局にどのように影響してくるか、吉保はしばらく傍観することにした。

大石は妻子を離別し、身軽になってさて仇討《あだうち》一途かと見ていると若い愛人を引き入れた。それで身持がおさまるどころか、遊蕩《ゆうとう》に輪がかけられた。

さすがの吉保も大石の心底を測りかねた。大石が動いてくれないことには吉保の築いた罠《わな》が発効しない。餌は吉良上野介《こうずけのすけ》、大石は本命の大獲物を誘い出すための仕掛けである。

最近大石を取り巻く雰囲気がどうも面白くない。大石自身は悠々たるものであるが、周囲が不穏な気配を示している。

吉保が仕掛けた罠にとっていま危険な要素は吉良、上杉ではなく、赤穂一党の中にあった。

事を急ぐ強硬派が大石を取り除いて吉良邸に押しかけて来れば、もはや万事休す。上杉、浅野宗家は引き出せない。

赤穂浪士の一挙を食いつめ浪人の乱入にしてはならない。武士道に叶《かな》った形を取らせて初めて背後の大獲物を引き出せる。大石でなければそれだけの形式を整えられないのである。

だが不穏な気配は、内蔵助《くらのすけ》の危険を警告している。内蔵助が一党中の強硬派によって暗殺でもされたら、吉保の築いた壮大な罠が無意味になってしまう。護衛の蔭供《かげとも》を送るという手があるが、もはや姑息《こそく》である。

「大石を動かさねばならんな」

吉保はつぶやいた。大石が愛人と遊蕩に淫《いん》して動かないのが、一党の不安をそそり、大石の身を危うくしているのである。大石さえ動けば、一党は従順に従いて来る。

吉保は、懸案の問題が熟したのを悟った。

二

浅野大学再取立てによる浅野家再興の嘆願は、浅野宗家、その縁藩、赤穂収城目付《めつけ》を勤めた荒木十左衛門、老中、若年寄等を通して熱心に行なわれていた。

幕閣も大概は浅野家に好意的であり、将軍の決裁があれば舎弟大学の再召出しに異議はなさそうであった。綱吉《つなよし》も浅野に対する酷な偏裁を悔いている節が見える。それが未《いま》だに決着をつけずにいたのは、大学召出しを急ぐと世論の非難に屈したようで公儀の権威を損なうからである。

幕閣では、本領は無理としても一万石か二万石で再取立てしてもよいのではないかという雰囲気になっていた。

だが肝腎《かんじん》の綱吉の態度がはっきりしない。七月初め、幕閣で改めて浅野大学再取立問題が討議された。

「浅野内匠頭《たくみのかみ》は自らの不調法によるものとは申せ、けんか両成敗《りょうせいばい》はご神君の定め給《たも》うた幕府の定法《じょうほう》でござる。浅野家に対して、この際弟大学をもって再取立ていたさば、偏裁を正し、幕府定法も全うせらるるというもの。方々いかがにござる」

筆頭老中、阿部豊後守《あべぶんごのかみ》の言葉に、

「それがしも同意にござる」

「それがしも」

浅野家に対して好意的であった土屋相模守《さがみのかみ》や稲葉丹後守《たんごのかみ》、秋元但馬守《たじまのかみ》が次々に和した。

幕閣一同異議なく、浅野大学再取立てを議決しようとしたとき、

「あいやそれがしいささか申し述べたき私見がござる」

とこれまで口を閉ざしていた大老格の柳沢吉保が膝《ひざ》を進めて来た。

「浅野内匠頭は自らの不調法なる仕方により処断された者、吉良上野介に斬りかけたるは内匠頭の一方的な仕掛けにてけんかには非《あら》ず、その証拠に上野介は一切抵抗仕《つかまつ》らず、上野介返答にはなんの恨み受け候覚えこれなく、内匠頭まったく乱心と相見え申し、かつ拙者老体のこと故なにを恨み申し候や万々《ばんばん》覚えこれなくと答申してござる。

されば内匠頭の切腹、城地没収申しつけられたるは、ご大法破りし者の当然の処断にして偏裁に非ず。これをいまに至りてすでに確定せる裁決を覆すが如き、弟大学の取立てによる浅野家の再興は、天下の大法を公儀自らが枉《ま》げ、上の権威にも関わるというもの。身どもも浅野家には同情いたせど、天下の大法は枉げるべきではござらぬ。それが上の権威というものではござらぬか」

吉保に真っ向から反対されて老中一同は沈黙した。一座には重苦しい沈黙が屯《たむろ》した。浅野と吉良の軋轢《あつれき》がけんかでないということになれば、けんか両成敗の定法は適用されない。

だが吉良上野介の言葉にもあるように、内匠頭が「乱心」ということになれば即日切腹、お家断絶はあまりにも酷な裁決である。

現在の刑法の「心神喪失者の行為は罰せず」の精神は当時にもあった。だが大老格の吉保に対してこれを言い立てる者はいない。

阿部豊後守始め老中一同は苦い顔をして黙り込んでしまった。

吉保にしてみればここで浅野大学を取り立て浅野家の名跡《みょうせき》を立てればもはや遺臣どもは吉良を討つ口実を失う。そうなっては吉保の仕掛けた罠が死んでしまう。浅野遺臣団を仇討一途に駆り立てるためには、なにがなんでも浅野家の名跡を絶たなければならないのである。

浅野大学は吉保のスケープゴートである。老中たちの意見を押え込んだ吉保は、綱吉に上申した。吉保の言上を聞いてやや揺れ動いていた綱吉の意も定まった。

老獪《ろうかい》な吉保は決して自分の意見を具申するという形を取らない。老中がいるのに側用《そばよう》人《にん》などという曖昧《あいまい》な役を設けたのも、老中に集中した権限を将軍に取り戻すためであった。

結局老中の権限を側用人に移しただけになったが、吉保はそれを綱吉に気づかせなかった。だからこそすべてのライバルを押しのけて重用されたのである。

巧妙な誘導訊問《じんもん》に綱吉を乗せて結局吉保の望む方向へ導いてしまう。

吉保が、綱吉の浅野家に対する裁決は正しかったのであり、これを覆すような再審は上の権威を損なうものであると、綱吉がやや後悔している偏裁を正当化したものだから、大学再取立てはその場で潰《つい》えてしまった。

「浅野大学は閉門さし許し、安芸守《あきのかみ》本国に永《なが》の預けとせよ」と命じた。

吉保はほくそ笑いを隠して平伏した。ここに浅野遺臣団がわずかにつないでいた主家再興の希《のぞ》みは完全に絶たれたのである。

三

元禄《げんろく》十五年七月十八日、浅野大学左遷の決定は評定所《ひょうじょうしょ》において老中《ろうじゅう》月番阿部豊後守より本人に執達された。同時に浅野家宗家江戸留守居明石吉太夫《あかしきちだゆう》が評定所に出頭して
「此度《こたび》大学儀閉門ご免遊ばされ安芸守方（宗家）へ妻子家来共引取候様仰出《い》だされ候」

と上意が伝えられた。

一応閉門は赦《ゆる》された形となっていたが、兄内匠頭の跡目相続も新知取立ての沙汰《さた》もない。宗家広島への永の預けである。これは配流《はいる》と実質的には同じ処分である。

大学はその日の内に宗家の桜田上屋敷《かみやしき》へ移った。それまで住んでいた木挽町《こびきちょう》の屋敷は同月二十一日松平駿河守《するがのかみ》が預かった。

七月二十九日大学は妻子家来を引き連れて永《なが》の預け地広島へ向かうべく江戸を出発した。もはや二度と江戸の地へ戻って来ることはあるまい。お家再興の希みも絶え果て、一行の心は暗澹《あんたん》と閉ざされていた。

この大学の処分決定に先立つ六月十八日堀部安兵衛と奥田孫太夫の両名は大石暗殺の秘命を帯びて江戸を発《た》った。江戸は山王祭《さんのうまつり》の余韻で浮かれていたが、二人の心中は悲壮であった。ところが箱根《はこね》の山道で奥田が足を挫《くじ》いて歩けなくなったので、止むを得ず堀部一人で西上をつづけることになった。

大石の身辺には潮田《うしおだ》又之丞、武林唯七、不破数右衛門の遣い手が控えている。彼らの説得に失敗すれば、この三人を相手に戦わなければならない。いかな安兵衛でも、苦戦は免れない。彼の心中は切迫していた。

安兵衛は六月二十九日京へ着き、まず大高源五と原惣右衛門を訪ね、「大石頼むに及ばず」と在上方《かみがた》の同志の間を説いてまわり、大石分離運動を進めた。

この時点ではまだ安兵衛は大石暗殺計画を打ち明けていない。大石の遊蕩に動揺しながらも大石に対する信頼がかなり根強いことを感じ取ったからである。一党の心のどこかに、大石のたわけぶりがまず味方から欺く佯狂《ようきょう》と見たがっている傾きがあるのである。だが大石の遊蕩を目《ま》のあたりに見た安兵衛は、それが噂を越える凄《すさ》まじいものであることを知り暗殺の決意を固めた。

安兵衛は撞木町《しゅもくまち》で遊興中の大石に会いに行くと「貝探し」に興じている最中であった。安兵衛の顔を見るなり遊春盃《ゆうしゅんはい》に充《み》たした「若女酒《わかめざけ》」を勧められた。護衛役の武林と不破は行灯《あんどん》部屋で不貞寝《ふてね》している。

まだ江戸から大学左遷の通知は到着していない。このとき大石内蔵助の命はまさに風前の灯《ともしび》となっていた。

四

満楼に灯《ひ》がともり、笹屋《ささや》は明るくさんざめいていた。多勢の妓《おんな》、禿《かむろ》（遊女の使う幼女）、幇間《ほうかん》、芸者などに取り巻かれた中央で恰幅《かっぷく》のよい男が裸踊りに興じている。なんとその腹には男女交合《こうごう》の図が墨で描かれており、それが踊りの動きに合わせてさまざまな体位をつくる。卑猥《ひわい》でもあるが滑稽《こっけい》でもある。

「開けてお腹の粧《よそおい》見れば
　おのこにへのこ
　めのこにおめこ

ちんちんかもかも
ちんちんもぐら
こちらの座敷でしっぽりちんちん
隣り座敷でちょちょげまちょげの
かもかもやきとり
さあさ踊り候え
この世はすべて
ちんちんかもかも」
と卑猥な唄《うた》と囃《はやし》に合わせて踊っているのは内蔵助であった。足許も定まらぬほど酔っていながら、腹の猥画《わいが》は生きているように動く。取巻きが笑い転げながら囃《はや》し立てる。
その様を見ながら堀部安兵衛は「もはやこれまで」と覚悟を定めた。
あまりのたわけぶりに、遊びに相伴している小野寺父子《おやこ》や潮田、富森などの姿も見えない。武林、不破などは行灯部屋に引き籠《こも》ったまま出て来ない。刺客に討たれる先に自分が討ちたい心境であろう。まだ彼らは内蔵助の身辺に留《とど》まっているが奥野将監《しょうげん》、進藤源四郎、小山源五右衛門の大石一族が内蔵助を見限ってしまった。
安兵衛は踊りの群にまぎれて内蔵助に近づいて行った。内蔵助はまったく警戒していない。自分が浅野吉良の渦中の人物であることを忘れ切った顔である。
「安兵衛、お主も裸になれ。飛び切りの御門《みと》（女陰）を描いて遣わそう」

安兵衛の顔を踊りの輪の中に見つけてそんな太平楽を言っている。

内蔵助が敵娼《あいかた》（パートナー）の夕霧の肩にしなだれかかって安兵衛に背中を見せた。

「いまだ」

安兵衛が脇差《わきざし》の柄《つか》に手をかけたとき、廊下を走って来る気配がして、貝賀弥左衛門と潮田が興奮の体《てい》で広間へ走り込んで来た。

「ただいま在府の吉田忠左衛門殿より、貝賀殿に飛脚到着いたしましてございます」

と潮田がいって、

「兄よりの書状まずはご披見下さりませ」

と貝賀が一通の書状を差し出した。安兵衛は間一髪《し》の差で脇差を抜き損なった。貝賀、潮田の様子から察するに江戸表からなにやら重大な報らせがあったようである。安兵衛の殺意が好奇心とすり替った。

「やれやれ、これからが佳境というときに」

内蔵助は残念そうに言って貝賀から書状を受け取った。肌を入れ、書状を開いて目を通す。表情に変化は現われない。

「太夫、江戸表より何を知らせてまいりましたか」

安兵衛は待ちきれずに問うた。

「されば」

と内蔵助は取巻きに向かって、

「今宵の遊びはこれまでじゃ」

妓や芸者を追いはらうと、別室にいた同志の面々を呼び集めた。

「ただいま吉田忠左衛門殿より書状が届き、七月十八日付けをもってご老中阿部豊後守殿より木挽町様（大学）に対し閉門ご免遊ばされ、知行《ちぎょう》召上げの上ご宗家に永のお預けのご沙汰下りし旨にござる」

内蔵助の打って変った沈痛な言葉に一同はっとして面《おもて》を伏せた。ここに遺臣一同が託していた一縷《いちる》の望みが完全に絶たれたのである。

「かくなったるうえはもはや一挙の一途しかござらぬ。方々さよう心得られよ」

内蔵助は別人のように引き締まった表情で言った。安兵衛は全身に冷汗をかいていた。書状が着くのがほんの一足遅れたら取返しのつかないことになるところであった。柳沢吉保が打った手は、際どいところで赤穂一党の分裂の危機と大石の生命を救ったのである。

記録では吉田忠左衛門からの大学左遷の報知は二十二日に貝賀に、二十四日に山科の内蔵助居宅へ着いた。この日の内に横川勘平が内蔵助の使者として江戸へ発った。

犠牲の偶像

一

その夜山科《やましな》の居宅へ帰った内蔵助《くらのすけ》を出迎えた可留の様子がどうもいつもと異なる。なんとなく身体が重たげで挙措が懶《ものう》げである。

「可留、どこぞ具合いでも悪いのか」

と問うと、

「後でお話しさせておくれやす」

と改まった口調で言った。主税《ちから》や使用人の耳を気にしているらしい。郭《くるわ》に流連《いつづけ》して家に帰って来たのは久しぶりである。閨房《けいぼう》に入って可留の躰《からだ》を抱くと下腹を庇《かば》うような体位を取った。これまでにない体位である。

「可留、いかがいたしたのじゃ」

内蔵助が改めて問うと、

「旦那《だんな》様、あまり無理な形を強いてはあきまへんとお医師に言われたのどす」

「医者に？　どこぞ悪いのか」

「あんまりお腹に無理はかけられしめへんのどすえ」

「腹でもこわしたのか」

「まあ鈍いお人やなあ。私《うち》のお腹ちいと脹《ふく》らんできたように見えしませんか」

「可留！　それでは」

「ややができたのどす。旦那様と私のややが」

内蔵助は愕然《がくぜん》とした。まさかこのような形の伏兵があろうとはおもってもいなかった。但馬《たじま》の実家に預けた妻から七月五日男子を出生したという便りが届いたばかりである。

ここにまた若い愛人が妊娠したという。しかも今日江戸表から大学左遷の報知に接し、仇討《あだうち》一途の決心をしたばかりである。

「旦那様、可留のお願いがあるのどす」

可留が甘えたしぐさで内蔵助の胸に頰をすり寄せてきた。

「なんだな」

内蔵助は衝撃を抑えて聞いた。

「旦那様のおそばに可留を一生おいて欲しいのどす。可留は旦那様から離れとうはない。旦那様とややと三人で一生幸せに暮らしたいのどす」

可留の目尻《めじり》が濡《ぬ》れている。内蔵助のかたわらに侍《はべ》ったときから、いずれ来たるべき別離を悟っていたらしい。小山源五右衛門から因果を含められて来たのであろうが、彼女が二文字屋に養女に入ってから生まれた実子に遠慮して、親ほども年がちがう内蔵助に侍った事情を内蔵助は薄々察知している。

まだうら若い身で日陰の身を覚悟して来たのが、胎内に内蔵助の胤《たね》を宿して内蔵助と離れたくなくなった。

内蔵助に急に愛《いと》しさが迫った。男と生まれ齢《よわい》四十四を重ねてからこのような美しい女にありつけるとは、まさに男冥利《おとこみょうり》につきるものであろう。しかも女のほうから慕われている。

この傾国の美女を振り切り、彼女との間にもうけた愛らしい生命を置き去りにしてまで一瞬の激発によって自らの生命と一国一城を投げ棄《う》った短慮な亡主の仇討ちに赴かなければならないのか。

それは武士が赴くべき道かもしれないが、人間の道に反しているようにもおもえた。

「旦那様、お約束どすえ。ややと可留のためにいつまでも一緒にいてくれはりますなあ」

可留が愛らしく、そしてひたひたと迫って来た。内蔵助はぐらぐらと揺れた。反対の方角から亡主内匠頭《たくみのかみ》や堀部安兵衛、原惣右衛門、吉田忠左衛門その他同志の面々が内蔵助を強く引いた。

拮抗《きっこう》する両極端の力に引かれて内蔵助の心身は引き裂かれそうであった。

(許せ、可留。おれは人間である前に武士なのだ)

と可留に詫《わ》びたそばから、このままいっそすべてを抛《なげう》ち、可留と共に逐電してだれも知る者もいない他国の隅でひっそりと暮らしたい衝動に駆られる。

二

可留の懐胎（妊娠）を告げられて内蔵助の心は千々《ちぢ》に乱れた。そのため内蔵助は同志一党に召集をかけておきながら腰を上げられなかった。

この期《ご》に及んで可留に対する未練が吹きつけるように湧いてきた。夕霧や浮橋とも別れたくない。

内蔵助の逡巡《しゅんじゅん》を逸速《いちはや》く見て取ったのは、原惣右衛門である。

「太夫は悩んでおられるな」

原は、堀部、武林、大高、大石瀬左衛門らに相談した。

「いまさら女子の未練に引かれる太夫ではござるまい」

大高源五が弁護した。

「いやさればこそ太夫なのだ。あの御仁には人間と武士が同居しておる。我らは骨の髄まで武士であり、武士の道しか見えぬ。太夫は人間の道も見える。そのような御仁でなければ我らを率いて事を果たせぬ。それだけに、人間の道へいつ歩み入ってしまわぬともかぎらぬのじゃ」

原が言った。

「つまり人間の道とは郭でたわけを尽くし、妻子を離別した後に若い女を引き入れることでござるか」

いまだに内蔵助を信じ切れぬ武林が問うた。

「そういうことも含まれておる。我らにはできぬことを太夫は平然と為《な》される。太夫のたわけ遊びのおかげで吉良上杉の細作《さいさく》（スパイ）どもがあらかた引き揚げたであろう。木挽町《こびきちょう》様ご左遷までともかく一党を引き連れてまいった。太夫以外のだれにこれができるか。仇討ちの旗印は太夫でなければならぬ。わしは最近太夫の狙いが読めてきたのじゃ」

「太夫の狙いとは」

一同が原に視線を集めた。

「太夫は上野介の白髪首などを狙ってはおらぬ」

「上野介が狙いでなければなにが狙いでござるか」

堀部が膝《ひざ》を進めた。

「公儀じゃ。太夫は公儀に対するものいいをするつもりなのだ。浅野に対する偏裁は、誤りであったと公儀に認めさせるのじゃ」

「公儀がさようなことを認めるはずがござるまい」

瀬左衛門が口を出した。奥野、小山ら大石一族が揃って脱党した後に残ったただ一人の大石一族である。

「それを認めさせるために苦労しておるのじゃ。上野介の白髪首一つならば安兵衛の申す通り存切《せつ》たる者十人もいれば十分。だがそれでは公儀に非を認めさせることはできぬ。太夫は形を整え、吉良邸に討ち込み、あわよくば上杉の引出しを狙っておられるのじゃ。京の郭でたわけの限りを尽くして世間の悪声を集めておいて吉良に討ち込む。これだけで世間も公儀も仰天するにちがいない。一挙を効果あらしめるためにはできるだけ派手な膳立《ぜんだ》てが必要なのじゃ。これができるのは太夫をおいてない」

「その太夫が女の髪につながれて、この期に及んで態度がはっきりしないではないか」

武林が不満げに言った。原の言うことは、なにやら禅問答めいていてわかり難《にく》いが、可留の愛に溺《おぼ》れて腰が重い様子はわかる。

「これは主税殿から聞いたことなのだが、どうやら可留殿が懐胎したらしい」

「なんと！」

一同が凝然となった。

「主税殿も、使用人の老女から聞いたということだ」

「するとどういうことになるのでござる」

安兵衛が不安の色を面《おもて》に塗った。

「太夫のことだ。女の愛に引かれて一挙から下りると言いだしかねんな」

「さようなことが許されると太夫は本気でおもっておわすのか」

唯七がやや色をなした。

「太夫は本気でおもっておられる。女のために一国一城を平気で捨てられる御仁なのじや。亡君が武士の意気地《いくじ》を貫くために藩祖公以来の身家を備前長船《びぜんおさふね》にかけられた。太夫にとっては女の髪も、武士の面目も同義なのじゃ。だからこそ公儀相手のものいいができる。太夫にとって一挙は武士の面目を立てるだけではない。赤穂一藩の人間としての筋も通そうとしておるのじゃ」

「太夫が女の愛に引かれて一挙を取止めでもすれば、武士の面目も赤穂一藩の筋もござるまい」

安兵衛が反駁《はんばく》した。

「さればこそ女から引き離す」

「女から引き離すとは」

「可留殿を斬る」

「可留殿を斬ると!」

さすがに一同が驚いた。

「この際、太夫の未練を絶つためには可留殿を斬る以外にない。女を斬るのは忍びないが、太夫の可留殿の寵愛《ちょうあい》ぶりや懐胎が事実とすれば、太夫のお人柄からして一挙取止めも十分考えられることじゃ。いまや我らにとって太夫は欠かすことのできないお方じゃ。可留殿を斬る以外に太夫の存念を仇討一途に据える方法はない」

惣右衛門はきっぱりと言い切った。いまや一党をまとめて行く領袖《りょうしゅう》として内蔵助以外の人物は考えられない。内蔵助を確保するためには女への未練を絶つ以外にない。

だがだれがそのいやな役目を引き受けるか。みなその役目の重苦しさをおもって黙り込んだ。

「なんとか斬らずにすますてだてはござるまいかの」

大高がみなの気持を代弁した。

「可留殿がおとなしく太夫のかたわらから身を退《ひ》いてくれればよい。だが太夫は離すまい。また可留殿も離れまい」

惣右衛門は無情に言った。

「拙者がその役を引き受け申そう」

唯七が重苦しい沈黙を破った。

「唯七、お主《ぬし》がやれるのか」

可留との奇しき因縁を聞いていた瀬左衛門がびっくりしたように見た。

「可留殿は余人《く》には斬らせたくない。拙者が討ち役仕《つかまつ》ろう」

「辛《つら》い役を押しつけてすまぬのう」

安兵衛が目を伏せて言った。鬼の安兵衛にもできぬ役を、唯七は進んで買って出たのである。

だが唯七の辛さはべつの所にある。可留は唯七にとって偶像になっていた。それを郭《くるわ》で娼婦《しょうふ》を抱き、たわけ遊びの限りを尽くして帰って来た汚い躰《からだ》で平然と唯七の偶像の女神を潰《けが》すのである。

唯七はこれ以上内蔵助におのれの偶像を瀆させたくなかった。可留は内蔵助の胤《たね》を孕《はら》んだという。唯七は女神に内蔵助の子を産ませたくなかった。

内蔵助は一挙のために斬ることはできない。とすれば可留を斬る以外にない。可留が内蔵助に侍ったのが、可留自身と唯七の不幸であった。

三

内蔵助は心定まらぬまま、周囲から突き上げられて今後の方針を決定すべく七月二十八日京都円山重阿弥《まるやまじゅうあみ》の端寮《はりよう》において会議を召集した。これが名高い「円山会議」である。この会議には在上方《かみがた》の同志十九名が出席した。奥野、進藤、小山の大石一族の重臣はこの会議に姿を見せなかった。

この会議においていよいよ「仇討《あだうち》一途」が決定されたのである。

会議の議決を江戸の同志に伝えるべく堀部と潮田が翌二十九日京を出立した。

堀部と潮田を江戸へ送り出してから内蔵助はまたぞろ撞木町《しゆもくまち》の笹屋へ繰り出した。すでに仇討一途と決した後であるので、同志も晴れて遊興に相伴する。内蔵助は遊びおさめとばかりに豪快に遊んだ。主税までが引っ張り出されている。

そのころ武林唯七は一人で山科の居宅へ向かっていた。原や大高が画策して可留一人になっているはずである。唯七の心のように重い雲に閉ざされた暗い夜であった。

大石宅へ来るとひっそりと寝静まっているようである。内蔵助も主税もいないので、早々と寝てしまったのであろう。塀を乗り越え玄関に立って戸を叩《たた》いた。しばらくして手燭《てしょく》の光が屋内に揺れて、「旦那《だんな》はんどすか」と可留の声が問いかけてきた。

「武林唯七です。太夫のご伝言を伝えにまいった」

「ま、武林様。ちょっと待っておくれやす」

慌てて身仕舞を直す気配がして、玄関の戸が開かれた。手燭の光の中にややしどけない寝衣姿の可留が佇《たたず》んでいる。ほつれ毛が頰にかかり、夜気に匂《にお》うような肢体から成熟した色気が吹きつけてきた。唯七はおもわずくらくらとした。

「夜分失礼仕る。太夫より今夜は泊まる故、先に寝《やす》むようにとのご伝言でござる」

唯七はどきまぎしながら言った。

「まあそれだけを伝えに遠い道をお越しやしたのどすか」

可留は驚いたような顔をした。外泊は毎度のことである。これまでにそんな伝言をよこしたことはない。きっとややができたと言ったので、体を案じてくれているのだろうと可留は嬉《うれ》しくおもった。

「ちょっとお上がりやす」

可留は勧めた。唯七の〝用事〟はこのまま帰ったのでは果たせない。だが口から逆の言葉が出た。

「夜分遅うござればこれにて失礼仕ります」

「そないなこと言わはらんと上がっておくれやす。このままお帰ししたら旦那はんに叱《しか》られます」

可留が唯七の袖《そで》を引くようにして引き留めた。可留のかぐわしい身体が、まったく無防備に唯七の至近距離にあった。彼女もかつてお犬様から救ってくれた恩人と二人だけでいるのに心を弾ませているようである。

内蔵助を愛しているが、年齢の差で恋人というよりは優しい庇護者《ひごしゃ》の感が強い。可留はこれまで若い男と二人だけでいた経験がない。

そして唯七は若い男として最も好ましいタイプであり信頼できる相手であった。可留の態度が無意識の中に弾んでいる。

「ようこそお越しやした。うち《うち》嬉しいわあ」

可留は浮き浮きとして唯七を客間へ上げると酒肴《しゅこう》の用意をした。

「さようなことをなされては拙者当惑いたす。即刻退散いたします故、なにとぞお構いなく」

唯七はこのまま時を失えばますます斬れなくなるとおもった。

「そないにお急ぎになることはあらしまへんやろ。私《うち》を一人ぽっちにした罰え。今夜は旦《だん》はんの代わりにゆっくりしておいきやす。なんならお泊まりになられたらどないどす」

可留は艶《なまめか》しく誘った。邪気のない無心な誘いだけに凶悪な意図を秘めて来た唯七を当惑させた。

唯七を迎えていそいそと歓待している可留を見ていると、彼はとても斬れないとおもった。人間である前に武士であるなら斬らなければならぬと自分を叱咤《しった》するのだが、身体が金縛《かなしば》りになったように動かない。時間が経過すればするほどにますます身動きつかなくなることがわかっている。

唯七は焦った。焦ったところでどうにもならない。人間と武士が同居しているという大石を未練と蔑《さげす》んだが、自分にも人間が、それも大きな役割で同居しているのを悟って唯七はうろたえた。同志たちに大きな口をきいて自ら討ち役を志願して来たが、内蔵助以上に未練である。

「武林様、当ててみましょうか」

可留が笑いを含んだ声で言った。

「当てる、なにを」

可留の笑いの底になにかあるようである。

「武林様がなんのためにお越しやしたかどす」

「太夫の伝言を伝えにまいった」

「うふふ。ほんまは私《うち》を斬りにお越しやしたのどすやろ」

「なんと」

唯七は愕然《がくぜん》とした。

「わかっております。旦那はんの許《もと》へ上がったときから覚悟はしておりました」

る。


「可留殿なにを言われる」

内蔵助の人形のように仕えているとおもっていた可留の面に覚悟の表情が浮かんでい
「武林様に斬られるのであれば本望どす」

「可留殿……」

「なにもお言いやすな。私《うち》がいては旦那はんの大望の邪魔になりますのや。私が生きておれば、みすみす死ぬとわかってはる一挙に決して行かせません。一党の方々の旦那はんであると同時に、私《うち》の旦那はんどす。お腹のややのお父《とう》はんどす。私がいては一党のお仲間の邪魔になります」

「………」

「武林様、私を斬れへんとおもったはるのどすやろ。ほな斬りやすいようにしてあげます。私は上杉様のご家老色部又四郎様のお言いつけで旦那はんのおそばへ上がりましたのや」

「な、なんだと！」

寝耳に水のような言葉であった。

「旦那はんを私のそばにつなぎとめて、一挙からはずそうとした策略どす。私がつなぎとめられへんでもお腹のややがつなぎとめます」

唯七は驚愕《きょうがく》の余り声も出なかった。この世の俗事の一切から切り離されたような、むしろ妖精《ようせい》のように艶《つや》やかで無心な可留が、上杉の回し者であったとは。

「私の正体を知って斬りやすくなりましたやろ。さ、早よ、斬っておくれやす」

可留は迫って来た。

「可留殿、逃げろ」

「逃げる？」

「拙者にはそなたは斬れぬ。拙者が斬らずとも同志のだれかが斬りに来る。太夫は我らにとって必要なお人なのだ。そなたに渡すわけにはいかぬのだ」

「いやどす。色部様のお申しつけでまいりましたけど、もう旦那はん無しでは生きていけません。お腹のややも父《てて》なし子になるのはいやじゃと言うてます」

「可留殿、頼む」

「いやどす」

風にも折れそうな風情の可留が梃子《てこ》でも動かない身構えである。唯七は追いつめられた。

「拙者には斬れぬ」

「武林様、お侍様どっしゃろ。それどしたら私を斬っておくれやす」

可留は唯七ににじり寄りながら隙を突いて彼の脇差《わきざし》を引き抜いた。

「可留殿、なにをする」

「こうする以外に方法がないのどす」

哀しげに笑うと、唯七の脇差を胸に深く突き立てた。止める間もなかった。

「な、なんということを」

唯七は愕然として可留の脇差を握った手を押えたが、遅かった。覚悟の一突きは急所を貫いている。

「痛うおす。止どめを刺しておくれやす」

可留が苦悶《くもん》に身をよじりながら訴えた。

「可留殿、死ぬな、死んではいかん」

唯七の頰がいつの間にか濡《ぬ》れている。こんな可憐《かれん》な娘までが間者として用いられる浅野、吉良の攻防のむごたらしさをおもったのである。

「私の父は上杉家のお侍やったそうです。二文字屋にはなんの関係もおへん。私の意志で旦那はんの許へ上がりました。私がいると二文字屋も厄介なことになります。短い間やったけど幸せどした。旦那はんは可留をとても可愛がってくれはった。武林様お願いがございます」

可留の声が急速に弱くなっている。

「なんなりと申せ」

「可留を抱いておくれやす。旦那はんは可愛がっておくれやしたが、可留には父はんのような気がしました。若い殿方に抱かれて死にとうおす。可留も女です。若い殿方と恋をしとうおした」

唯七は可留をしっかりと抱きしめた。唯七の胸の中で可留の生命の灯《ひ》は流れ出す血と共に細くなっていった。

可留の死骸《しがい》は翌朝帰宅して来た大石内蔵助によって発見された。

「元禄《げんろく》十五年七月二十九日夜中西野山村大石内蔵助宅に強盗塀を乗越え表口破り押入り候而《て》、就寝中の家人婦女子を斬殺し候」と同日大石は奉行所に届け出た。

可留の死の報知を受けた色部又四郎は、自分の布石がまたしても破られたのを悟った。

「いよいよ大石は来るぞ」

自らに言い聞かせた又四郎は、新たな闘志をかき立てた。大石内蔵助が武士と人間を同居させているとすれば色部又四郎は武士そのものである。それだけにこの勝負の帰趨《きすう》には予断を許さないものがあった。

（下巻につづく）

作家生活五十周年記念短編

人生のB《ベース》・C《キャンプ》

倉上達也《くらかみたつや》は出席しようか、しまいか、かなり迷っていた。大学のクラスメイトから、クラス会の通知を受けたのである。

卒業してすでに二十数年、最後のクラス会から十数年経過している。クラス会には、ほろ苦い味がある。

クラス会の通知と共に、意識は二十数年前にタイムスリップしてしまう。いずれも若さに輝いているクラスメイトの顔が、走馬燈《そうまとう》のように重なり合って現われる。

小・中・高時代は遠すぎる上に、親の期待の荷重を背負い、受験勉強や、いじめという暗礁などがあって、懐かしさよりは忘却の瘡蓋《かさぶた》に塞《ふさ》がれている。

それが大学のクラス会となると、まさに青春の原点のようなキャンパスの想い出が、昨日のように懐かしく立ち上がってくる。

教室で教授の退屈な講義をうつらうつら聴いていたり、隣りの組との共同講義では、クラスメイトに出席カードを託してエスケープしたり、キャンパスに寝転がって、虹《にじ》のような気焔《きえん》を吐いたり、サークルの部室に屯《たむろ》して盛り上がっていたり、ほとんど部室で過ごしたにもかかわらず、午後の日射しが傾きかけたころ、充実した気分で下校する。

運動部となると、教室よりはグラウンドや体育館で過ごす時間が多く、暗くなってから下校する。

倉上は民研《みんけん》と称《よ》ばれる民族研究会に、上級生から誘われて入り、全国を旅行してまわった。

まだ海外旅行は普及せず、また、旅費がかかりすぎる海外には、親がかりの身分では無理であった。

民研には女子も多く、倉上が選んだ文学部は特に女子学生が多かった。

田舎のバンカラな男子高校から東京の有名な私大へ進学した倉上は、緑豊かなキャンパスを彩る華やかな女子学生の群れに、異次元の世界へ来たような気がした。

進学前に東京の各大学を〝視察〟してまわった倉上は、一目でその大学のキャンパスが気に入り、受験したのである。

そして彼の選択は誤っていなかった。ミッション系のその大学は、戦前・戦中の弾圧を耐えて、戦後、急速に校勢を取り戻し、戦前以上に拡張した。学生の自由の気概は強く、権力のコントロールを憎んだ。

ＯＢの結束も堅く、新卒の就活を支援し、全国、社会の全方位にＯＢがいた。

社会、職業、思想等の部位が異なり、正反対の位置にいても、同学出身と知ると和やかになった。

クラス会は卒業後頻繁に行われるが、就職、結婚して、社会人として忙しく、家庭を築き家族が増えてくると、間遠になってくる。

四十代になると多少の余裕ができて、クラス会が復活する。

だが、卒業して二十年以上も経過すると、クラスメイトはグローバルに散らばり、消息が絶えてしまう者もいる。

この間、かつて同じ学舎《まなびや》に学んだ友の間に段差が生ずる。羽振りのよい者もいれば、落ちぶれた者、あるいは中間、さらにずば抜けて高い知名度に達した者もいる。

ドロップアウトした者はほとんど出て来ないが、中にはビジネスチャンスや、出世した者に支援を求めようとして出席する者もいる。

こんな機会でもなければ、足下にも寄れないほど差の開いた者にも、クラスメイトは「お前」「おれ」と称《よ》び合える。

中には差のついたクラスメイトに妬《ねた》ましげな視線を向ける者もいる。あるいは初恋の男女が再会し、幻滅することもあれば、焼け棒杭《ぼっくい》に火がつくこともある。

倉上は卒業後、新人懸賞小説に応募して、運よく当選し、その後発表した社会派の小説の評判がよく、一応、作家として認められた。

それほど有名ではないが、いくつかの作品がテレビドラマ化、映画化されて、知名度を高めた。

クラスメイトには会社の社長や大学教授、デザイナー、俳優になった者もいる。

俳優は倉上の原作の映画に出演して、一挙に人気を集めた。

二十余年ぶりに青春の仲間と再会するとおもうと心が弾むが、同時に彼の足をためらわせるバリヤーがあった。

敷島葉月《しきしまはづき》。入学したときから彼女はクラスからかけ離れた存在であった。

文学部、同じクラスになった敷島葉月と倉上は、教場最後列の同じ机に隣り合わせに坐《すわ》った。二人とも教授の講義をバックサウンドのように聴きながら、うつらうつらしていた。

倉上は、隣りに坐ったクラスメイトが気になって、講義も耳に入らなかった。豊かなストレートのロングヘアに輪郭は隠されているが、彫りの深いマスクに、均整のとれた抜群のプロポーションである。

学生には不似合いのシルクのワンピースの膝下《しっか》にすらりと伸びた長い脚は、芸術的ですらあった。いかにも高価そうなハンドバッグを手にしている。高雅な香水の香りが、身辺に透明な霧のように漂っている。

後日、

「あの人、凄《すご》いわよ。エルメスのバーキンを手にして、クリスチャン・ディオールの香水をつけているわよ」

と、女子のクラスメイトがささやく声が耳に入った。

それがどの程度の高価なものかは知らなかったが、生来の優れた素質に、最高級のブランド品をつけているらしい。

教場では最後列の机に、あたかも指定席のように葉月と倉上は並んで坐るようになっていた。ほとんど教授の講義は聴かず、葉月はうつらうつらしており、倉上は携えて来た小説を読んでいた。

葉月はクラスだけではなく全級、そして全学の注目の的になった。容姿も優れているが、彼女が身につけているものは、裕福《リッチ》な家庭の女子学生たちも手の及ばない超一流のブランドものであった。

ブランドものを身につけてはいけないという校則はない。

机を共有《シェア》する二人は、いつの間にか言葉を交わすようになった。

「私、銀座《ぎんざ》でアルバイトをしているの」

と葉月は、授業の後、キャンパスに設けられているベンチに並んで腰をおろして言った。

「銀座……凄いところにいるんだね」

「べつに凄くなんかないわよ。よかったら私の店《クラブ》に遊びに来てみない？」

「冗談じゃないよ。銀座のクラブなんかに行ける身分ではない」

「私のサービスよ。いい社会見学になるわよ」

と葉月は誘った。

銀座の一流クラブでは腰をおろすだけで二万〜三万円、と書かれたガイドブックを読んだことがある。バイトで二万円稼ぐためには、一週間働かなければならない。

いかに葉月がサービスしてくれると言っても、学生の分際で足を踏み入れる場所ではない。

「遠慮するようなところではないわよ。倉上くんも卒業したら、銀座がお仕事のB・Cになるかも」

「B・Cって、なんのことだい」

「ベース・キャンプよ。高い山に登るときはスタートの基地として、ベース・キャンプを設けるわ。知らないの？」

「ベース・キャンプなら知っている。ヒマラヤの未踏峰登攀《とうはん》のときなど山麓《さんろく》に設ける基地だろう」

「そうよ。ヒマラヤのジャイアンツ（八千メートル以上）や高峰の足下に築くベース・キャンプ。私のお店にも、ヒマラヤのジャイアンツのようなVIPが来るわよ。私のお店は、普通なら足下にも近寄れないお偉方に近寄れるB・Cなのよ。どう、一度覗《のぞ》いてみない？」

と誘惑した。

倉上はB・Cという言葉に魅力をおぼえた。そして葉月に煽動《せんどう》されて、彼女が働いている銀座のクラブへ行ったのである。

そして、そこで彼女の言葉通り、政・財界、また学会の大物を間近に見た。

ストレートに入学していれば十八～十九歳のはずであるが、葉月はすでに成人だと言った。葉月は銀座の店の人気者で、トップ・ホステスに迫っている。

若い女性は男たちの永遠の憧憬《どうけい》の的である。眩《まぶ》しいほどの若さに輝く抜群の容姿を持った女子大生とあって、いずれもジャイアンツ級の男たちが葉月を囲んでいる。ジャイアンツが、むしろ葉月の足下に近寄ったように見える。

葉月に案内されて銀座の夜を知ったことは、卒業後、社会に参加して大いに役に立った。

葉月は、銀座でバイトというよりは、すでに本業になっている夜の仕事に時間を取られ、一年留年した。

倉上も民研に入部して全国を歩きまわっている間に単位が足りず、葉月と共に留年した。つまり、二人は五年間、学生生活を共にしたのである。

留年後、キャンパスから、馴染《なじみ》のある顔がいっぺんに消えた。入学して来た新入生は、まったく別の惑星の住人のように見えた。

留年者は最高学年であるが、互いに知っている顔は一人しかいない。二人が所属していたクラスは、同級の卒業式と同時に解体されている。

留年前、四年間のキャンパスはクラスメイト以下、下級生すべてが知っている顔に見えた。だが留年後、知っている顔は一つもない。自分一人、社会から置き去りにされたような気がした。

そんなとき、孤独のキャンパスで葉月に出会った。互いに敵中でただ一人の味方に出会ったような気がした。

「寂しそうな顔をしているわね。私の家に来ない？」

葉月は倉上を誘った。

ただ一人の〝味方〟から誘われた倉上は、彼女の家に従《つ》いて行った。

キャンパスからあまり離れていない裏参道《うらさんどう》の豪勢なマンションに、彼女は一人で住んでいた。新宿の荒廃したアパートの間借り部屋とは雲泥の差であった。そしてその夜、倉上は葉月と結ばれた。

葉月のバックにジャイアンツの存在が感じられたが、それを詮索《せんさく》する意思も資格もない。

クラスメイトが卒業後、不足の単位を取るために久しぶりに登校した二人がキャンパスで出会ったとき、葉月は、

「私、近いうちに独立する予定なの。店名も葉月と決めたわ。開店日にはご招待するから、ぜひいらしてね」

と言った。お先真っ暗の倉上に比べて、葉月は意気《いき》軒昂《けんこう》としていた。

新卒の女子大生が独力で開店できるはずがない。ジャイアンツが支援しているにちがいない。彼女は身体を提供して独立を勝ち取ったのであろうが、独立にはちがいない。

開店日、必ず行くと約束して、二人は最後のキャンパスで別れた。そして社会という大海に、それぞれの人生に向かって歩み始めたのである。一年後、葉月から開店《こけらおとし》の招待状がきた。だが、倉上は行かなかった。

店名はそのまま「葉月」。所在は銀座の中核六丁目である。

片や銀座一流クラブのオーナーママ、一方は就活中の浪人。二人の間に開いた天文学的な距離のまま招待を受ければ、みじめなおもいをするだけである。

彼は、せっかくの葉月からの招待状を無視した。いや、意識はしていたが、怯《おび》えたのかもしれない。

こうして二十余年が経過した。

その間、新卒女子大生から銀座の一流クラブのオーナーママになった葉月は、マスメディアにも紹介され、店勢を伸ばした。

そして政・財・芸能・スポーツ・地方名士などの要人たちの社交サロンとなった。文壇の大御所的な作家も、隠れ家として愛用しているらしい。

その間、倉上は文芸の末席に這《は》いあがっていた。だが、「葉月」には足を向けなかった。

かつて青春を共有したクラスメイトであり、一度だけであるが、結ばれた仲である。

葉月に会いたいとはおもったが、彼女はまったく異次元の世界に根をおろしている。

教場の末席で互いの体温を感じ取れるように寄り添った彼女は、永遠の郷愁のように懐かしいが、せっかくの開店招待日に欠席した。

すでに社会に乗り出し、銀座の一角に自分の城を築いた葉月との間に海のような距離が開いた気がしたからである。

そして十数年ぶりのクラス会の案内がきた。倉上は葉月に会うために出席した。

忘れかけた顔の多い中に彼女の存在は一目でわかった。

彼女の身辺から発するオーラが、久しぶりに顔を合わせた級友の集団の中で、その所在を示すように立ちのぼっている。

いかにも上質な素材の仕立てのよいドレススーツ、さりげなくつけているアクセサリー、一流の美容師やスタイリストが品位ある抑制をしたトータルな華やかさ。学生時代よりも成熟した艶《つや》に備わった気品に、クラスメイトは心地よく圧倒されている。

葉月は生理的に発するオーラをコントロールしながら、むしろ目立たぬように、自分の存在を隠そうとしている。

司会者の開会の挨拶《あいさつ》の後、出席者の近況報告が始まった。学生時代のように、あいうえお順の指名である。

女性のほとんどは姓が変わっていたが、葉月は旧姓のままであった。

近況報告によって、卒業後の参加者の前半生が語られる。

二十余年の間に、それぞれの住所は内外に散らばっている。海外からはシンガポールやモントリオール、ロスアンゼルスなどからも参加している。欠席者九名中五名は消息不明になっている。

倉上と葉月は、出席者の中を遊弋《ゆうよく》しながら、四方から声をかけられ、なかなか二人だけの言葉を交わせなかったが、距離をおいて交わった視線が、想いを伝え合っていた。

会は盛り上がり、校歌を合唱して、一応のお開きとなった。

幹事は、来年のほぼ同じ時期に次のクラス会開催を予告して、有志者による二次会へと延長した。

さらに場所を替えて三次会に引き継ぎ、再会を約して解散となった。

そして、いつの間にか倉上と葉月は、二人だけになっている。

「私、今夜、帰りたくない」

葉月は倉上と腕を組んで歩きながら、ささやいた。

「お店に出なくてもいいのかい」

倉上が問うと、

「今日は土曜日よ。お店はお休み。たとえ開いていたとしても、君と離れたくないわ」

葉月は組んだ腕に力を込めた。

すでにクラスメイトの目はないので、大胆になっている。

「この辺で別れたほうが、お互いのためにいいんじゃないのかな。離れ難くなる」

倉上は答えた。

「私は倉上くんと初めて結ばれたとき、離れられなくなっていたわ。君はそれを引き裂くようにして去って行ったのよ。そのときのお返しをいましてもらいたいの」

葉月は倉上の腕を強く引いて、両手で彼に抱きついた。

「キスして」

葉月は顔を近づけた。周囲の人影が消えて、二人は一体の影となった。

そして葉月と倉上はその夜、ホテルで熱い一夜を共有した。

別れのときがきた。

「貴重な時間を、私のために割いてくださって。先生の作品は全部読んでいるわよ」

別れに際して、葉月が言った。

「先生なんて称《よ》ばないでくれ。ぼくたちはクラスメイトじゃないか」

「そうだったわね。でも、あのころにはもう帰れない。教場の最後列で、うつらうつらしながら同じ夢を見たり、キャンパスのベンチに腰をかけて、空を流れる白い雲を見あげていたり、卒業式の後、私の家で一夜を共にしたり、自分のことさえ考えていればよいあの当時には、もう帰れないわ。遠い青春、毎日が能天気だったわ。いまになって、あのころがとても懐かしいわ」

「でも、君は、あの遠い青春に帰りたいとはおもっていないだろう。いまのほうが充実している」

「そうかしら。それは先生、いや、君がいま充実しているから、そうおもえるんじゃないの」

「いまを充実と言えるかどうかわからないが、キャンパスという内海ではなく、外海にいることは確かだね」

「そうか、外海か。確かに防波堤なんかないものね。ありがとう。次のクラス会で、またお会いできるかしら。これからも素晴らしい作品を書きつづけてね」

「君こそ、ますますお店が繁昌《はんじょう》するように」

「いまをときめく流行作家。私の店へ来る余裕があったら、小説を書いてちょうだい。一緒に帰ると離れられなくなるわ。私が先に出ます」

唇を重ね、堅く抱き合った後、葉月が部屋から出て、振り返ることなく去って行った。

一年後、幹事からクラス会の通知を受け取った倉上は、出欠に迷った。葉月に会いたいとおもったが、彼女が言ったように別れが辛《つら》くなる。

葉月は異次元の世界の住人である。彼女を愛してしまえば（すでに愛しているが）、倉上自身が現在の生活環境を捨て、葉月に手を引かれて異次元へ移動してしまうような気がする。

倉上は現在の生活環境に、なんの不満もない。仕事は順調であり、家庭は円満である。だが、なにかが欠けているような気がする。なにが欠けているのかは不明であるが、その欠け目から吹いてくるわずかな隙間風を感じている。

隙間風は隙間を塞《ふさ》げば止む。わずかな隙間のために、安定している生活環境を変えるつもりはない。

結局、倉上はクラス会に出席した。だが、会場に葉月の姿はなかった。

開会に際して、司会者が意外なことを伝えた。

「悲しいお知らせがあります。敷島葉月さんが一ヵ月前に亡くなられました」

幹事の言葉に、だれも訃報《ふほう》を受けていなかったらしく、集まったクラスメイトがどよめいた。

幹事が言葉をつづけた。

「私も敷島さん直筆の訃報を受け取ったばかりです。ご本人が臨死の床で書かれたクラスメイトに宛てた最期のメッセージです。読みあげます」

と一息おいて、

——出席できなくて、ごめんなさい。実は、私、身体に癌を抱えていて、医師から余生（余命）三ヵ月と宣告されていました。

せめて二次会には出席して、皆さんにお別れを告げたく、期日の一ヵ月前まで頑張って生きました。医師の宣告よりも生きましたが、ついに力尽き、別れの言葉を皆さんへのメッセージに託します。

私は真面目な学生ではありませんでしたが、文学部英米文学科のFクラスの一人です。私も皆さんと青春を共有したクラスメイトです。いまにして顧みれば、学生時代は人生のベース・キャンプでした。社会の八方に別れて、それぞれ方角は異なっても、ベース・キャンプを共にした若き日の追憶は、生涯、忘れません。

残念ながら私は途中下車しますが、クラスメイトの皆さんは、できるだけ遠方まで行かれるように祈ります。私はこれから異次元の世界へ移動します。私のお墓はありません。さようなら、ごきげんよう」

葉月のメッセージを聞いたクラスメイトは、しんとなって静まり返った。

このとき初めて倉上は、四次会の後、別れに際して、葉月が再会の約束をしなかったことをおもいだした。彼女はすでにあの時点で、次のクラス会には出席できないことを予知していたのである。

隙間風は、彼女が移動した異次元の世界から吹いて来ていたのであった。

本書は一九九五年十一月、集英社文庫より刊行されました。
「人生のB・C《ベースキャンプ》」は本書のために書き下ろされたものです。

本作品はフィクションであり、実在のいかなる組織・個人ともいっさい関わりのないことを附記します。また、地名・役職・固有名詞・数字等の事実関係は執筆当時のままとしています。

吉《き》良《ら》忠《ちゆう》臣《しん》蔵《ぐら》 上

森《もり》村《むら》誠《せい》一《いち》

平成27年 3月25日 初版発行
令和7年 2月10日 5版発行

発行者●山下直久

発行●株式会社KADOKAWA
〒102-8177 東京都千代田区富士見2-13-3
電話 0570-002-301(ナビダイヤル)

角川文庫 19079

印刷所●株式会社KADOKAWA
製本所●株式会社KADOKAWA

表紙画●和田三造

●お問い合わせ
https://www.kadokawa.co.jp/ (「お問い合わせ」へお進みください)
※内容によっては、お答えできない場合があります。
※サポートは日本国内のみとさせていただきます。
※Japanese text only

ISBN978-4-04-102927-5 C0193

◆◇◇